天喜文化

西迁东还

抗战后方人物的命运与沉浮

龚静染 著

天地出版社 | TIANDI PRESS

序言

　　这是一本关于抗战后方人物的书，共十五篇，勾连到数十位近现代人物，集碎片为镜面，照出的是一时之俊彦，余音绕梁，精彩纷呈。

　　我从 2005 年开始涉猎地方历史题材的写作，书中的人物最初是散落在我的一些考察笔记和阅读日记中，他们中仅有少数人单独成篇。显然这不足以成为一本书，而且当时我也没有延展这个选题的想法。一晃十多年过去了，去年的时候，我突然觉得该做点什么了，于是决定在今人与故人之间摆上一杯茶，好好讲一讲那些快被遗忘的故事。

　　一动笔，才发现刹不住车，一个一个地写，写完一个感到意犹未尽，又接着写下一个，后来我发现他们并非仅仅是单个的人，而是一个群体，有相似的时代命运和人生际遇。比如写马一浮就会写到熊十力和贺昌群，写贺昌群就会自然写到叶圣陶，写叶圣陶就会写到朱东润，而这又牵扯到陈西滢，当然就有了凌叔华、竺可桢等人的出场。书中的人物渐渐汇聚到一起的时候，我才意识到这本书的轮廓已经出现了，就像看戏，剧情跌宕，人物粉墨登场。最关键的是，有一条线索贯穿始终，把他们紧紧连接在了一起，那就是西迁东还这段历史。

《西迁东还》这本书讲的是抗战时期的一段流寓史。抗战军兴，半个中国沦陷，四川成了最大的后方，大量百姓逃往巴蜀，而八年的流亡生活是抗战历史中最重要的一部分。乐山是岷江边的水码头，有交通之利，又有丘陵山地的屏障，成了一座非常重要的避难移民城市。当时武汉大学、四川大学西迁到了乐山和峨眉山，盐务总局、永利和黄海社迁到了五通桥，复性书院在乐山开办，而此间嘉阳煤矿、岷江电厂、川康毛纺厂、亚西机械厂等应运而生，学校、社团、工矿企业纷纷搬迁到了这里，原本偏僻的小城突然热闹起来，涌动着一幅焦灼而纷乱的景象。

我从小就生长在小城五通桥，按说离这段历史是很近的，但实际我在很多年中都非常陌生，这样的历史缺失是不可思议的，但它就真实地发生了。当年的黄海化学工业研究社是中国不少一流人物汇聚的地方，范旭东、侯德榜、李烛尘、熊十力等都在此生活工作过，而这个地方离我家不过几百米。为了追寻这段历史，2011 年我到北京去拜访漫画家方成先生，记得当时我带了一罐五通桥的豆腐乳去看望他，他见后大呼"太好了，那时我就常吃"，欣喜之情让人难忘。对故物的熟悉源于他在黄海的四年生活，那座小城留下了他太多的记忆，甚至还留下过一段刻骨铭心的恋情，他曾经用画笔勾勒过那里的山川和草木，而这些都与抗战后方那段流寓史相关联，也与西迁东还相关联。

我已经有了走进这段历史的可能，仿佛一抬脚就能走进那个伸手可触的历史现场。但是，就这样的一点距离，我却用了十多年的时间。历史总是迷雾重重，我常常觉得自己就是一个迷失的讲述者，这是我写这本书时面临的困境，在历史叙事中如履薄冰。这也是我有很长一段时间不敢轻易下笔的原因，历史巍然如山，身在山中，我不过是踽踽独行的探路者。

历史是什么？这是我常常思考的问题。美国历史学家柯文在《历史三调》中把历史分为三个不同的观察角度，将它置于素描的透视关系下，使之纤毫毕现，但这只是一种历史研究方法。钱穆先生说历史就是世道人心，一语道破，更让我信服。历史就是人生，众人之人，众生之生。历史是活的，不是死的，当下是历史的此，历史是当下的彼。当然，真实的历史不应该被刻意压低或抬高，我们需要的是可以平视的历史。

如何才能找到这样的历史呢？写这本书的过程，也就是回答这个问题的过程。我的写作开始一般不是直接动笔，而是在前面还要做大量的功课，查阅、考察和走访必不可少，从而建立起一种客观的认识。除了大量阅读各种公开或者内部发行的文献资料外，档案是我最为重视的史料资源，可以说这本书如果离开了档案资料，就如同失去了丰富的毛细血管，会成为一具空洞、冰冷的躯体。为了写作这本书，我去了很多地方，跑了很多档案馆，查阅了大量的档案，见到了很多一手的、珍贵的史料，这对写作的帮助是非常之大。如《峨眉客：故宫文物南迁北线遗事》这篇中，讲到桥盐济陕运送故宫文物这段史实就是新的发现，之前还没有在任何正式的记录中出现过。把五通桥的盐卖到汉中，放空的车辆运送故宫文物到成都，其中的故事还原了历史的细节，要不是我在档案中发现，也许它们还一直被厚厚的灰尘遮盖着。又如《黄汲清：寻找黑卤》一文，就是通过几十封信件拼接出的故事，几个人之间的通信，来来回回，有艰难的创业，有真诚的援助，也有利益的争夺，人性在信函中显露无遗。我用白描的叙述方式来讲述这个故事，就是想原汁原味地再现这段历史。当然，如果没有那些档案资料的寻觅与浮现，这些故事都将崩散如沙，消失得无影无踪。

《西迁东还》是一本以人物为主的书，但人物难写，臧否人物需要立场和角度，也涉及写作的伦理，而缺乏独立思考的评判容易失之肤浅。同时，人物也是多面的，单色描绘难免苍白，要写出人性的复杂绝非易事。这方面我有两点心得：一是在材料上需要有大量真实鲜活的细节，挖掘得越深越好；二是写作中应怀有"小人物之心"，小人物才代表众生之相，才能体现真实的人世。前者是文本价值，后者是写作态度。就后者而言，文字的悲悯和谦卑，似乎更合我意。

尽管这是一本人物历史随笔集，但文学的丰富性与历史的真实性并不相矛盾，相反是一种互补。这在国外一些优秀的历史著作中已可以看到卓有成效的实践，如黄仁宇的《万历十五年》、孔飞力的《叫魂》、史景迁的《王氏之死》等。当然，这些都必须建立在写实和求真的基础上。客观的叙述也是非常重要的，如何在历史与文学的走绳中把握平衡，我想这些都应该归于叙事学的技巧，并不需要我在此饶舌。

但我还是愿意将这本书归入非虚构写作中，因为我深恶文辞的煽情和对历史的涂脂抹粉。这些年非虚构写作逐渐被重视，我想这不仅仅是时代语境的变化，其实也是对虚假表述的唾弃，更是一个巨大的阅读需求和观念的转变。当然，这是一个新的文学可能性，也是寻找可以平视的历史的起点，但愿我在书中也有这样的努力，并能够被人看到和理解。

最后，我要特别感谢的是乐山市档案馆，在写作这本书的过程中，他们给了我非常大的支持，让持续而辛苦的写作有了回报，我想凡事皆有因缘，而这都是我应该永远铭记于心的。

2019 年 5 月 28 日于成都

目 录

序言   I

壹
乱世问学

马一浮：濠上一髯翁   003

熊十力：小城办学记   038

南怀瑾：茫溪故人   051

贰
西迁往事

叶圣陶：异乡的喜宴   067

朱东润：乱世书写者   082

凌叔华：一间属于自己的房子   103

竺可桢：情定峨山之巅   118

叁
流寓生涯

贺昌群：繁华故乡尽零落　　　131

叶伯和：新诗之萤　　　169

蒋叔岩：春熙逃伶　　　185

肆
困厄求生

刘文辉：西康来信　　　197

缪秋杰：秋园遗梦　　　217

范旭东：梦断"新塘沽"　　　240

黄汲清：寻找黑卤　　　290

峨眉客：故宫文物南迁北线遗事　　　310

征引资料目录　　　334

乱世问学

濠上一髯翁

马一浮

蜀中寻亲

1935 年 5 月，马一浮得知祖父马楚材的坟找到后，他给四川庆符县（今宜宾市高县）县长戴宝荪写了一封信，请求戴县长保护好墓地。并在兴奋之余突生奇想，觉得既然祖父之坟都能够找到，也许就能找到失散多年的亲人，于是他另写了一张"寻表弟何茂桢"的启事，请戴县长代为寻找。

马一浮为什么要做这件事呢？这就得从头说起。

马一浮的祖籍是浙江会稽长塘乡（今绍兴市上虞区），但他出生于成都西府街，这条街因为在成都府的衙门所在地正府街的西边而得名。当年他的父亲马廷培入川很早，初入官场那段时间，大概曾在这条街上住过。后来马廷培逐渐被重用，先做潼川府通判，后改任仁寿县知县，这是光绪十三年

（1887）的事。

那时马一浮才4岁，取名叫福田，即"以耕作为主"之意，父母期望他成为品性优良的耕读人家子弟。而马一浮这个名字是他后来自己改的，意自《楞严经》中"如湛巨海，流一浮沤，起灭无从"，而这个名字有阅尽沧桑之意，甚至有人认为有黄老意味，其由来大概同他早年连续遭遇人生之不幸有关。

马一浮有三个姐姐，三姐仅大他一岁，在他7岁时夭折。母亲在他11岁时去世，二姐在他18岁时去世，父亲在他19岁时去世，也就是说，他在20岁以前，父母、两个姐姐均已离世。而在他20岁那年，马一浮正好在上海做事，突然得到妻子汤仪病危的电告，连夜赶回绍兴，次日五更到家，而妻子已经"陈尸在堂"。马一浮在这月写下了"马浮之未来，其状貌又当变而为厉鬼"的字句，他的内心经历了如何的悲痛可想而知。接踵而至的死亡，也让他的人生更加哀伤、惨淡和虚空。

马一浮的岳父汤寿潜曾经当过两淮盐运使、浙江咨议局议长、浙江铁路公司理事长等要职，是清末民初政商界的实力派。其思想也相当开明，是晚清立宪派的领袖人物，1912年中华民国临时政府成立时，孙中山曾任命汤寿潜为交通部部长，后改任赴南洋劝募公债总理，担当了解救政府财政之急的重任。汤寿潜视马一浮如子，看到他在妻子死后十多年中都未再娶，便想把三女琳芝许配给他，"终继二姓之好"。马一浮也认可了这个想法，但汤琳芝身体非常不好，还没有完成这桩婚事便香消玉殒了。

西迁东还

整个家庭命运多舛，难道是有不吉渊薮在左右？马一浮母亲何定珠出身望族，对马一浮的教育甚多，在她去世前的一天，发生过一件事情。那天，她指着庭院里的菊花要儿子作一首五律，马一浮应口而答："我爱陶元亮，东篱采菊花。枝枝傲霜雪，瓣瓣生云霞。本是仙人种，移来高士家。晨餐秋更洁，不必羡胡麻。"其母听后大喜，认为孩子是可造之才，必有文墨前途，但也喜中有忧："菊之为物如高人逸士，虽有文采而生于晚秋，不遇春夏之气。汝将来或不患无文，但少福泽耳。"（《马一浮全集》第六册）马一浮在60岁的时候，回顾自己的一生，常为母亲的这段话感慨，而他确如晚秋之菊一样，没有得到过春风沐浴和夏露润泽。

　　1934年，噩耗再度传来，马一浮的大姐明壁去世。他在大恸中写道："乃今而后，予天属之亲顿尽，其于斯世，真为畸零之人矣。"一家人只剩下他一人，而膝下又无子女，孤苦而终的阴影将他深深埋在了人生的黑暗之中。此时，马一浮感到了在余生中要活下去，需要亲朋的相偎，依赖求助之心顿生，"残年疾病怀兄弟，世路艰危仗友生"（《答赵纶士见慰》）。也就在这样的心思下，人到中年的马一浮想起了远在四川的表弟何茂桢，因为他是马一浮唯一可能存世的亲人了。

　　何茂桢是马一浮的三舅之子，他的三舅何稚逸一生在官场沉浮，人生经历丰富，马一浮对其极为敬重。1909年何稚逸被贬，郁郁不得志，马一浮专门进京劝慰，还陪三舅同登庐山游览散心。此间，马一浮曾跟三舅谈到过自己的治学理想："既有志于'二宗'：欲为'儒宗'，著秦汉以来学术之流派；为'文宗'，记羲画以降文艺之盛衰。将以汇纳众流，昭苏群惑。悬艺海之北辰，示儒术之总龟，振斯道于陵夷，继危言于将绝。"（《致何稚逸》）那一年马一浮26岁，意气风发，立下了人生的宏远之志。值得一提的是，后人研究马一浮，也多从他与何稚逸的这封信中来分析他早期思想的形成。

后来何稚逸到拉萨任大清驻西藏节度使，此时正值大清王朝倾覆之际，同僚中有人起心盗取布达拉宫宝藏，想趁乱捞上一把。他极力阻止，竟然招来杀身之祸。被杀的还有何稚逸的长子（何茂桢的哥哥），而何茂桢当时尚幼，被母亲带着侥幸逃脱。悲剧发生后，马一浮从此与三舅家失去了联系，这是1912年发生的事，当时马一浮29岁。不久又传来消息，他的二舅也先于1910年死在贵州。母亲的两个兄弟均已去世，且二舅没有子嗣，唯一剩下的就是何茂桢了。

马一浮发出"寻表弟何茂桢"的启事是在1935年，时隔23年之久，他能找到三舅家后人吗？

两年后，即1937年4月，何茂桢突然出现在了杭州。何茂桢是看到寻人启事后寻到此地的。马一浮大喜过望，找到了失散多年的表弟，让他在亲人相继离去的悲痛中有了一点安慰，"舍表弟远来相就，足慰迟暮之感"。

父亲被害时何茂桢尚小，但家庭从此遭难，出身于诗书世家的他竟然没能念成书，马一浮不禁为之惋惜。他的怜悯之心顿生，想把表弟留在身边，"惜其少更患难，不免失学。但气质甚佳，与之语亦能领会少分。吾外家世世能文，弟于彼属望颇深"（马一浮1937年5月31日给熊十力的信）。

但当时正值抗战初期，杭州岌岌可危，日机不时在杭州空中出现，生命随时可能受到威胁，何茂桢没有待多久便回了四川。

但没有想到的是，时隔一年之后，马一浮居然到四川办复性书院，落地乐山乌尤寺，何茂桢自然就来到了马一浮身边。当时马一浮初来乍到，琐碎杂事都是由何茂桢为之张罗，他最早住在乐山城外武圣祠就是何茂桢安排的。后来何茂桢就一直在复性书院做事，书院的日常冗务大多由他来操办，如买油购粮、修缮房舍、渡舟捎信、接来送往等。确实，书院少不得这样一个人，而这一切都缘于马一浮三年前的寻亲。

其实，马一浮寻找亲人，主要是他的家族与四川有不浅的渊源，里面有很长的一段故事可讲。当年他的祖父、伯父、父亲都在四川做过官，马一浮的祖父马楚材在咸丰十一年（1861）任仁寿县典史，有女无子，便将其弟的长子（系马廷培的亲哥，也即马一浮的先伯父）过继于他；后来云南发生"李蓝之乱"，危及四川，马楚材应召到川滇交界一带平叛，"竭力守御，历时五月，卒以寇势猖獗，见危授命。先伯父德兴，相从战阵，亦以身殉"（马一浮《呈庆符县政府》）。马楚材和其子二人均亡后，埋在当时的庆符县，同治元年（1862）清廷特谕"于其殉难地方建立专祠"。但道阻时艰，后由马一浮的父亲马廷培把专祠修在了仁寿，这已是马廷培得到阴功，授其从九品候补当上仁寿县知县后的事。马廷培为官有政声，离开仁寿时，"县民刻石颂其德，拥舆泣送"（丁敬涵《马一浮交往录》）。

这段经历若要更为清晰，不妨将马大成的文章《一代儒宗——马一浮先生的家史补订》中的一段列在下面作为补充：

> 马楚材，字兰舫，任四川仁寿县廷尉，赠盐运使知事，其有女无子，继其弟尚坤公长子丙鑫（字德兴）为嗣。咸丰辛酉（1861），其与德兴被匪寇蓝大顺俘获，不屈挖心而死，清廷褒扬，均授朝议大夫。为褒奖其功绩，清廷又驰书浙江求嗣者，尚坤公另一子廷培依序为后，承继为嗣。廷培，字德培，号冠臣，承继入川，初任四川叙州府佐幕，不久擢为四川潼川府通判，后调四川仁寿县知县。

在仁寿时马一浮虽然尚幼，但这段经历还隐约记得一些。他印象最深的是老师何虚舟，马一浮当时曾跟着姐姐在他的门下受教，"读唐诗，多成诵"。马一浮从小聪慧过人，何虚舟曾经问他最喜欢哪句诗，他答的是李商隐《北青萝》中的"茅屋访孤僧"一句。何虚舟大诧，觉得这孩子身上有衲僧之气，而此事在后面得以印证，其孤绝人生实在是命中注定，连马一浮自己在年老时都不得不承认"虽不为僧，实同方外"。马一浮到6岁返回浙江上虞，但童年的记忆犹如烙印，影响终生，他在 17 岁（1900）得知恩师何虚舟去世时，说过"十年来，两姐均逝，何师亦亡，追忆儿时，为之凄极"的话。其实，这正是他一直挂念四川并多次产生入蜀生活的缘由，也是他在抗战军兴之时选择到四川创办复性书院的动因之一，"入蜀之志，怀之已久"。

入蜀后有一件事曾牵动过马一浮的心。1943 年 5 月，仁寿县有个叫徐子静的人，写信向马一浮询问其祖父马楚材的"兰舫公祠堂事"，想"拟闻于当局，以便恢复祠祀"（丁敬涵《马一浮交往录》）。马一浮便把当年的祠堂碑记给了对方，又把 1935 年写给四川庆符县保护祖父之坟的函文一并交给了徐子静。此事又搅动了多年前的往事。

马一浮祖父死后就近埋在了四川高县，专祠则在仁寿县，是他父亲在任时"捐廉俸立之"。此祠于光绪十三年（1887）落成，"购置祠田一处，在县属白果湾，折合水田十三亩六分（1 亩 =10 分 =666.67 平方米）有奇。又田中有屋一院，载粮二钱五厘（1 钱 =10 分 =100 厘 =5 克）。所有丈册文契俱交仓学局士董克知等保管经理，计入岁入，以为春秋二祭及当年香灯与岁修之需"（马一浮《仁寿县先祖专祠碑记诸文跋》）。只是时过境迁已经荒圮了。但他对此事还是非常看重的，虽说"此事兴废，系于贵邑民意"，但又说"贵邑耆老，或犹有不忘故烈，欲存敦历末俗之意者，似可量宜以告之耳"。当时马一浮已经名声在外，能给他的祖上树碑立传自然是件好事，而他常言"生长于蜀，蜀中尚有丘墓，亲故不乏"也有了可靠的依据。

也许是对亲情的渴望，马一浮为家族做过不少事情。如他整理马氏历代名人诗文，把马氏中卓有成就的人才搜寻在册，编撰有《马纪》《马氏艺略》《马氏遗文》《马家诗传》《马氏乐府》《马氏稽灵渊》等，分门别类，极为周详。当然，马一浮与四川实在是有冥冥中的相连，祖父之坟在蜀，父亲在川的宦游经历，自己在乐山长达八年的书院岁月，让马一浮家族在四川有了三代人的记忆。抗战胜利后，马一浮萌生东归之意。1946 年 3 月 31 日，他在最后告别乐山后乘船归乡，"途径叙府时留一宿，往南岸坝观祖坟"（《马一浮全集》第六册）。从此亲缘了断，而这也是他对四川的最后告别。

马、熊之交

1933 年，马一浮、梁漱溟、熊十力三人在杭州灵隐寺相聚，被人称为当代三大儒的"鹅湖之会"。1939 年复性书院的创办，让马一浮和熊十力又聚到了一起，后来梁漱溟到乐山见马一浮时，熊十力却已离开，他们三人"鹅湖之会"的情景再也没有出现过了。

在可考的文字记录中，马、熊相识是在 1929 年夏天，当时两人有个共同的学生乌以凤，就是他从中牵线，促成两人的相见。1929 年五六月，乌以凤到杭州，熊十力正住在西湖广化寺，他便跟着马一浮去拜访，"二先生相见甚欢"。这应

西迁东还

该是两人相识之始，也就是在这次相见中，虽然相见甚欢，但在谈论中已有不同之见，"极论常变之理，熊先生主变，马先生则主变中见常"，"宗旨未尽相合"，两人的分歧由此可见端倪。

之后，两人书信往还渐多，友谊日增，常常相互嘘寒问暖，如马一浮在1930年1月15日给熊十力的信中，就对熊的身体格外关心，"来书云'前日觉有头眩'，因念葱白恐未宜过服，以其太辛散也。水肿既消，诸药似可酌量暂停，一意静养为上。"他们彼此之间也常常为对方的事情出谋划策，如在1930年9月1日的信中，马一浮就对熊十力的新书出版提出了一些合理的建议，"尊稿如决计用仿宋印，自以在沪就中华付印为便……杭地印刷业不如上海，非特仿宋无有，如用普通字，只能用四号字作本文，以六号字作注……"当得知在印刷上颇为曲折后，又在9月5日的信中说道："通常制纸板另须算费，制成后又须有安顿处，第二次铸板但省排工、校对，而铸费自比排版为贵。虽一劳永逸，但费用上并不能减省……在印书期间且宜宽以居之耳。"

这期间，两人书信来往非常多，"连得三书，言皆深切"（马一浮1930年9月8日给熊十力的信），"两书均至"（马一浮1930年10月7日给熊十力的信），等等。而两人所谈皆为学术与思想，中国两位儒学大师在交流上从无间断，过从也日见密切。当然，也少不了谈到讲学之事，儒家的传道精神在他们身上犹如幽暗的火种在燃烧。但当时的时代背景已经对清静致学极为不利，战火已经烧到了他们的身边，马一浮从桐庐避寇到乡间，熊十力则回到湖北黄冈老家，流离失所的日子接踵而至。

但就在这种情况下，马一浮在1938年1月9日给熊十力的信中仍然表明了自己的讲学理想，"吾曹虽颠沛流离，但令此种智不断，此道终有明行之时"。作为一个中国传统文化的坚守者，马一浮认为要"存绝学于末运，扶仁道于衰微"，他要为学术而奔走。而且，他还提出在乱世中讲学不必拘泥于固定的场所，旧时书院的讲学方式只是一种奢想，以抗战形势而言，移动讲学仍然不失为一种机动的传道之途，"讲学在今日，岂复有定所？弟谓无时无地无人皆可随宜为说，若避地之计，直是徒然，我能往，寇亦能往"。

就在这个时候，创办书院的机会居然出现了。事情来由是浙江大学校长竺可桢几经转折找到马一浮，邀请他到浙江大学作"国学讲座"，这是马一浮正式走进校园讲学的开始。而受抗战形势影响，他也随着浙大的迁移而到了江西泰和和广西宜山。就在迁往宜山期间，创办书院一事有了进展，"书院动议，前由毅成、百闵来电，具道教部之意，有'名义章制候尊裁'语。礼无不答，故临行仓促草一简章与之"（马一浮1938年11月24日给熊十力的信）。寿毅成、刘百闵是马一浮的学生，两人均较有活动能量，社会交往频繁，对书院之事非常热心，实际上他们成了复性书院最早的倡议者。但是，马一浮并不相信这件事能成，持怀疑态度，"逆料此时断无实现可能，事后亦遂置之"。只不过学生们已经着手开始张罗，并希望他早日

西迁东还

赴重庆。

对于书院，马一浮其实并非不想办，而是感到非己之力能为之。其实他对书院有不少想法，如在书院地址上，他认为佛学之盛与寺庙有关，"出入之盛，儒家实有逊色，丛林制度，实可取法"。无疑，他心中的书院形象是有参照的，也就是应该如寺庙一样有个庄严所在，后来复性书院最终定在乐山乌尤寺，可以说是同他的这一思想相关的。在具体选址上，马一浮提出"须不受军事影响，交通不至于间阻，供给不致缺乏，尤以地方治安可以保证为要"。虽然马一浮觉得在当时办书院掣肘颇多，但还是可以争取一下的，"弟亦不惜一行，为先圣留一脉法乳，为后来贤哲作先驱"（马一浮1938年11月24日给熊十力的信）。

实际上，马一浮在最后到乐山之前，都是踌躇不前的，一则是经费从何而来，二则是抗战形势不断在恶化，三是他与熊十力的意见开始出现分歧。

经费的问题在寿毅成、刘百闵等人的运作下，得到了"当局"的认可，政府愿意作为列名创议人，由教育部按月补助经费，保证书院的正常开支。经费的问题暂时解决了，但能否持续保证书院的经营，则是后话。

形势方面却不容乐观，马一浮在1938年12月给熊十力的信中就写道："日来消息大恶，广州已陷，武汉益岌岌旦暮间……书院事宜可束阁矣。"复性书院最后落到乐山创办，也是基于世局的考虑。乐山当时已经成了抗战大后方，是南迁西迁的机构、法团、企业最多的地方之一，如武汉大学、四川大学、盐务总局、故宫博物院文物、永利化学公司、岷江电厂、黄海化学工业研究社等均陆续迁到乐山境内。当时，马一浮就想把书院建在四川，"若在四川，鄙意或就嘉定、眉州等处选之"（1938年10月23日给张立民的信）。而且他仍然觉得落在寺庙中为佳，"若峨眉、青城等山有寺观可租赁，作为临时用，亦可"。而后来复性书院选在乌尤寺，无疑是选到了一个清静又安全的山水胜地，跟马一浮之前的丛林之想竟然完全吻合，基本得到了他认可的"治安无虞，交通无阻，供给无乏，山水形胜，气候适宜"的要求。

但第三个问题却有人为因素，且是由第一个问题连带而来的。马一浮认为书院是纯粹的学问机构，不应该受制于外来因素影响，政府可赞助经费，但不能接受其资助，"若请求开办费，请求补助经费，此与普通私立学校无异。须经彼批准，须按月领取，则明系奴属性质，事体乃大不侔"（1938年9月29日给张立民的信）。他认为两者的性质有天壤之别，且不能妥协，"并非倨傲，妄自尊大。以儒者立事，不可轻言请求"。但熊十力认为政府还是比较开明的，人家已经明确表态是一切听由自主，不从中插手，"在今日固已难能"，所以虽是官方资助，但书院仍然是自由的，而关键是没有经费办学就是一句空话。

在众人的极力说服下，马一浮基本同意熊十力的意见，这才有了复性书院的诞生。应该说在抗战形势下，百物腾贵，财政异常困难，国民政府还拿出一些钱来扶持民间办学，且是传统学术，说明在其阵营中有不少人是知道其重要价值的，也是想保留中华文明的火种的，他们认同文化不亡则国家仍有希望。而从这点来看，马、熊二人并无本质上的思想鸿沟，他们只不过从不同的角度来看待文化的坚守而已。

但马、熊的矛盾从运筹之始就逐渐多了起来。如在学员的出路上，涉及了"办学到底有何用"的问题。马一浮认为书院不是现代学制下的学校，而是穷究经术义理之所，是淡泊之地，非利禄之途。而熊十力则主张学以致用，要做经世之学，应该考虑到学习的丰富性，所以在办学规模、学科设置、师资力量等方面均提出了一些建议，而两人的想法不尽一致，难免有隙。在1939年7月10日的一封信中，两人的矛盾愈加激烈，熊讥之办学理念是开历史倒车，而马一浮辩道："弟非欲教人做枯僧高士，但欲先立夫其大者，必须将利欲染污习气净除一番，方可还其廓然虚明之体。"

马一浮的固执来自他根深蒂固的思想底线，他从未放弃自己的观点，哪怕是复性书院困难重重，师生星散，他也认为："书院意义不特一般社会不识，董会诸公亦至今不能尽识。廿八年冬，熊先生曾持异议，欲变为国立文哲学院，仆不为动。""今之学校，犹昔之科举。自唐宋以来，士子无不应科举者。子弟有志入学，亦何足为病？但由儒术不明，故令学校、科举同为俗学，汩没人才，此后之为教者所宜知反耳。"（1944年给张立民的信）

不过，马一浮也有自己的苦闷，深知观点的不相容，所以他有充分的思想准备。在复性书院开办前夕的 1939 年 5 月 22 日，他给学生王星贤的信中说道："书院之成与不成，于道无所加损，于吾亦无所加损也。人生聚散本属无常，佛氏归之缘业，儒家安于义命，俱不由私意安排得来，只好随缘随分。"显然，他的这段话是有所指的，而那时正是马一浮同熊十力争执最多的时期。意见相左，让熊十力准备奔西南联大而弃书院，马一浮则言明"书院立场，不可改易"，熊十力则斥之"狭隘"，两人的言语火药味也越来越浓。

但在办院之初，熊十力是不可多得的人才，马一浮仍然想力争他到乐山来助阵，"平生相知之深，莫如兄者，兄犹弃之，吾复何望"，又说，"嘉定生活较成、渝并不为高"。最后他在信中这样写道：

> 若弟意犹可回者，愿仍如前约，溯江早来。渝嘉间轮船已可直达。此间居处虽未必安适，若以长途汽车入滇，恐亦不胜劳顿。即乘飞机空行，亦不免震荡。恐皆非兄体所宜，幸深察之。

言语之恳切不能不让人感动。1939 年 7 月 20 日，马一浮收到熊十力的信，答应前来。马一浮大喜过望，速回信道："昨晚得兄飞示，允于旧历六月望前首途，为之喜而不寐。馆舍一切，已嘱二三子速为预备。日来水涨，舟行益利，愿速驾，勿再淹留。濒行盼以电告，须示船名。俾可迎候。相见在迩，不胜引领伫望之情。"

其实，在学识上马、熊二人是惺惺相惜的，且有诸多共通之处。程千帆先生在《读蠲戏斋诗杂记》一文中就评价过两人的为学："先生之学，博通内外，贯综古今，遍究宋明诸儒之所得，而归其本于孔子仁恕之得，以知性始，以尽性终。虽论及极尽精微之处，或与并世诸名宿熊子真十力辈不无异同，然期于淑世拯乱，弘扬吾华古代文化之优良传统则一。"

但熊十力到了复性书院后，两人的关系并没有缓和，而是更加激化，在一同的生活中又无端生出诸多矛盾来。实际上，两人的性情大异是他们相处最大的障碍，钱穆对两人都非常熟悉，他在《八十忆双亲·师友杂忆》中曾经有过回忆，可做参考：

> 一浮衣冠整肃，望之俨然；而言谈间，则名士风流，有六朝人气息。十力则起居无尺度，言谈无绳检；一饮一膳，亦惟己所嗜以独进为快，同席感不适亦不顾；然言谈议论，则必以圣贤为归。就其成就论，一浮擅书法，能诗；十力绝不近此。

当时，熊十力被安排到乌尤山下的戴家院子住，生活不方便，也比较寂寞，心中闷闷不乐。但直接引发两人闹翻的是8月19日这天，日机突然轰炸乐山，熊十力还住在城里，他的住宅被焚，左足受轻伤。当时马一浮正在忙着其他事情，以为他"跛而能履"，能够自己应付，所以对之"未尽调护之力"，致使熊十力大为愤然。

其实，更重要的是熊十力感到自己没有得到尊重。马一浮非常固执，基本不听其言语，甚至说出了"今只能维持现状，弟亦无词以留兄"的话，两人由争执转为怨谤。1939 年 9 月 1 日，这是复性书院的开讲日，本来是个隆重的日子，自然也有喜悦之气，但熊十力只匆匆讲了一堂课即从此罢讲，后不久就拂袖离开了复性书院，两人分手时竟然没有一声道别。马一浮除了黯然以对，也对熊十力颇有微词："兄杂毒入心，弟之诚不足以格之，亦深引以为戚。"

1947 年 7 月 29 日，熊十力在给胡适的信中提到过这段往事："绍兴马君谨守程、朱，颂其精华，亦吸其糟粕。在川时有复性书院一段关系。论教法各异，竟以亲交而成水火。"（《熊十力全集》第八卷·附录）他用水火不相容来形容同马一浮的那段关系，可谓介怀之深。

关于这一段，马一浮后来颇为自咎，也非常失落，为之怅然。毕竟失去了一个老朋友，而复性书院才刚刚开办，熊十力和贺昌群都先后离开，不免落寞。1939 年 11 月 5 日，马一浮给熊十力的信中写道："兄去后空山寂寥，幸有敬兄（沈敬仲，时任复性书院副院长）可与共语。霜寒风急，益令人难为怀也。"

西迁东还

复性书院同人合影

濠上春秋

乌尤寺下有一个小河沟，外与岷江相连，当地人称之为麻浩。"浩"是古蜀语，小渔港的意思。有名的麻浩崖墓就在这里，早在东汉以前这里就有人类的频繁活动。马一浮到了这里后，将此地称为"濠上"，其实是"浩"之误。但"濠上"一词，典出《庄子集释》，说庄子与惠子游于濠梁之上，谈及水中之鱼是否知乐的话题，濠上便有了自得其乐之地的意思，不知道马一浮是否有借此引申之意？

1939年6月，马一浮第一次由重庆到乌尤山考察时，一眼就看上了这里，不再作他选。在他看来这里是办学的最佳处，确有濠上之意，后来他居住的地方就建在乌尤山下、麻浩河边，并将之取名为濠上草堂，"乌尤山下有小溪曰麻濠，书院借地就溪边构屋数椽，因得暂憩，以濠上草堂名之"。

濠上草堂处在山水形胜之地，古寺幽静，林木葳蕤，雀鸟相鸣，这些都颇为接近马一浮心中的理想书院。这一时期在他的诗中有"溪山行处有，云月自为邻""劫后双筇杖，花前一缊袍"等句子，完全是抖落风尘在此做长久栖息的恬适心态。而就在如此幽静的环境中，马一浮写道："弟意但欲得一二真正学子，伏处山谷，黯然自修，无声无臭，不涉丝毫功利之习，庶不失古人之用心。"（1940年4月2日给钟山的信）

但刚到不久，马一浮的烦恼就来了。1939年8月19日，乐山被日机疯狂轰炸，整个城市被炸去四分之一，从此乐山成为了一个不再安全的地方，经常传来报警声，跑警报成为常态。当时马一浮还没有迁居到乌尤山，而是暂居在城里，但人心惶惶，日夜无安。"近来月夜往往闻警，露坐竟夕，为之不宁。"（1939年9月3日马一浮给屈映光的信）为此，他还写过一首《闻警夜起望月用荼字韵》的诗：

> 夜半频闻里巷哗，开门推案落灯花。
>
> 相逢尽道依蛮窟，不寐非关嗜苦茶。
>
> 拔宅计虚怜智士，御风术好误兵家。
>
> 老夫观物心无碍，独坐空阶望月华。

作为一院之长，他事无巨细都要考虑。乐山被炸后，马一浮首先想到的是药物。1939年9月20日，马一浮希望屈映光能够代为采购一些药物，以备不时之需。他在信中写道："书院师生及执事员役，现已达四十余人，不能不为疾病不时之备。值嘉定炸后，时疫流行，尤须防虑。但城内中西药肆俱焚毁一空，无从得药。"

战争的影响是一方面，而复性书院还未开讲就面临了炮火的威胁，这仿佛也预示了它艰难的办学之路。应该说在开办之后，很多问题才慢慢暴露出来。首先是生源，来者寥寥，且在应试后让马一浮看来大多不合格。复性书院确非普通的学校，对传统文化须有一定底子的人才可能入门。当初马一浮的初衷是开门办学，来者不拒，贺昌群、熊十力都曾经对这个问题提出了异议，但马一浮并没有听信，这也是后来贺、熊离去的原因之一。而事实证明，马一浮这一想法确实是太过理想化了，后来连他自己都不得不承认之前的想法有失误，"今时根器下劣者多，又习气深厚，难为解脱。每苦书问酬答之烦，虽与方便饶益，其实劳而少功"。

老师的聘请上也颇为困难，为此马一浮四处请人，费了不少心思。如他在 1940 年 6 月 8 日给钟山的信中就写道："可以任学校之师者，尚不乏人；可以为书院之师者，实难其选。"后面他在信中又写道："山寺临江，林木蓊翳，且多岩穴，可避飞鸢。"这里的"飞鸢"指日军轰炸机，不是风筝，虽有洞穴可钻，但也实属无奈。

1940 年 4 月 21 日，马一浮给正在乐山武汉大学的钱穆写信，请他到复性书院来讲学，他在历数了书院荒陋、学人寥落之种种不堪后，表达了"欲使得近当世显学，稍被闻熏之益"的愿望，恳请钱穆亲临濠上，"法雨所霑，足令草木生色，其为幸滋大"。但这件事让钱穆颇感意外，在马一浮心中能掂得起分量的人不多，他能够放下架子求人实属不易，钱穆在《八十忆双亲·师友杂忆》中津津有味地回忆了这段往事：

> 一浮自处甚高，与武汉大学诸教授绝少来往。武汉大学学生邀其讲演，亦见拒。又不允武大学生去书院听讲。及是，闻一浮来邀余，皆大诧怪。余告一浮："闻复性书院讲学，禁谈政治。倘余去，拟择政治为

题，不知能蒙见许否？"一浮问："先生讲政治大义云何，愿先闻一二。"余告以："国人竞诟中国传统政治，自秦以来二千年，皆帝皇专制。余窃欲辨其诬。"一浮大喜曰："自梁任公以来，未闻此论。敬愿破例，参末座，恭聆鸿议。"遂约定。

及讲演之日，一浮尽邀书院听讲者，全部出席。武汉大学有数学生请旁听，亦不拒。一浮先发言："今日乃书院讲学以来开未有之先例，钱先生所谈乃关历史上政治问题，诸生闻所未闻，惟当静默恭听，不许于讲完后发问。"盖向例，讲毕必有一番讨论也。

但书院的经营实在是惨淡，学员稀少，经费短缺，不到两年时间，就彻底放弃讲学，专事刻书。1943 年 11 月 1 日，马一浮在给杨樵谷的信中写道："承询书院近况，无可为言。往时虽有少数学人，俱已星散。近年来稍事刻书，亦以费绌难支。"刻书之事实属无奈，书院之名多少有些名不副实，至少脱离了讲学，书院也是不完整的，但刻书对学术的保存与传播却有薪火相传的作用。

但刻书也是困难重重。随着物价飞涨、经济枯窘，刻书的人工费不断上涨，在《复性书院日记》中可以看到，1940 年 9 月 18 日，"刻字工人要求待遇从优，并未通知院方，遽尔怠工一日"。罢工事件发生后的第二天，书院就贴出一告示："刻字快或精者，于每万字原定工贽四十元外，加奖五元，兼之者十元。"也就是说，虽然涨了，但每万字最多还只有 50 元。但从这次涨工费之后，就一发不可收拾，1940 年 11 月"写、刻万字工价一百七十五元"，3 个月内涨了 3 倍多。到 1942 年 9 月"每万字四百元"，再到 1943 年 7 月增加至"每万字一千二百元"，而到 1943 年 11 月，"刻工自本月起增加工资，每万字定为一千九百元"，也就是在短短 4 年中，刻费竟然增加了 10 倍还多。

通货膨胀如此之烈，货币形同废纸，看来刻书也持续不下去了。但此时的情况是书可以不刻，人要果腹，而书院已经快要无以为炊了。马一浮在无奈之下，想到了鬻字，也就是替人写字换钱，但开出的润格毕竟有辱斯文，清高和脸面通通无济于事，为了果腹马一浮已经顾不得这些了。复性书院落到如此地步，并不是经营不善，而是抗战经济已经到了崩溃的地步，百业凋敝，民不聊生。马一浮给吴敬生的信中不无悲愤地写道："鬻字乃不得已而为之，今刻书既无望，捐款亦无济，然相从犹十数口，不能任其饥饿，则亦唯有赖鬻字以暂维之，至于力竭而止。"

1943 年是复性书院最为艰难的一年，马一浮萌生去意，他给蒋介石写了一封信，要求辞去主讲一职。他写道："于今五年，无补德化，始以学人寥落，讲习多疏；继复承助刻书，剞劂亦乏。长此坐误，深惧虚糜。唯有仰恳允其辞去主讲名义，并请饬下董事会另聘贤者主持，另谋善道。"

没有想到信一出去，马上就得到了回应。1943 年 9 月

14 日，他就"收到盐务总局缪剑霜先生捐助刻赀万元"（《复性书院日记》）；仅仅一月之隔的 10 月 19 日，他又收到一笔意外的捐助，"收到蒋先生捐助刻赀五万元"。蒋先生显然是认认真真读了他的信，体恤他的苦衷了；而又过 8 天的 10 月 27 日，他又得到一个更为踏实的消息："允照原单函粮食部，自七月起拨米。"有了钱和米，让复性书院的生存之忧暂时得以缓解。其实，在此时的中国有很多人正处在饥饿和死亡线上，文化之重在抗战最艰难的时候也未完全失去，既无枪炮之利，也无米粮之实的传统学术却甚于了它们，这又不得不让人感叹。

然而，马一浮却并不理会这样的优待。1944 年，他在给张立民的信中说："至去年不得已而接受粮部实米，虽可稍资一部分刻费，而书院降为一领米机构，仆从此不得不力去。"他为什么要这样做呢？因为他信奉的办学须得要有自由之精神，不受权贵、金钱的诱惑。早在 1938 年他就给张立民说过："经费一层，不能依赖政府。"不受嗟来之食本是一种骨气，但肉体毕竟有局限，在怀着不甘成为"一领米机构"的复杂心情下，马一浮难免不感到寂寥。所以他想到既然如此，不如辞去不干，他不想随波逐流。

早在 1936 年的时候，马一浮生病到医院检查，医生说他可能得了胃癌，他便给熊十力写了封信："兵祸又作，何处得安居？弟病医者言是胃癌，只得数年活，委心任运而已。寂寥之感，亘古如斯，亦不足置念。老而安死，理之常也。"马一浮对生死看得很淡，却对文化的坚守看得很重，这也注定了他的孤寂。

寂后心情是好诗

取消讲学之后，濠上的马一浮更多是著书立说。跟随他的是他的几个忠心耿耿的学生，如张立民、王星贤、王准等为他打点琐碎之事，他的生活过得比较清淡。这期间，他也写了大量的诗，全部收录进了《避寇集》和《蠲戏斋诗编年集》中，数量达到了 700 多首，平均一年近百首，每月写诗 10 首左右。题材与内容都非常丰富，而这些诗作也反映了他的山居生活和思想。

1942 年中秋这天，马一浮同他的学生吴敬生、詹允明、张立民、王星贤到濠上观月，但恰巧这天没有看到月亮，颇为扫兴。本来希望在寂寞的山居生活中得到一点即兴的喜乐，但没有想到天地混沌，竟无一月之明以舒心，由此也引发了他对人生的一番感叹。他在《壬午中秋邀敬生允明立民星贤集濠上看月月不出而遇雨作此自解并示诸子》中写道：

> 人生百年驹过隙，几年能见中秋月。
> 友朋况在乱离中，寸田尺宅皆沦没。
> 劫火大千坏不尽，清光三五圆更阙。

澄江一道净如练，虏旅千群气终墨。

去年独坐观天根，今年朋来探月窟。

日中见斗等丰蔀，大山出云每飘忽。

白衣苍狗翻手异，赤眚青盲竟何别。

"白衣苍狗翻手异，赤眚青盲竟何别"，说的是人世的缥
缈，本来创办书院有入世的功德，而现实的冰凉又让人产生出
世的解脱，入世与出世或许就只有一月之隔。复性书院在乐山
共八个春秋，马一浮身边发生的事情不少，大的如为书院撑
船的船夫患急症，他亲自"登船投药，终无转机"，眼睁睁看
着他身亡；小到马一浮遭遇偷盗，居室中"失窃铜痰盂二件"。
应该说，入蜀这八年是马一浮隐于濠上静心治学的重要阶段，
也是其学问得以为世人认识的显露之时。他一生最为跌宕起伏
的时期就在此期间，人物的汇聚、思想的碰撞、命运的周折、
世事的缠绕，似乎都集中到了乌尤山下那个小小的濠上草堂，
而这似乎可从马一浮一时之兴的诗句中看到不少。

乐山处在岷峨之地上，大山大河，复性书院无疑是落在
了一个好地方，正如马一浮在《即事》中写道："地载风霆气，
江流日夜声。楼开云自入，花发眼初明。"然而，他的身影却
是"寂默支床卧，逍遥曳杖行"，山川之浩大与个体之渺小形
成了巨大的反差。在这首诗中，"支床卧""曳杖行"有中国古
典山水画中的意境，高山远林，人在其中不过是一个微不足道
的小小符号，但这却是他常常在诗中调遣的词汇。如在《废言

篇》一诗中几乎有相同的场景，只是心境略有不同而已，后者的思绪似乎更为静默、温和：

> 隐几听鸣籁，闭门见山翠。
> 扶行幾屐穿，静卧一塌置。

而在《山居遣怀》中，诗句则有些许激越，表达了他寓居乐山隐于山林中并非是闲人一个，虽然时运局蹙，但"不作山僧粥饭谋"，他的心中自有清涟回荡。

> 不作山僧粥饭谋，尚余小屋傍林丘。
> 青松翠竹常遮眼，薄瓦疏檐可盖头。
> 案有残雪忘隽味，门回江水当溪流。
> 当年锦石支床卧，何必凌云载酒游！

但日日身处山水之中，他就乐而无忧了吗？好像并非如此，马一浮对山水之游还有自己的看法。如他在《厌山》中就写道："昔因游山，居处多不适，当谓名山可游而不可居。自以为当今居山稍久，又颇厌之。乃觉好山只宜看而不必游，及身在山中，便失其趣。云兴霞蔚，从复可观；恶木险崖，亦败人意。居山更为拙事，徒费经营，极少受用。俗人望之若仙，不知其为苦道也。"这是他山居八年的真实想法，此席话其实非只厌山，也是对庸常之厌。游与居，是生命的两种状态，居久思游，游久思居，人的一生总在不停地变动中。在复性书院成立之初的"开讲日"中，马一浮的第一句话就是"天下之道，常变而已矣"，他此处讲的仍然是天下之道。但变中有冷暖，世道人心总会在一个小小的"变"字面前颤抖，"浮云终日变，薄酒不堪斟"（马一浮《花朝》）。

马一浮是大儒，其诗也如其人，用典太多，词语生僻，难免有枯涩之感，实为诗性之障。但也有不少充满生活情趣的诗句，体悟独到又率性洒脱，鲜活之气自来，刻板迂腐的儒者形象一扫而空，如"鲑菜莼羹俱梦杳，干戈无奈正相催"（《迟无量久不至却寄》）。人都在逃命，哪里还吃得到美味佳肴，战时的饥寒显露无遗；"醪糟一醉不知寒""市远只渐无隽味，竹厨蒲笋少江团"（《次韵和香宋先生乌尤禊饮》）。江团即江豚，是乐山江中特产的名贵鱼种，鲜美无比。据说在濠上不远的大佛岩下最多，但要吃到不容易，只能想想解馋；又如"人言江水胜沮洳，江水清寒欲少鱼。谁识晶盘行素脍，迩来朝市尽山居"（《观鱼》）。讲的是清贫的素食生活，暗思美味却是隐约可见，他是个美食家无疑，诗中的人性显露真实自然。

对日常生活的细致观察也是马一浮诗歌的一大特点。冬天早晨下雾起霜，四川人称之为"青霜"，马一浮也以之入诗，敏锐地捕捉到了新鲜的诗意，他写道："嘉州秋末冬初多浓雾，居人呼为青霜。盖霜凝则白，谓之青者，言未凝也。或曰轻、青音讹。喜其字颇新颖，因撰以入诗。"（《晓雾》）

隔篱山色便微茫，虚室生明似雪光。

润到琴书衣袂冷，黄花丛里对青霜。

其实，青霜这个意象跟寒冷、孤寂、迷惘相连，跟人世的某种语境相连，而微微的光中却又有人的精神存在。所以笔者认为"青霜"一词不可多得，青霜虽冷，但能明其志、凝其神，也衬托出了马一浮精神境界的底色。

马一浮濠上草堂建在水边，每年春夏涨水常常会威胁那几间小屋，多次出现过水漫草堂的事情，如在1943年7月8日的《复性书院日记》中就记录有："濠上水浸屋基，先生命移书至尔雅台，幸过午雨止，草堂阶砌屋壁颇有损坏。"这种场景同当年杜甫在成都西郊的茅屋为秋风所破，实在是有相同的况味。担忧涨水，担忧下雨，"明日游鱼恐上堂"，濠上危机四伏，人生的忧患在大雨中四溅，一片狼藉。但马一浮非杜甫，虽然"愁听滩声杂雨声"，但也只能面对，无奈就让它无奈去吧。

涨水新添五尺强，篱边一苇已堪杭。

中宵不寐听绳溜，明日游鱼恐上堂。

——《忧潦》

昨日篱东江水平，草浸沙岸有鱼行。

湿云不动连山暗，愁听滩声杂雨声。

——《连雨水涨不止》

在濠上近八年时间中，马一浮的日子总体还是平静的，除了朋友间的往来，学人中的拜谒之外，书院的生活比较有规律。日常的情景是：刻工、杂役"晨六时起，晚九时息，俱以摇铃为号"。马一浮住在濠上，去乌尤寺中的复性书院有一段山路，每次去他都要查看斋舍，如有凌乱和污秽，他会马上斥之"洒扫务令清洁"。当然，他也偶尔到乐山城里见客，渡船过江，当日来回；如有三五日之闲，也会去周边走动，如到峨眉山、成都等地游览。但更多的还是如在王星贤记录的《复性书院日记》中所见，大多还是琐碎的事情，如："买米十石，单价二百四十四元"（1940 年 11 月 22 日）；"夜间失窃，计厨房用具大小七十六件"（1940 年 11 月 30 日）；"竹工著手在荔枝楼编壁"（1941 年 2 月 15 日）；"访遍能和尚，与商定水池篱上设门"（1941 年 4 月 8 日）；"预付乌尤寺房租，一年七百二十元"（1941 年 4 月 29 日）；"买到无钡花盐二百斤，单价四元一角一分，运费自五通桥到院每斤三角五分"（1943 年 1 月 17 日），等等。

就在宁静的生活中，马一浮的学术和艺文造诣日益精进，正如他的诗句"黄花野圃如相见，寂后心情是好诗"（《刘云巢以诗来问近日有无题咏书此答之》）所表达的一样，那是一段非常难得的时光，固有流离、清贫和孤独，却是苦修之途，成就了他一代儒宗的地位。

马一浮在濠上草堂书房　盛学明摄

复员东还

　　1942 年 8 月 4 日这天，发生了一件大事。马一浮的表弟何茂桢去城里买了两缸油，便与"福康"油号的店员一同坐船返回复性书院，但刚走到大佛脚下就翻了船，人被洪水卷了进去，惨遭灭顶。

　　当时，何茂桢的妻子也与他同行，"遇人打捞上岸，急救无效，即夕棺殓"（《复性书院日记》）。而何茂桢落水后却不见踪影，尸骨无存。复性书院立即派毛正华持招寻尸身启事九张，沿流而下，在各码头分别张贴，悬赏二百元寻觅下落。寻尸启事张贴的地方（其中有）：天池坝一张，牛华溪三张，竹根滩三张，西坝一张。这四处都是岷江在乐山以下沿岸的大镇，岷江要向东顺流过这些地方。

　　何茂桢意外身亡，让马一浮非常悲伤，当年是他寻找到何茂桢的下落，兄弟得以相见，也告慰了先亲。但何茂桢一死，二十多年前死去的三舅的余脉也就断了，这也意味着马一浮失去了全部亲人。

　　为掩埋何茂桢的妻子，马一浮自任"丧葬费五百元"，又让复性书院送一千元。但何茂桢的尸体一直没有找到，到第三天，马一浮让人给江上的渔夫传话，请他们留意江面，发现情况及时告之。那一天马一浮事务繁多，任叔永、陈西滢和凌叔华夫妇来访，之后徐苏甘、张梓生又至，一直忙到晚上。等送走客人，马一浮才召集何家遗族商量丧葬事宜，并"对何公子

（何寅生）诲以人子之道"，"言之沈痛"。

几天过去，何茂桢的尸身一直没有出现，马一浮就提出"招魂而葬"。8月9日，他拟定了招魂辞。8月14日早晨，复性书院全体同人在江边为何茂桢举行了招魂仪式。这期间，马一浮有两句诗最能反映他的心情："世事纷纭谁料得，异乡偏有助哀人。"（《寓言》）何茂桢之死，可能是马一浮在整个复性书院时期最悲哀的事，这是人生的又一次告别。

但生活中也有相聚的欢乐。1943年4月1日，丰子恺到了濠上，他同马一浮有着亦师亦友的关系，而最能够说明这种亲密关系的可能是丰子恺的一段文字，他回忆当年在桐庐时宁静而愉快的一段生活：

> 童仆搬了几双椅子，捧了一把茶壶，去安放在篱门口的竹林旁边。这把茶壶我见惯了：圆而矮的紫砂茶壶，搁在方形的铜灰炉上，壶里的普洱茶常常在滚。茶壶旁有一筒香烟，是请客的；马先生自己捧着水烟筒和我们谈天，有时放下水烟筒，也拿支香烟来吸。有时香烟吸毕，又拿起旱烟筒来吸"元奇"。弥高弥坚，忽前忽后，而亦庄亦谐的谈论，就在水烟换香烟、香烟换旱烟之间源源地吐出来。
>
> ——丰子恺《桐庐负暄》

丰子恺在濠上写有一首《癸未蜀游杂诗四首·乐山访濠上

草堂》，其中有"蜀道原无阻，灵山信不遥。草堂春寂寂，茶灶夜迢迢"的诗句，是不是又找到了当年在桐庐时的感觉了呢？时过境迁，也许只徒留一些回忆罢了。后来丰子恺为马一浮留下了一千元的香烟供养费，但马一浮将之"转充刻赀"，丰子恺的钱是沿途靠卖画来的，患难中的真情取代了温馨闲适的感觉。

1945年初，日军发动新的进攻，形势又呈严峻之势。4月，马一浮到相隔几十里的犍为清溪镇考察，想万一战争打到四川，能够有一个退避的场地。为什么要选择清溪镇呢？因为此处紧靠岷江，又是马边河的出口，可以沿河进入小凉山区，在过去被视为蛮夷之地。但不到四个月，形势又大转，日本宣布投降，这一想法始废。

1945年9月1日，也就在举世关注的东京湾受降仪式的头一天，马一浮的濠上草堂遭遇洪水侵袭，他被迫搬到乌尤寺尔雅台。当然，这也是他最后一次被水潦困住。

而就在此时，在濠上待了七八年之后，马一浮也有些思乡了。1945年初秋，马一浮在田间行走，突然听到了大雁的叫声，岁时之感油然而生。"偶行田间，值雁过，闻老农相语云：'鸣雁已来，又催人下麦矣！'喜其语类陌上花开，天然隽永。夫候雁自鸣，何关种麦，而老农感之，雁何德焉！物理之妙，在初不相涉而冥应无穷，是非俗情之所察也。"（《闻雁》）

其实，他是闻雁而思归了。从1946年开始，马一浮就在准备复员东迁的事情，实际上他在1945年年底就给蒋介石写了一封信，请求照顾，"书院书籍、板片及同人家属，应随众东迁……可否仰恳饬下所司，指拨舟船，特予免费输送"。但当时的情况是所有的南迁的机构、人员都在急着东还，马一浮显然有些书生意气，所以在1946年1月10日他给杨樵谷的信中就写道："东迁之计犹是望空祈祷，未知何日得上归船。"

2019年1月，笔者到乐山市档案馆查找复性书院相关档案资料，但馆藏资料极为稀缺，仅仅看到一件函件，而这个函件恰巧就是关于复性书院东还的。这是一封复性书院给"第五区行政督察专员"的专函，全文如下：

> 敬启者：书院现拟东迁，由乐山雇船两艘至重庆，随带书籍板片壹佰箱行李，同人暨眷属人口叁拾人同时出发，请给予证明书壹份，所有经过地方，仰沿途军警免验放行，并请饬水上警察加以保护。

这封函的时间是1946年3月12日，看得出东还的准备工作在紧锣密鼓地进行，复性书院的所有人都已经归心似箭了。

这期间，马一浮有几首诗特别能够反映他欲去之时的复杂心情，如《晓》："晓色临窗易，归心破梦先。鸣桡来枕上，知有下江船。"又如《将去乌尤留别赵香宋先生》："离堆别后琅玕长，他日重来扫石床。"再如《乡书询归期尚需喟然有作》："有生俱是客，无屋强言归。空谷逢人少，寥天慕鸟飞。"

复性书院离开乐山的时间是3月31日，马一浮在诗中写道："辞君一棹下渝州，未见江南已白头。二月春风吹锦水，岸花樯燕送行舟。"（《将发嘉州留别蠲庵》）离开乐山后，船在宜宾停留一宿，他专门到南岸坝看了祖坟，第二天才到了重庆。在重庆停留了近二十天，于4月21日"搭乘军事委员会包机"飞往上海，这里可以看出他是非常受优待的，他写给蒋介石的信起了作用。接着他再由上海到杭州，住在西湖葛阴山庄，这便是新的复性书院所在地。至此，马一浮在四川乐山长达八年的峥嵘岁月宣告结束。

复性书院一直延续到了1948年年底，后改为了图书馆，名字始不复存在。在后面的一段时间里，主要的工作是整理在乐山时期的一些学术成就，并刊刻成书。1947年夏，由张立民辑录的《濠上杂著》出版，这是乐山复性书院时期重要作品的呈现。

1948年春，熊十力突然出现在葛阴山庄，老友相见分外欣喜，马一浮与他已经有九年时间未见面了。这九年中各自的变化都很大，马一浮已经65岁，而熊十力也63岁，过了耳顺之年，两人是否都相互敞开了胸怀，为当年的一点不快往事而一笑泯恩仇呢？可以肯定的是，除了身体不敌岁月以外，两人在精神气节上的变化甚少，傲骨铮铮，兀自独立，不愧是近现代中国传统文化的代表性人物。而马一浮留给人们的形象颇为独特，长髯飘飘，仪态优雅，正如钱穆所言："一浮美风姿，长髯垂腹，健谈不倦。"

小城办学记

熊十力

婉拒当局

1947年1月15日，熊十力在四川给他的朋友钟山写了一封信。信中写道："吾开春欲回北大，但不知路上便利否？"很明显这封信是在提前问路，因为他感到抗战胜利后，各路人马纷纷返回，大后方将会一片寂寥，气场已散，自己的事业已难有作为。此时的熊十力显得很茫然，所以他在信的最后又补了一句，"世局不复了，我仍不知安居处"。

熊十力于1947年仲春去了重庆，后又到武汉，4月抵达北京，结束了他在小城五通桥的一段短短的历程。这一年他62岁。

有人说，在20世纪的中国哲学家中，熊十力是最具原创性的哲学思想家，是中国近现代具有重要地位的国学大师。当然，熊十力到五通桥不为他事，也是奔着哲学而来。熊十力一生有个夙愿，就是创办一个民间性质的"哲学研究所"。

早在1931年，他就曾向北大校长蔡元培先生提起办学之事，但没有结果。1939年，他与马一浮在乐山乌尤寺办"复性书院"，这个书院就有点哲学研究所的意思，但由于两人的思想分歧很大，结果是不欢而散。1946年，蒋介石听说熊十力有办哲学研究所的愿望，便令陶希圣打电话给湖北省主席万耀煌，送一百万元给熊十力办研究所，但被熊当场婉谢。这年6月，徐复观将熊十力《读经示要》呈送蒋介石，蒋感叹其才学，令何应钦拨款法币二百万元资助之，但熊十力再次拒绝。1946年6月，熊十力致函徐复观、陶希圣："弟禀气实不厚，少壮已多病，兄自昔所亲见也。……今市中与公园咫尺，每往一次，腰部胀痛。此等衰象，确甚险也。生命力已亏也，中医所云元阳不足也。弟因此决不办研究所。……研究所事，千万无复谈。吾生已六十有一，虽不敢曰甚高年，而数目则已不可不谓之大，不能不自爱护也。"

很显然，熊十力故意以自己身体差、年纪大为由谢绝了这件事。但实际上，此时的他已经做好去四川的准备，黄海化学工业社的孙学悟先生主动请他到五通桥，邀其主持黄海化学工业社的哲学研究部。"清溪前横，峨眉在望，是绝好的学园。"（孙学悟语）而这一次他是慨然应允。

为什么他会做如此选择呢？其实熊十力是明白人，他不愿接受蒋介石的钱是他从根本上认为"有依人者，始有宰制此依者；有奴于人者，始有鞭笞此奴者"（《十力语要》）。所以他在给徐复观的信中再度写道：

> 章太炎一代高名，及受资讲学，而士林唾弃。如今士类，知识品节两不败者无几。知识之败，慕浮名而不务潜修也；品节之败，慕虚荣而不甘枯淡也。举世趋此，而其族有不奴者乎？当局如为国家培元气，最好任我自安其素。我所欲为，不必由当局以财力扶持。

"黄海"办学

孙学悟与熊十力是老朋友，但他们重新联系上是在1945年2月，经马一浮的学生王星贤牵上线的。结果两人相谈甚欢，一拍即合，1946年初夏熊十力就去了五通桥。在熊十力看来，此事正合了他"纯是民间意味，则讲学有效，而利在国族矣"的意愿。

其实，孙学悟请来熊十力也不纯粹为了友情或个人喜好。黄海化学工业研究社"二十五年，历经国难，辛苦万端。赖同人坚忍不拔，潜心学术，多所发明，于国内化学工业深有协赞。复蒙各方同情援助，益使本社基础渐趋稳固。学悟窃念，本社幸得成立，而哲学之研究实不容缓"（孙学悟《黄海化学社附

西迁东还

设哲学研究部缘起》)。当然，这件事跟黄海创始人范旭东也有很大的关系。1945年范旭东不幸去世，生前他一直认为科技进步是民族的富强之道，西洋科学有今日之发达并非偶然，他一直在思考一个问题，那就是中国哲学思想是否储有发生科学之潜力？作为实业家的范旭东在把久大、永利等企业做大之后，想到的还是哲学问题。孙学悟认为，"哲学为科学之源，犹水之于鱼、空气之于飞鸟"。于是，范旭东的去世成了一个契机，对他的追思内化为了进行哲学研究的动力，"今旭东先生长去矣，余念此事不可复缓。爰函商诸友与旭东同志事、共肝胆者，拟于社内附设哲学研究部"。

当时的"黄海"不仅在科技方面走到了国人的前列，而且也是中国科学界的一面思想旗帜，他们主张"工业的基础在科学，科学的基础在哲学"。孙学悟就曾说过："发展科学的要素至多，可归纳为二：一为哲学思想，一为历史背景。哲学思想为创造科学精神的源泉，历史乃自信力所依据。此二者吾人认为是培植中国科学的命根。……中国民族，本来是有哲学思想的，为什么现代科学不产生于中国？这个问题何等重要！如其放过它，我们又何能谈发展中国科学？更还有什么工业建设可言？盲人瞎马，空费周章，令人不胜惶悚。这是在黄海二十年最苦心忧虑，而亟待为国家民族竭尽心力追求的一目标。"（孙学悟《二十年试验室》）

其实，孙学悟对哲学的思考早已有之，他不仅是个杰出的科学家，而且对文史哲经有很深的钻研。孙学悟作为黄海化学工业研究社的领头人，在一个搞化工的学术研究机构创设哲学部，这是中国科技与哲学相结合之思想发轫，就是现在看来，仍是中国科技界的一大盛举。这个哲学部虽然只是"黄海"下的一个部门，但它将承担的却是"置科学于生生不已大道，更以净化吾国思想于科学熔炉"（孙学悟《黄海化学社附设哲学研究部缘起》）的重任。

1946 年 8 月望日（15 日）这天，黄海化学工业研究社附设哲学研究部正式开讲，熊十力作了洋洋洒洒的演讲，这篇演讲词后来发表在了一些杂志上，又题《中国哲学与西洋科学》。熊十力在其中系统阐述了哲学与科学的关系，强调"夫科学思想，源出哲学。科学发达，哲学为其根荄"。他办哲学研究所的愿望在五通桥这个小小的地方得到了暂时的满足。在熊十力的著述中，这篇已成为名篇的文章结尾，他不无深情地写道：

> 余与颖川（孙学悟）先生平生之志，唯此一大事。抗战期间，余尝筹设中国哲学研究所，而世方忽视此事，经费无可筹集。今颖川与同社诸公纪念范旭东先生，有哲学部之创举，不鄙固陋，猥约主讲。余颇冀偿夙愿。虽学款亦甚枯窘，然陆续增益，将使十人或二十人之团体可以支持永久，百世无替。余虽衰暮，犹愿与颖川及诸君子勠力此间，庶几培得二三善种子贻之来世，旭东先生之精神其有所托矣。

黄海化学社附设哲学研究部以后，专门制定了简章，分"学则"和"组织"两部分。"学则"中又分教学宗旨和课程设置，其中教学宗旨规定为甲乙丙三条："上追孔子内圣外王之规""遵守王阳明知行合一之教""遵守顾亭林行己有耻之训"。并且"以兹三义恭敬奉持，无敢失坠。愿多士共勉之"（《黄海化学社附设哲学研究部简章》）。哲学研究部的主课为中国哲学、西洋哲学、印度哲学，兼治社会科学、史学、文学。要求学者须精研中外哲学大典，历史以中国历史为主，文学则不限于中国，外国文学也要求广泛阅读。

黄海化学社附设哲学研究部还制定了一个完整的组织机构。设有主任、副主任，又设主讲一人，研究员和兼任研究员若干。兼任研究员不驻部，不支薪，原黄海化学社的研究员也可兼任哲学部，但不兼薪。设总务长一人，事务员三人，分办会计、庶务、文书等事项，但创业之初均由研究员兼任。在学员方面，不定额地招收研究生，"其资格以大学文、理、法等科卒业者为限。研究生之征集，得用考试与介绍二法。研究生修业期以三年为限"。研究生给一定津贴，待遇跟一般大学研究生相当，但鼓励自给自足。哲学研究部也招收"特别生"，可以不受学业限制，高中生也可，只要实系可造之才，就可以招收。不仅如此，还设有学问部，"凡好学之士，不拘年龄，不限资格"，都可以入学问部，只是膳食自理。从这个组织机构就可以看出，熊十力希望的这个哲学研究所确系民间性质，没有官方的任何赞助，虽然得到一些黄海化学社支持的常年经费，但"黄海"本身就是民间团体，且"学款亦甚枯窘"，还需要另行募集。好在正因为是民间组织，学术自由、思想自由得以倡导，而里面的师生更多是不图名利、甘于吃苦勤学的有志之士。

熊十力来到五通桥后，他的一些学生、朋友也追随至此，有些是他请来的，有些是从其他地方转过来的，也有慕名而至的。

当时马一浮有两个学生，一个叫王准（字伯尹），一个叫王培德（字星贤），可以说是一生追随马一浮，是他的得意弟子。当年他们除了跟马一浮学习以外，还负责乐山乌尤寺"复性书院"的事务、书记、缮校等工作，马一浮的论述多由两人记录保存。1946 年"复性书院"由乐山东归杭州，王伯尹和王星贤则到了黄海化学社附设哲学研究部工作，其实这两人当年也是熊十力的学生，在熊十力的著述中多有提及，如王伯尹为他整理有《王准记语》，王星贤曾协助他汇编《十力语要》卷三、卷四等，这些都是在五通桥期间做的事。1946 年的农历十月六日，马一浮在杭州给两人写过一首《秋日有怀·寄星贤伯尹五通桥》的诗以慰思念之情：

> 五通桥畔小西湖，几处高陵望旧都。
> 九月已过犹少菊，江东虽好莫思鲈。
> 游船目送双飞燕，世路绳穿九曲珠。
> 却忆峨眉霜抱月，一天烟霭入看无。

　　　　　　　　　　　　　　西迁东还

当年马一浮与熊十力在乐山乌尤寺办复性书院的时候有过不谐，最后是各奔东西。但马一浮在这首诗的最后附加了一句"熊先生前敬为问讯"，可见他不计前嫌，早已经解开了心中的疙瘩。王星贤后来担任黄海化学研究社的秘书，一直跟随到迁回北京，并负责参与了1951年黄海社的财产移交中国科学院的工作。

在学生心中，熊十力是个怪人。他的学生曹慕樊就曾这样评价他："熊先生通脱不拘，喜怒无常，他与人处，几乎人最后皆有反感。"（《曹慕樊先生讲学记录》）他回忆有一次黄海化学社在五通桥举行庆典活动，请熊十力讲话，本来无非是说几句应景的话的，但他一上台就开始大骂政府当局，而且越骂越起劲，让下面的人都坐不住了，连他的学生都深感他的言语放浪不羁、粗野之至。

当年曹慕樊收到熊十力的信后，不顾待遇菲薄，辞去教职来到了五通桥，跟随熊先生学习佛学及宋明理学，后来《十力语要》中收入的《曹慕樊记语》就是曹慕樊当年为他记录整理的文字。他们为什么要不顾一切追随熊十力呢？一是慕其才学，二也是慕其人，虽然熊十力是怪人，但"其人甚怪，实摆脱一切世俗，蝉蜕尘埃之中，不可以俗情观之"。

废名与熊十力是同乡，当年两人曾经住在一起讨论学问，但常常是争得耳红面赤，时不时还要老拳相向，但隔一两天又和好如初，谈笑风生。周作人就记下过这样的事情："……大声争论，忽而静止，则二人已扭打在一处，旋见废名气哄哄的走出，但至次日，乃见废名又来，与熊翁在讨论别的问题矣。"（周作人《忆废名》）后来熊十力到了五通桥，与废名几乎是每天通一信，每次拆开信，总见他哈哈大笑，而他的笑非常独特，如婴儿之笑不设防。这两人是见不得来离不得，但争论之后很快又光风霁月，在旁人看来熊十力就是个不通人情世故的人，这大概也是熊十力的独特人格。

任继愈对熊十力讲课的记忆深刻："熊先生讲起课来如长江大河，一泻千里，每次讲课不下三四小时，而且中间不休息。他站在屋子中间，从不坐着讲。喜欢在听讲者面前指指画画，讲到高兴时，或者认为重要的地方，随手在听讲者的头上或肩上拍一巴掌，然后哈哈大笑，声振堂宇。"（任继愈《熊十力先生的为人与治学》）

熊十力在五通桥的时候，也有不少朋友、学生去看望他，唐君毅就是其中之一。当时唐君毅正好在华西大学教书，成都到五通桥可以走岷江顺舟而下，两日可到。师生见面自然高兴，但熊十力每次见面都不谈其他，只谈学问，他激情似火，气氛炽烈，直到让人受不了才走，但走后不久又想再回去聆听他的"疯言狂语"。后来唐君毅也不得不承认"熊先生一生孤怀，亦唯永念之而已"。

从 1946 年夏到 1947 年初春，熊十力在五通桥一共待了大半年时间。1947 年 2 月后他去了重庆梁漱溟处，"十力先生自五通桥来勉仁，小住匝月"（梁漱溟日记）。但他这一走，意味着他们之前谋划了近一年的黄海化学社附设哲学研究部不了了之。他走之后，王星贤稍做盘桓去了北京中华书局，而王伯尹到了浙大任教，从此以后，熊十力的哲学研究所梦想烟消云散。

熊十力离开五通桥既有经济的原因，也有环境的原因。

黄海化学社作为一个民间学术机构，除了最早范旭东给的一部分启动资金外，其他资金都靠民间筹措。但在抗战期间，"公司川西各厂创建先后六年，乃内困于交通之阻碍，外扼于越缅之激变，加以物价飞腾，材料奇缺，全局几濒倾覆。""公司各部皆在极度困难中挣扎，尤以新立之财务部及运输部为最。"（《永利企业档案》）这些记载都说明当时企业的困境。

工厂的情况如斯，"黄海"也绝无宽裕的可能。但"黄海"除了自力更生以外（如给外面的一些企业提供技术支持，收取一定费用等），还在努力筹措资金。当年范旭东曾经说过："黄海是一个孤儿，大家应当拿守孤的心情来抚育他，孩子将来有好处，那将是国家之福。"（范旭东1939年2月《黄海》卷首语）所以，他在1945年抗战胜利前夕曾在美国借成了一笔巨款，用以实现他的"十厂建设计划"，但他没有忘记"黄海"，拨给了400万法币用来补充仪器和书籍，又送"黄海"里的多名研究人员赴国外留学深造。这个时间是1946年2月，正是有了这难得的时机，熊十力主持的黄海化学社附设哲学研究部才得以成立。但钱刚领到不久，币值便急遽跌落，不到两年时间，这些钱已形同废纸。

实际上在建立哲学研究部的时候，当惯了穷社长的孙学悟自然会把钱捏得紧紧的，在理事会的简章中就明确写道："哲研部为发展研究工作几购书或印书等事需要重款，不能仅恃社

熊十力（后排长须者）在五通桥办学时期的留影

款拨给时，本会得向外募集。哲研部经费除由本社按月拨发正款外，应更筹募基金。"（1946 年 8 月《黄海化学社哲学研究部理事会简章》）所谓正款，无非是人员的薪俸支出，其他的钱则是卡得很严，连笔墨信笺之类的用品都常常得不到满足，这也让熊十力感到万分"枯窘"，做事颇为掣肘。

不知安处

正如熊十力所言，"世局不复了，我仍不知安居处"，当时的社会环境正处在抗战结束不久，国内形势纷乱复杂，流亡大后方的各路人马回到曾经失去的土地上，所有西迁的企业、单位都纷纷复员，仿佛一夜之间，那种焦灼、紧张、艰苦的抗战气场突然消失，美好的生活曙光重现，而大地依然满目疮痍，百废待兴。当时范旭东在天津等地被日本人抢占的企业已经收复，"抗战多年国力疲惫万分……同人困于久战，亟欲争取时间，提前促进"（《永利企业档案》）。复员大幕一经拉开，同黄海化学社一起西迁到五通桥的永利川厂开始了分批回到天津，而永利川厂实为黄海化学社的母体，黄海化学社的前身就是久大、永利的一个化学研究室，后来是"信欧美先进诸国之成规，作有系统之研究"才专门设置。永利一走，"黄海"也势必离开，事实上从 1938 年就迁到五通桥的"黄海"已经酝酿迁回北方。

1947年春天，孙学悟到上海参加黄海化学社董事会，专门讨论了复员问题，决定新社址初选在青岛，后又改定在北京，把五通桥作为分社。直到1951年，撤销了青岛研究室，结束五通桥分社，在北京设立总社，但最后的结果是并入中科院，以黄海化学社为基础成立化学研究所。在这一过程中机构和人员都动荡不安，可以想象熊十力在这样的背景下也是难以静心做学问的。

离开五通桥后，各方都在争取他，但他最后的人生轨迹还是并入了解放运动的滚滚洪流中。而改朝换代中的人们关注的已经不是什么学问了，对于他的旧学更是无人问津，这已经注定了他日渐寂寥的命运。

但就在这样的情况下，他仍然不忘创办哲学研究所的事情。1947年4月，熊十力返回北京大学，与校长胡适交流时建议在北大设哲学研究所，但没有得到回应；1948年2月，他远赴杭州讲课，期间专门谈过在浙江大学建立哲学研究所一事，但当时的校长竺可桢考虑到资金、时局等问题，也无回应；1951年5月，熊十力致信林伯渠、董必武、郭沫若，在信中他恳切建议"复兴中国文化，提振学术空气，恢复民间讲学""政府必须规设中国哲学研究所，培养旧学人才"。他甚至有些悲怆地写道："中国五千年文化，不可不自爱惜。清季迄民国，凡固有学术，废绝已久。"当然，他的这些奔走呼告皆付诸流水，事实是直到最后熊十力也没有实现这一梦想，留下的只是空谷足音。

南怀瑾

茫溪故人

多宝寺往事

清朝光绪年间的一天，五通桥盐大使牟思敬陪同泸州来的盐官余云墀，专门去了趟多宝寺。多宝寺位于川南小城五通桥的早期丛林，始建于清朝乾隆年间，地处深山。如果要去多宝寺，只有沿茫溪坐船到山脚，然后攀缘而上。

他们为什么要到多宝寺去呢？"幽邃多宝寺，传闻万岭中。"（牟思敬《偕余云墀司马游多宝寺》）深山古寺是诱惑他们登顶一游的主要原因，可能探幽访胜是人之常情。但在当时道路不通、人迹稀少的情况下，要上多宝寺，面临的是"高仄石级倾""攀缘频少憩"的状况，崎岖之途或有登临之险。

他们兴致勃勃地到了多宝寺后，看到的却是一片荒凉凋败景象。"石壁歆荒祠，神像半尘蒙。"（牟思敬）"殿宇洞穿风四面，满山荒草使人愁。"（李嗣沆）"山寺荒凉草树侵，秋来半雨半晴阴。"（王秉钟）本来他们是想来此好好领略一下风景名胜的，没有想到寺庙残破到这种景象。就在他们感到大失所望之际，却意外发现破墙上隐藏有一组诗，七绝律诗，一共八阕。

读完墙上的诗，牟思敬、余云墀两人突然明白了这座寺庙变成如今这般模样的原因。诗是同治年间拔贡、乡人陈蕴华留下的，他在诗中写到了当年的佛门盛景："古殿门开飞蝙蝠，平台僧集灿袈裟。经翻贝叶天垂露，座涌金莲地有花。"也写到了寺庙破败的原因："何事布施今却少，行盐非复旧商家。"显然，陈蕴华目睹了寺庙之兴衰，在诗中大发兴叹，由于盐场凋敝，香火不继，连寺庙也跟着遭殃。

在荒山破庙里读到一首感奋之作，其震撼是可想而知的。后来牟思敬在诗中写道："陈君名下士，题壁选韵工。飘逸寓感慨，景物赏心同。""置身名利场，到此思无穷。"（牟思敬《偕余云墀司马游多宝寺》）但无论牟思敬多么感慨，随着岁月的推移，这件事情渐渐被人淡忘了，再无人想起这首诗和这座普通的小庙。

1938年初，抗战军兴，多宝寺这座偏僻的寺庙被意外地派上了用场。当时，战争中有无数儿童流离失所，宋美龄在汉口成立全国战时儿童保育会，而四川分会第三保育院（简称"川三院"或"五通桥保育院"）就设在多宝寺。她利用庙宇建筑陆续收容、保育从全国各地疏散来的难童，让难童在这里生活、学习，多宝寺很快成了一个有数百人的难童学校。不仅如此，宋美龄还曾经亲自到这个地方来视察，还为孩子们剪过指甲。

但到了1942年，"川三院"被合并到其他地方，多宝寺再度成了一座空庙。1943年，多宝寺经过重新修葺，香火又开始缭绕了。当时多宝寺占地两亩，房二十，僧人七。

1944年冬天，南怀瑾从峨眉山大坪寺（净土禅院）悄然来到了多宝寺。

关于南怀瑾在峨眉山大坪寺之前的一段经历，当时成都的报纸是这样描述的："有一南姓青年，以甫弱冠之龄，壮志凌云，豪情万丈，不避蛮烟瘴雨之苦，跃马西南边陲，部勒戎卒，殚力垦殖，组训地方，以巩固国防。迄任务达成，遂悄然单骑返蜀，执教于中央军校。只以资禀超脱，不为物羁，每逢假日闲暇，辄以芒鞋竹杖，遍历名山大川，访尽高俦奇士。复又辞去教职，弃隐青城灵岩寺，再遁迹峨眉山中峰绝顶之大坪寺，学仙修道……"在峨眉山，南怀瑾的法名叫通禅法师。在奇峰峻岭中的大坪寺，南怀瑾开始了他的佛徒生涯，后来他作了一首诗来描写这段经历的清苦："长忆峨眉金顶路，万山冰雪月临扉"。但南怀瑾为什么会从大坪寺来到多宝寺呢？因为这时的多宝寺已经成了峨眉大坪寺的下院（也称脚庙），两寺之间或有寺产或有僧侣嫡传之间的关系。

张家故人

南怀瑾到五通桥的消息传出去后，来拜访他的人不少。当时在五通桥的善男信女中不乏地方官员、富商、名流之辈，其中有一个叫张怀恕的女居士最为虔诚。由于她一心向佛，所以常到多宝寺听经参禅，后来成了南怀瑾的弟子。

张怀恕的父亲张学源是五通桥有名的乡绅，乃一乡之善士，人称"张大善人"。张学源天性纯孝、聪慧，"未入冠时，赴县考，已中前茅。至考试已临，而遭先父之丧，丁忧三年，致使功名功亏一篑，天不助美，有若斯耶"（张怀恕《哭父文》）。父亲去世后，张学源没有继续学业。家境中落，他要担负一家老小的生计，但他"每日除奔驰生计外，辄自修不辍，对于天文地理、奇门遁甲、六壬医学及中外哲学无不深研，无不精晓"。后来张家经营盐灶，慢慢变得殷实起来，但由于张学源有功名之憾，所以对子女的教育非常看重，把他们都送到省城去读书。张怀恕能够成为早期的知识女性，跟他父亲的开明是分不开的。

张学源在五通桥盐场名望很高，参与过多次盐销案纠纷的解决。在他奔走呼号下，"犍盐使得仍畅销于南岸"。他也热心地方文化和公益，著有《玉津县治考》《拥斯茫水辨》等文章，考据确凿、分析详备，是一些颇具研究价值的乡土考察笔记。而最让他风光的是这件事："民国十八年，中央修盐政史，运署设编辑处，各厂设调查股，以资果证。犍人以吾父熟娴盐

西迁东还

法，咸举吾父量承其事。历四月，纂成四册，计答问六十二条，图表五十幅上之，得运使嘉许，且为报章表扬。"（张怀恕《哭父文》）其实，张学源还为五通桥做过不少善事，如捐资修补过倾塌的"老桥"，办过"浚源小学"，特别是在抗战初期，张学源积极参与过"川三院"的建设，"自朝至暮，席不暇暖，筹划建设，以救难区儿童"（张怀恕《哭父文》）。

但遗憾的是，南怀瑾住进张家时，张学源已于前一年（1943）的仲夏去世了，享年74岁。但可能正是他的去世使多宝寺下的张宅成了一座空房，而他留下的大量藏书却成了南怀瑾的财富。事实上，正是张家世代相袭的从善，让南怀瑾在遥远的川南水乡得到了一片宁静的安息之所。

2014年冬，我曾经到多宝寺下的群力街去寻找张家旧宅，居然还在。当时带我去的朋友指着一排旧房说，就在那里。但我还是有些疑惑，因为那排房子怎么也不是我想象中的样子，破破烂烂，完全没有大宅院的气派，估计原貌已遭破坏，如今只剩下很少的一部分。但通过残存的建筑可以看出张家算不上五通桥的大盐商，他只有两口盐井，相比于当地最大的盐商有"贺百口"之称的贺宗第来说，他只能算是个小盐商。当然，张学源曾经娶了五房太太，育有九个子女（张怀恕是他的长女），还有藏书楼，经济上还是比较殷实的。

张家旧宅附近很清静，倒确实是个读书的地方。房屋后面有一条小溪，溪水不丰，断断续续。前面不远处有座小桥，据说是百年前就有的，想来当年南怀瑾上下山都要经过那座桥。

桥是石拱小桥，上面的护栏、桥墩上还有雕刻，显示出年代的久远。我问附近的居民，他们说过去这一带人烟兴旺，炭进盐出，这倒跟张家的盐商身份相符。但如今是连盐场的一点痕迹都难见到了，更不要说找一间当年南怀瑾读书的书房。

南怀瑾为什么能够住进张家？这里面还有一些值得补充的东西。张怀恕的丈夫姓秦，是福建那边的人，据现在仍在五通桥居住的张怀恕的妹妹张怀恭说，秦曾经在军队里做事，但不幸在离张家不远的那个小桥头被刺杀身亡。张怀恕作为一个女性，在当时能够比较早地参与社会生活，经历不会简单，后来皈依佛教可能也与此有关。当时张怀恕的年龄应该在四十左右，她的女儿秦敏初已经在外面读书，暑假回家就看到了南怀瑾，并对他印象很深。

当时，南怀瑾虽然在峨眉山出家，名声却在外，这时的他是个什么形象呢？当时还是小孩子的秦敏初对南怀瑾的初次印象是："进了（多宝寺）山门到大殿，看到许多人，其中男女老少都有，团团围着一位似俗似僧的人。他剃了光头，留五绺长鬓，手里拿着一支板子（后来才知道那叫香板）。此人不怒而威，目光炯炯有神，环顾鸦雀无声的大众，然后开始说话。"（秦敏初《五十年来的近事——南怀瑾老师早年大陆侧影》）这时的南怀瑾已经开始传道，这段回忆应该就是他在多宝寺传道时的景象了。

其实，南怀瑾在大坪寺时就颇有些名声，所以他一到五通桥，就有不少人想去见他。但日久之后南怀瑾为此烦恼起来，他本想闭关清修，不为凡事扰心。所以张怀恕看到这种情景后，便主动提出请他移住到她家里，于是南怀瑾就从多宝寺到了山下的张家，并在此潜心读书。

> 有一段时间，五通桥善男信女们，要怀师去住持入山更深的石印寺（注：应为印石寺，在五通桥印石溪附近），但他婉辞不去，他另推荐了一个人去住持。总之，怀师在多宝寺的消息传出了，来访的人渐渐多起来，怀师感觉太厌烦。因此，妈妈和家人商量，便请怀师移居到我外公家的书楼上，也好长期供养。外公的书房有三间，左边的书房堆满了图书，其中有全套的永乐大典和四书备要，右边是卧房客房。怀师住在我们家里，除安禅打坐外，便埋首在书丛之中，这应该是他最惬意的事。
>
> ——秦敏初《五十年来的近事——南怀瑾老师早年大陆侧影》

文中所说推荐的人叫曼达法师，过去留学法国学摄影艺术，后来入了佛门。听说南怀瑾在多宝寺，所以追随到此，后来此人去了离此不远的红豆坡"兴隆禅院"（俗称印石寺）当住持。当时南怀瑾虽然年仅 26 岁，但博学多才，也经常出去讲学。现在在一些佛教信徒中，还有人记得他当时在多宝寺的一些印象。

南怀瑾没有任何文字回顾这段历史，但在后来的讲学中，偶尔会谈到当年的一些经历：

　　说起讲《中庸》很有意思，那是四十年前的事了。
当年在四川到了嘉定五通桥，一班朋友把我接去。那
个五通桥你们去过的大概知道，有个竹根滩，岷江边
的一个半岛，那是个很富庶的地方。到了那个地方，
大家很高兴："哎呀，你来很好，真的很好！"很多
四川的朋友在那，就说："我们这里三个月不下雨了，
你有什么法子求雨吗？"我说："好啊！"我说我讲
经求雨就好了！他们说讲什么经？我说讲《中庸》。
"啊？！"他们说："讲《中庸》？那是儒家，可以求
雨啊？"我说会啦！他说几天哪？我说，"一个礼拜
吧！《中庸》一个礼拜讲完，求雨。"哈！我话随便
乱吹，到底年轻！

　　　　　　　　　　　　——南怀瑾《中庸讲录》

　　后来在中央军校教授政治课，又碰到要讲《大学》
《中庸》，因此，驾轻就熟，至少，我自己认为讲得挥
洒自如。接着在抗日战争的大后方四川五通桥，为了
地方人士的要求，又讲过一次《大学》《中庸》。每次
所讲的，大要原理不变，但因教和学互相增长的关系，
加上人生经验和阅历的不同，深入程度就大有不同了。

　　　　　　　　　　　　——南怀瑾《原本大学微言》

"修养之地"

1945年9月抗战胜利后，南怀瑾从少小离家到川中已经有很多年，思乡之情自不能免，而此时很多抗战时入川的下江人纷纷准备回乡，就连在五通桥的一些抗战前移迁来的单位，也急着开始搬迁。码头上堆满了要运走的物品，货船上载着运往远处的货物，小城里笼罩着一种匆忙和寥落的气氛。

> 去国九秋外，钱塘潮汛悬。
> 荒村逢伏腊，倚枕听归船。
> 戍鼓惊残梦，星河仍旧年。
> 人间复岁晚，明日是春先。
> ——南怀瑾《乙酉岁晚于五通桥张怀恕宅》

> 几回行过茫溪岸，
> 无数星河影落川。
> 不是一场春梦醒，
> 烟波何处看归船。
> ——南怀瑾《丙戌春二月，时寄居五通桥
> 多宝寺，赠李秀实居士》

乙酉岁即1945年，丙戌即1946年，从这两首诗的时间来看，南怀瑾实际上1944年到1946年间都在五通桥。他在整理

自己一生的诗集《金粟轩纪年诗初集》时收录了一首叫《过蛮溪》的诗："乱山重叠静无氛，前是茶花后是云。的的马蹄溪上过，一鞭红雨落缤纷。"这是南怀瑾失而复得的诗，他在诗的附录中写道："廿八年（1939）秋，在西南边疆从事垦殖事业，此为率部过蛮溪之作，书生结习，文字因缘，一时兴会，早已忘记。迨卅五年（1946）在五通桥时，遇张尔恭县长，话及前事且云'可社'同人集，收有此诗。"而正是这首诗，说明他在1946年还在五通桥盘桓，由此可见南怀瑾在这几年中，都是"隐"在这个小城里的。

1947年，南怀瑾在峨眉山大坪寺的同门师兄通永和尚到五通桥多宝寺驻守两年，他对南怀瑾（法名叫通禅）在五通桥的事情应该是知道不少的。通永和尚2010年4月圆寂，而他在世时与南怀瑾有书信来往，南怀瑾就曾在信中对通永说："故旧之情，峨眉之胜，无日不在念中。"

2008年11月，有关南怀瑾得法之处就是在五通桥多宝寺的传说流传于坊间。据说还有一份神秘的文稿，上面写有"南师怀瑾所传之准提法仪轨，乃师昔年于峨眉山闭关后，再掩室于乐山（嘉定）五通桥多宝寺期中，蒙文殊师利菩萨显现亲传，内涵性相融通及即身（生）成就奥秘"一段话。这段文字赫然标注是南怀瑾所说，但是否真有其事或他人演绎则不得而知，因为这份文稿来历不明。不过，南怀瑾一生多有神秘之处，事关庙宇重大声誉的事，还需要确凿的证据来证实才可靠。但另一方面，将五通桥多宝寺视为南怀瑾得道之地，也多少有些幽玄的成分。

"准提法"是佛教中非常重要的法门，据说为释迦牟尼佛
所传，由"准提法"可以贯彻其他一切法门，南怀瑾把"准提
法"当成入佛的最重要的法门。南怀瑾在五通桥期间，既在张
怀恕家读书，又在多宝寺闭关，也在竹根滩讲学，可以说对于
一个二十六七岁的年轻人来说，这是他一生中最重要的时期。
南怀瑾从 1938 年入川到 1947 年离川，前后共九年。但实际
上，南怀瑾从 1943 年到峨眉山后，至 1947 年返回浙江，这几
年是他出山前的隐修时期，而五通桥可以说是他最重要的修养
之地。

1986 年，时隔四十年后，南怀瑾曾经专门写信到张怀恕
的旧居寻找故人，而此时张怀恕已经不在人世，她是 1982 年
去世的。

> 一九八六年三月上旬，我忽然接到一封美国华盛
> 顿的信，是寄给四十多年前我们家的老地址，收信人
> 是妈妈的名字……打开信一看，我几乎是喜极而泣，
> 高兴万分，果然是怀师写来的，好像是一封试探性的
> 来信。历史的变迁，流逝的岁月，他依然照原来的住
> 址写信查询。事实上我们从一九四九年以来，已搬过
> 四次家了，而那位邮递员仍然送达了这封信。
>
> ——秦敏初《五十年来的近事——南怀瑾老师
> 早年大陆侧影》

秦敏初是张怀恕的女儿，她很快给南怀瑾回了信，收到信后的南怀瑾欣喜不已，写了一首《得蜀中故人子女信口号》的诗："四十年前西蜀，恩情辜负何多。干戈丛里，死生离恨，处处闻悲歌。行遍天涯我亦老，海山回首南柯。大地还生春草，人间电掣风靡，浮世泪婆娑。"南怀瑾在感慨"我亦老"的同时，在流逝的时光中早已泪眼婆娑，故城之情油然而生，这个"恩情辜负何多"蕴藏了多少岁月的秘密已不得而知。

2012年5月，笔者在成都偶遇居住在都江堰的作家王国平，得知他要去为南怀瑾记录口述史的消息，便希望他能代我求证一些问题。6月，王国平单独到太湖大学堂见南怀瑾，但不久回来，问及此事，他说南怀瑾对在五通桥时期的事情已记不太清了。后来我在他写的《南怀瑾的最后100天》一书中，确实没有看到关于这段生活的新资料，书上的相关叙述多是查阅现存史料。据王国平说，当时的情况是南怀瑾身体已不太好，他更多的只是日常生活接触，没有时间对南怀瑾人生的深矿进行挖掘。9月，南怀瑾突然去世，王国平想继续的采访计划告一段落，从而失去了对南怀瑾这段生活的详细、清晰的追述机会。

六年后的2018年12月，我又与王国平通话了解当时的情况。他告诉我，当年他在太湖大学堂做南怀瑾的口述史，但南先生的屋子里每天都有不同的人到访，常常打断他们的谈话，连南怀瑾本人都颇为烦恼。王国平说他们的口述刚好进入峨眉山那一段，南怀瑾就生病了，工作从此中断。

但王国平谈到了两个非常关键的、也是我非常想知道的问题。一个是南怀瑾到峨眉山是出了家的，同他一起出家的有通一法师（俗名刘明渊，四川仁寿人，1925—1986）、通孝法师（曾任峨眉山华藏寺住持），但他为什么要出家呢？南怀瑾给王国平的解释是当时大坪寺有个规矩，就是要想读《大藏经》，就必须出家。但他并不是真的想出家，所以到了五通桥后就还了俗。另一个是五通桥在南怀瑾心中是个什么样的地位？王国平回答说是非常重要的，因为南怀瑾的学问体系就是在那两年构建起来的，他很看重峨眉山这一段，其实五通桥就在这一段中。毫无疑问，五通桥这座小城是南怀瑾一生中最为重要的地方之一，有故人，有故事，也是南怀瑾心中的一座故城。

但遗憾的是，南怀瑾没有同他谈到五通桥。王国平说，要是再有一两个月时间，他们应该就会谈到这一段经历，因为讲完峨眉山就会讲到五通桥。

也许这就是时光刻意要留给我们的空白与想象。南怀瑾一生最为神秘的就是在峨眉山—五通桥这一段，特别是五通桥期间，过去鲜为人知。我在2008年出版的《小城之远》中首次比较集中地叙述了南怀瑾在五通桥的那段经历，后来才逐渐有人开始关注他的这段较为隐秘的故事。纵观南怀瑾的一生，可以这样说，正是在他经过这一段后，人生之路才发生了很大的变化，其格局和气象也焕然一新。

多宝寺建于嘉庆丙辰年（1796），在两百多年的历史中多次被毁，现在的多宝寺是20世纪80年代后重修的。老庙在"文革"后几乎被毁光了，只是在上山的途中偶尔还能看到几个残损的佛龛遗物。现在寺里仅留有几个大石磴，这些石磴原是用来支撑庙宇大木柱的，现在只余残垣断壁了。如今，新庙也与老庙有了很大的变化，但位置仍在原址基本未变，据说南怀瑾当年参禅打坐的地方也还依稀可见。

站在多宝山上，远远地能望见茫溪河的一湾流水，景致颇为开阔。牟思敬曾经写道："舟行二十里，遥见树葱茏。停桡行路去，人迹没苍丛。高仄石级倾，湾曲渠水通。"（《游多宝寺》）当年南怀瑾在此隐修时，山上是郁郁苍苍的松树林与杉木林，但后来在大炼钢铁的时候几乎全部被砍伐了，不过现在新生林又茂密地生长了出来。在一阵阵山风中，深山禅寺的意味又浓郁地蔓延了出来。我想，要不是同治时期的那首神秘"隐诗"，要不是山下张家的前世善缘，要不是大坪寺与多宝寺的佛门勾连，会不会召唤来南怀瑾这位不凡的隐者？

如今寺庙外有一老井，井在寺外山坡上。记得在2007年秋天，我曾到多宝寺去，从山脚到寺庙要经过一段崎岖的小路，一路爬上山得流一通大汗。那天，庙里的和尚带我去看井，他说："这口井是寺里唯一的水源，但水很旺，冬天井里水都会蓄得满满的。水里还有一个龙头，是以前就有的。"寺庙毁了但井还在，这就是佛缘不断的原因吧。

西迁往事

叶圣陶

异乡的喜宴

乐山之"乐"

1938 年初，日军三面围攻武汉，形势岌岌可危。武汉大学被迫内迁，前往遥远的四川乐山，师生们颠沛流离的日子便开始了。

1938 年 10 月 29 日，叶圣陶一家坐船，行了一千三百里到达乐山。虽然舟车劳顿，但还算比较顺利。他就职于武汉大学文学院，地点在文庙，叶圣陶进去一看，比预想的好很多，"以视重庆之中大与复旦，宽舒多矣"。但是，他一家子的住处却很成问题，得自己想办法。当时一下子来那么多人，后来又有一些学校、机构迁来，多出了一万多人，小城马上就挤了起来，找一个住处不易。

暂时安顿下来后，还有诸多不习惯，如乐山用电的地方有限，普通人家夜间还点菜油灯，这同在武汉时的情况相差甚远。叶至善在《父亲长长的一生》一书中回忆："半夜偶尔醒来，不但听得锣声，还听得干涩的喉咙一声又一声喊：'天干河浅，火烛小心！'"

其实，叶圣陶刚到乐山时就对这座小城的印象不错。刚到几天，就到小城附近溜达了一圈，"渡江访凌云寺，观大佛，登东坡楼……（乐山）可游之处甚多，以后拟徐徐访之"（1938年11月4日致上海友人的信）。不久，他慢慢感到了小城的妙处，"以生活情况而论，诚然安舒不过"。首先是生活的便宜，"肉二角一斤，条炭二元一担（1担=50千克），米七元一担"，当时的教授们的月薪最少也能拿到两三百元，而花费又不多，所以生活比较宽裕。叶圣陶在与朋友的通信中多处写到乐山的日常饮食，如"昨与朋友下馆子，宫保鸡丁、块鱼、鸭掌鸭舌、鸡汤豆腐……味绝佳，在苏州亦吃不到也"；又如"此间鱼多，间日购之。八九角可买一鸡，五六角可买一鸭……七八角钱已吃得很好，与在汉口，在重庆，迥然不同"，"此间之饼饵糖食制作精良，云乐山类苏州"。像这样的文字，在那个时期的书信中读到是非常有趣的。乐山乃川中美食之地，像江团、白宰鸡、甜皮鸭、米花糖等都很有名。对乐山生活的赞赏不止叶圣陶，武大教授章韫胎也有诗"常蔬青笋雾宜竹，奇品乌鱼墨染苗"（《嘉定初居》），乌鱼指的就是乐山特产墨鱼，他对嘉州方物也是津津乐道。

虽有战争之忧，但小城生活仍然是平静的，平静得略感寂寞，"门内无事，治膳食以外，或结绒线，或为补缀，闲谈偶作，足音稀闻"（1938 年 11 月 29 日叶圣陶给上海友人的信）。平静中也有情致，当年那些天南海北汇集到乐山的教书先生们，在教书之余也常常游山玩水，凌云、乌尤、峨眉自不必说，近郊邻野可谓是家常便饭，"天气苟晴佳，弟恒与……过江闲行。负暄迎爽，山翠四围，倦则披草而行，兴尽则觅渡而归"（叶圣陶《嘉沪通信》）。这些句子颇有点《醉翁亭记》里的味道，文人的逸兴显露无遗，人性总会在青山绿水或者炊烟袅袅的地方升起。

乐山是三江汇合之地，江中的卵石五彩斑斓。捡石子也成了文人们生活中的一点乐趣，叶圣陶在《嘉沪通信》中就说道："偶得晴明，则往对江闲步，或往江边拾石子。此间石子至可爱，胜于前往子陵钓鱼台时江中所见者。凡色泽、纹理、形状有可取者则捡之，归来再为淘汰。如是者再，可得若干佳品。蓄于盆中，映日光视之，灿烂娱心。"到江边去捡石头，那可是在战火纷飞的抗战时期，美善不灭，似可作证。

武汉大学教授钱歌川曾在文章中写道："生活之苦，也没有使我们忘记山水之乐：乐山的凌云、乌尤、竹林、汉墓，还是时常有我们的足迹。就是每逢佳节，我们也能杀鸡沽酒，及时行乐。"（钱歌川《偷青节》）其实，他的这种心态，正是乐山遭遇了日本人轰炸的时候，他的住处被炸得灰飞烟灭，只好到竹公溪去自建了一间茅屋，但他却意外获得了桑麻之乐。由于收入拮据，房子的建材基本是就地取材，大半采用的是当地的竹子，连家具也全部是竹器，"睡的是竹床，躺的是竹椅，

乐山武汉大学师生的郊游生活（图由乐山市档案馆提供）

利用当地文庙办学的乐山武汉大学

书陈列在竹架上，吃饭用竹桌竹凳，窗前有竹茶几，客来有竹靠椅。笐帘薄得像纸一样，竹丝瓶手工精细，插上几朵鲜花，配合得更加可爱。"所以，钱歌川与几个朋友索性自称是"竹溪六逸"，"每日贪看丛竹的拂青交翠，临风起舞，也可以忘记客边生活的苦了"（钱歌川《四川之竹》）。

武汉大学西迁到乐山后，对这个小城的影响不小。当时在武大读书的杨静远认为乐山是一幅五彩斑斓的浮世绘，她回忆这座小城时说："与地方士绅、政商学界的礼尚往来；在本地中学和企业单位兼职兼课；当地的民情风俗，外国基督教会和传教士，圣诞节的音乐崇拜，复活节的洋童表演，令人垂涎的川式饮食文化，还有那美不胜收的风景名胜，随处可见的水墨山水一般的风景……"

但这段文字是杨静远老年时的回忆，远不如她当年还是少女时留下的日记真实、鲜活。我们不妨在《让庐日记（1941—1945）》中随便来看上几段：

写乐山的景色的——

"水上漂着翘头的竹筏，水中映着白云的倒影，竹筏好像浮在白云上，好个神仙世界。"（1942年3月26日）

"回来时是走路，一路唱歌，不知不觉就到了篦子街。我仰头望着前面墨绿的山，感觉那是我小说里的背景，正是我想象中的山。天已经黑了，路旁草里

和崖洞里萤火四处飞，我一定要想象那是小仙人提着灯笼游来游去。"（1943 年 4 月 5 日）

写乐山的市井小吃的——

"街上很黑，我们挽了手走到白塔街尽头，到糍粑摊上，一个人吃了一个 5 角钱的白糖豆粉糍粑。还不满足，又走回来到汤圆摊上，一人吃了 5 角钱一碗的汤圆。因为怕人看见，就面墙坐在一张条凳上，那样子简直笑死人。"（1941 年 11 月 24 日）

写在乐山见到冯玉祥——

"冯是个高大壮汉，穿的衣服是那种北方乡下佬的，上衣是长袍又嫌短，是短褂又嫌长，打膝头那么长。下面棉裤，裤口扎紧了的，一双大棉鞋，头上一顶小毡帽。他提倡俭朴，所以故意穿成这样。"（1943 年 11 月 29 日）

写在乐山发生的事情——

"水西门上围满了人。我跑下河边，只见小船里一张篾席盖着一具尸体，那是最近飞机失事摔死的美国空军。我看见他的腿，还有一只肉里露骨的大手，真惨！这样无声无息地死在异国，他一定不甘心。"

（1944 年 6 月 11 日）

虽然是同一时期的乐山生活，但杨静远的日记和叶圣陶的《嘉沪通信》还是有很大的不同，一个是少女的视角，一个是成人的眼界。不过，他们又有共同之处，那就是在不经意的记录中呈现出了当年嘉州小城的迷人之处——山水胜景、岷江边的民俗、大后方的安宁、南北融合的人世，以及外来知识分子带来的一些新鲜风气。

九年前，一部名为《巨流河》的书在读书界影响很大，其作者就是当年的武大学生、后来的学者齐邦媛。在杨静远的日记里还记着她们初次见面的场景："余宪逸告诉我，齐邦媛来了。可不是，在南开是同过寝室的。我很高兴，马上同余到饭厅楼去看她。齐邦媛长高了些，也胖了些，样子还没有变。"（《让庐日记（1941—1945）》）这段话说明当时武汉大学会聚了五湖四海的青年学生，他们带着不同的背景、经历和思想来到了乐山求学。但是，同样是学生身份，感受还是有些不同，齐邦媛与杨静远是同学，两个人都是具有文学梦想的女大学生，而且她们几乎是同时在乐山遭遇了一生中最难忘的情感经历。但齐邦媛似乎更为忧郁、深沉一些，同样是描写景色，在齐邦媛的笔下就更具家国情怀：

西 迁 东 还

小小的天窗开向大渡河岸，夜深人静时听见河水从窗外流过，不是潺潺的水声，是深水大河恒久的汹涌奔流声。渐渐地，在水声之上听到对岸有鸟鸣，就在我小窗之下也有呼应，那单纯的双音鸟鸣，清亮悦耳，却绝没有诗中云雀之欢愉，也没有夜莺的沉郁，唱了不久就似飞走了，又在远处以它那单调的双音唱几声。初听的夜晚我几乎半夜不眠地等它回来。这怎么可能？在我虽然年轻却饱经忧患的现实生活里，竟然在这样的夜晚，听到真正的鸟声伴着河水在我一个人的窗外歌唱！

——齐邦媛《巨流河》

在1938年到1945年之间，会聚到乐山的人对这个小城都有一番人生体味，这在台湾地区出版的"国立"武汉大学校友会《珞珈》会刊中有非常丰富的记录，那些文字既是私人档案，也是那一代人共同的流寓生活的记忆。《珞珈》杂志前后发行了一百多期，作者大多数是当年武大的学生和教师，而当中的很多人都已经逐渐不在了，但那些真实的文字中不仅留下了他们对那段岁月的怀念，也留下了一个古老小城的背影。

当时武汉大学一个叫静琛的学生写过一篇《嘉定杂记》，其中一段将文字聚焦到了乐山最为市中区的玉堂街，而通过玉堂街来看人间百象，颇为有趣：

嘉定最摩登的玉堂街，放宽了的街道让商店里的灯光照耀得通明。人群不息地来往着，要是你仔细地分析一下，这里面大概包括三种人：一类是智识分子，晚饭后出来散步的，学生老喜欢有说有笑成群地走着，有时爆出一阵大笑，会弄得路旁人驻足而观，莫名其妙。至于教授先生们带着太太，携着小孩，走路慢慢地像要尽情体味出这一刻的悠闲来。另外一类是乡下人，进城观光的。你瞧他们东张西望张大着嘴巴，那一份感到新奇的神情，每件事物都会引起他们极大的兴趣。最后一类是为利禄而奔忙者。商店里的老板，挺着让脂肪填满了的大肚子，走路显得十分吃力的样子，亦挤在人群里走着。这时，你或许已经走尽了那短短的玉堂街，而到了公园门前，阵亡将士纪念塔上的标准钟声告诉你回宿舍还有些嫌早，腿里又微微感到一些倦意，却好你朋友中的一位提议坐茶馆……

说到茶馆，正好《珞珈》中有一些诗文就与乐山的茶馆有关，说明坐茶馆也成了当时武大学生的一种生活方式了。当时的学生陈植菜就写了一首打油诗《树下茶馆》："茶馆阴凉树下开，一江似练晚风来。青年喜摆龙门阵，满贯桥牌亦乐哉。"这个桥牌就是乐山的一种地方牌"贰柒拾"，而这样的场景仿佛就在眼前，跟现在好像也没有什么区别，看来这些来自五湖四海的学生已经融入了当地的生活。

西迁东还

确实，乐山一直就是个闲适的古城，与岷峨相伴，如果不是战争，它的生活是缓慢而悠然的：河面上随时可见渔夫在打鱼、搬罾、牵网、甩晃钓，鱼拿到码头上卖或是送进馆子，大佛脚下的墨头鱼更是南来北往的招牌菜；茶馆里每天照样挤满了人，听说书、摆龙门阵、抽叶子烟，乌烟瘴气；戏馆里也照样咿咿呀呀地唱川戏，如有名角来，捧场的人依然热情如潮，而小城的夜晚可能为了那一两句高腔便有些难以入眠……

但随着战争形势的变化，乐山这座小城也受到了影响，物价开始上涨，"生活渐贵，肉价已至二角八分，其他杂用俱见提高"。为生计所累也波及了这些教授们。1939 年 1 月，叶圣陶见到前来武汉大学的朱光潜，几年不见，他发现朱光潜面容苍老，不免大吃一惊，"弟近来瘦得多了，颧骨突出，四肢均是宽宽的皮。两鬓白发亦生得特别多。但朱孟实比弟更见老，背弯，目光钝，齿少了几个，发音漏风，竟是老人了"。

异乡喜宴

后来叶圣陶也到竹公溪租了间茅屋，这是在乐山被炸之后。经历了那次生死考验，他好像淡然多了，"曳杖铿然独往还，小桥流水自潺潺"（《竹公溪畔》）。他过起了乡居生活。叶圣陶把这间茅屋称为"野屋"，但野屋也有野趣，穿行在山林间，不为市尘所扰，生活自给自足，自得其乐，俨然是独立于世外的仙居。

他在《乐山寓庐被炸移居城外野屋》一诗中是这样描绘的：

溪声静夜闻，晴旭当门入。

绿野堂前望，苍壁后檐立。

菘芋朝露滋，山粟晚可拾。

野人歌相答，力耕复行汲。

乌鸢知其乐，鸡豚亦亲习。

篱内二弓地，栽植聊充给。

种竹移芭蕉，气暖时犹及。

海棠丐一株，伫想春红浥。

　　国家不幸诗家兴，但生活的沉重还是让人沮丧。当时，叶圣陶一家老小都随他到了乐山，他的三个孩子均在乐山就读，特别是他最大的儿子叶至善已经到了婚娶的年龄，这都得他去操心。虽然大学教授的薪水不低，但一家七口人都要靠他养活，所以叶圣陶颇觉人生的劳苦愁烦，常常是"兀坐一室，视天窗日影渐移，以待夕暮"（1939 年 1 月 21 日给上海诸友的信）。

　　关于叶至善与夏满子结婚一事还有一些故事可讲，首先是作为婚姻男方家长的叶圣陶对此事居然有些恐惧。他 1939 年 1 月 31 日给他的亲家、同是文人的夏丏尊的信中写道："结婚而后，或不免即有生儿育女之事，此在青年新娘实非佳运，而家庭之中亦且增事不少。弟虽通脱，犹不能庄颜而与语生育节制，以此不无踌躇。"这看得出生活的压力时时袭来，未免喜中带忧。

作为新郎和当事人，叶至善在《父亲长长的一生》中回忆了当时为筹办这个婚礼的情况："喜筵设在'皇华台'，是前清接待巡抚之类高官的驿馆，盖在嘉乐门左侧的城墙上，后轩对着从正北方滚滚而来的岷江，那时由红十字会管着，可以租用，装有电灯，可能因为拖欠电费，给掐了。父亲跑了红十字会又跑了发电厂，才开了后轩的门，雇人打扫干净了，接上了电。"

这个皇华台位于乐山岷江边的古城墙上，可惜后来被毁，只余一点残迹。叶至善为了举办婚宴借用这里，想一定得亮亮堂堂的，不能黑灯瞎火，所以去找发电厂。而这个发电厂其实就是1929年开办的嘉裕电灯公司，它的主人是乐山大商人谢勋哉。笔者曾与谢勋哉亲族后人探讨过这段文字，想通过这个细节去了解当年乐山的供电状况以及工商业的发展历史。

为举办这个婚礼，叶圣陶"跟一家江苏人开的馆子定了六桌菜，买了一坛眉山造的仿绍"。这是在异乡举办的婚礼，只能因陋就简，参加的人数虽然不多，却都是当时流寓乐山的文化界名流，如陈西滢、刘秉麟、朱光潜、贺昌群、方壮猷、李儒勉、袁昌英、苏雪林等人，他们借喜事闹酒，叶圣陶喝了四十杯以上，头昏脑涨，"醺然矣"。

但这可能也是叶圣陶在乐山生活最为开心的一天，酒喝得尽兴不说，后来他为此写了四首诗，其中一首中写道："善满姻缘殊一喜，遥酬杯杓肯徐徐？"看来他真的想这样的喜酒不要喝得太快，得慢慢喝、徐徐喝，不要让那样的好光阴过得太快。

1943 年 11 月，叶圣陶（前排左 4）的五十生日

叶至善与夏满子结婚时全家合影

朱东润

乱世书写者

初到乐山

朱东润到达乐山的时间是 1939 年 1 月 13 日，更准确的时间是当天下午一点钟。

这个时间很重要，因为武汉大学要求返校必须在 1 月 15 日前，过时不候。也就是说超过了这个时间，你就可以不用再来了，只能另谋出路。但是朱东润居然提前了两天从几千里以外赶到了，一路上仿佛有贵人相助，眼看就到不了校了，但很快就出现了转机。比如到了重庆后，根本就买不到去乐山的汽车票，到乐山要等一两个月，如此这般到了乐山，事情早黄了。但就在这时，他居然神奇地买到了一张飞机票，搭上了刚刚开通的"水上飞机"，这种飞机只能载一二十人，飞行高度也不高，但几个小时就能顺利到乐山。为此，他难掩欣喜之情，把第一次坐飞机的感受写成了一首赋："于是翱翔徘徊，从容天半；架飞机而西行，望万象之弥漫；初敛翼而低昂，忽奋迅而泮涣……"

朱东润就这样"意外"地来到了乐山。

他到的当天就找到他的泰兴老乡戴凝之。戴也在武汉大学供职，热情地招待他吃饭，并把他安排在了乐山府街的"安居旅馆"住下。这看似简单的住宿，其实后面有不同寻常的含义，但朱东润刚来，人生地不熟，也就只好听从别人的安排。住了一段时间后，他发现了这个安排的"妙处"。当时，武汉大学的教授们分成了两营：一边是以安徽籍为主的"淮军"，其主要人物是校长王星拱；一边是以湖南籍为主的"湘军"，主要人物是教务长周鲠生。这两营的人一直暗中争斗，到了乐山后矛盾日趋表面化。当时，"淮军"的人到了乐山后主要住在鼓楼街、半边街，"湘军"主要住在玉堂街、丁冬街，而朱东润则住在不偏不倚的中间，两边都不挨边。这点是他的老乡戴凝之早替他考虑周到了。

朱东润能够到武汉大学教书，主要是陈西滢的原因。他们是上海南阳公学时的同学，朱东润小时候家境贫寒，但后来有人看重他是块读书的料，便出资让他到上海读书，其实是把他当成了一桩生意来做（读书的钱是要还的）。毕业后，朱东润在《公论报》做事，但报社不久就解散了，暂时没有去处，他便去了英国，"那时出国的手续很简单，用不到护照，用不到签证，只要到外国轮船公司，花二三百元可以置票直达欧洲。

日本船的三等舱更便宜，九十元可以到英国"(《朱东润自传》)。他到英国后是勤工俭学，但读了两年中途就回国了。

有了国外的这些经历，又懂些翻译，所以他便从南通师范学校到了武汉大学谋了个外语教席，当然收入也比过去好了不少。在到乐山之前，朱东润已经在武汉大学待了八年时间，即1929年到1937年，也算得是个老武大了，而抗战的到来，武汉大学被迫西迁大后方的乐山，教授们或去或留都有选择，但这也成了武大内部帮派斗争的一个整合的机会，各派都拼命安插自己的嫡系，所以像朱东润这种无根无派的人，早早成了别人的眼中钉，想乘机将他除掉。

但幸好有陈西滢的帮助，朱东润才得以留任，陈西滢是文学院院长，说话管用。但朱东润对陈西滢并没有特别感谢，只是君子之交而已。朱东润与陈西滢在上海做同学的时候，陈西滢还叫陈沅，后来改成了陈源，字通伯。当然，陈西滢的名字为世人熟悉，是因为他与鲁迅的一场笔仗，让他多多少少背负了一些骂名。我们这代人知道陈西滢就是因为中学课本里的一篇文章，他同梁实秋、林语堂、邵洵美等一样，成了鲁迅的论敌。朱东润有远见，当时就认为此事"一定会在文学史里传下，可是不一定于陈源有利"(《朱东润自传》)。这算是替陈西滢说了句公道话。其实，武汉大学有两个人都同鲁迅结下了梁子，一个是陈西滢，一个是苏雪林，前者主要因为"女师大风波"的立场问题起争执，后者更多是因私。据说苏雪林在一次书局老板的私人聚会上对鲁迅的怠慢大为不满，从此结下怨恨，在长达几十年的岁月中不遗余力地骂鲁，一直骂到去了台湾。

朱东润很清高，谁也不依傍，更不容忍沆瀣一气。他在早年曾经有做官的机会，但由于不喜欢官场的习气，很干脆地放弃了。那是在1927年，朱东润刚好31岁，当时国民党南京政府正在组建阶段，吴稚晖去信叫朱东润到南京谋事，职位也不错，是担任南京中央政治会议秘书。朱东润在《公论报》时曾经做过吴稚晖的助手，吴稚晖非一般人，不仅是国民党元老，也是功底深厚的文化人，他觉得朱东润有才便有意让他去发展，但朱东润一到南京就水土不服。

他刚到南京的当天，吴稚晖正好出差去了外地，就叫他的一个亲戚去陪朱东润。当天，那个年轻人请他到馆子里撮了一顿，就两个人，但要了"四大四小"（菜肴），这让朱东润惊讶于这"一桌不菲的席面"。其实，人家可能是一片好意，有接风洗尘的意思，但过惯了清贫生活的他如何习惯这般奢侈。饭后，那位青年又同他聊天，大概也没有什么好聊的，就聊起了南京的娱乐，"话题落到看戏。最后说到准备给一位女演员赋两首律诗，问我能不能和一下。也许我这个人有些大惊小怪，在革命中心，听到作诗去捧一个女演员，这还不稀奇吗？稀奇的事还多呢，不久以后，有人指给我看在那座接待室里，蒋介石招待电影女明星；又有人给我说狄秘书和秦淮歌妓小金凤怎样要好。革命就是这样的革法，我这个中学教师真是开了一番眼界"（《朱东润自传》）。

朱东润原以为到了南京是来革命的，为革命政府效力的，哪知道情况并不如他所想，他感到自己仿佛是局外人，实在是不通人情世故。"这一年7月间，南京城里真是熙熙攘攘，过着太平的岁月……阴沟一样的秦淮河，在散文家朱自清的笔下是'桨声灯影里的秦淮河'。一般的女士们，头发已剪短了，脂粉还是不能没有的。尤其在政府机关，有了这样的女同事，那时粉香四溢，格里啰唆的字句变得清真雅正，东倒西歪的书法也变得笔飞墨舞了。"（《朱东润自传》）

朱东润对这样的"太平的岁月"却是如坐针毡，他认为自己不是搞政治的料，而他的周围不过是"一批没有脊骨的政治贩子"，所以他在南京待了八十天后便再也待不下去了，他把刚刚领到不久的国民党党证"扔在转角楼对面的屋脊上，由它风吹雨打，作为我这八十日生活的见证"。

从此以后，朱东润再也没有跟政治打过交道，一心只做学问，安心当好教书匠。

派系争斗

武汉大学到了乐山后，当地人把武大的人称为"中央人"。"中央人"包含了一些特权的意思，这首先体现在经济收入上的优越，当时武汉大学的教授，男的每月多的能拿五百元，女的拿四百，其他职员薪水也不菲。

乐山地处川南大后方，当时的物价水平是很低的。叶圣陶是1938年10月29日到的乐山，与朱东润到的时间相差不过两个多月。他到了后发现此地生活舒适，"肉二角一斤，条炭二元一担，米七元一担。……买小白鱼三条，价一角八分，在重庆须六角。大约吃食方面，一个月六十元绰绰有余矣"（叶圣陶《嘉沪通信》）。消费与收入的巨大差异，让人不得不费心思去为他们理财，所以上海的银行都跑到乐山来了，恨不得让钱多得在当地没法消费的"中央人"把钱都存在银行里。叶圣陶曾在给朋友的信中写道："大学教师任课之少，而取酬高出一般水准，实同劫掠。于往出纳课取钱时，弟颇有愧意，自思我何劳而受此也！"

当地人自然艳羡得不得了，殊不知物价也随之往上抬，其实是"中央人"打破了当地的生活秩序，对老百姓的消费形成了挤压。后来，乐山的物价高涨起来以后，通货膨胀，钱是真的不值钱了，教授们很快就感到了生活的压迫，但这是后话了。但对于可观的收入来说，朱东润显然还是看重的，尽管为了这份高薪他付出了妻离子别的代价，"自从二十七年离别家庭，到达乐山以来，二十八年的冬季泰兴便沦陷了，全家在沦亡的境地挣扎，只有我在这数千里外的大后方。路途是这样远，交通是这样不方便，一家八口谈不到挈同入川，自己也没有重回沦陷区的意志。有时通信都很困难，甚至两三个月得不到一些音耗。"（朱东润《张居正大传》）

朱东润与新到校任课的叶圣陶关系不错，也许是叶圣陶也没有什么特殊关系（也是陈西滢推荐来的），同他一样不介入任何内部斗争的缘故。但在大学里面，教授也是分成了三六九等的，一些学究们也是要讲出身与血统的。像叶圣陶这样的教授虽然在外面的名声很大，但进了学校就完全不同了，而有些人可能也并没有什么真本事，但他们认为写几本白话小说算不得什么，倘若没有诸如经、史、子、集之类的研究则是登不了大雅之堂的。所以，叶圣陶在武汉大学多少被那些科班出身、沾过洋墨水的人瞧不起，出身低微常常为人诟病，连他在讲课时的"苏州腔"也常常被人调侃，被说成是"期期艾艾"，成了别人打小报告的罪名。于是叶圣陶与朱东润便被调去完成"苦差事"：为新生开语文补习班，一人顶一班。不过，这般处境也成了两人做朋友的基础，朱东润心里是站在叶圣陶一边的，他觉得那些自命不凡的人其实不过是马粪皮面光而已。

在乐山的一段时间里，朱东润与叶圣陶都住在乐山城北的竹公溪，他们两家对河而住，"水浅的时候，踏着河床乱石就可以过去了"。这条竹公溪其实只是穿过乐山城区的一条小河，唐代女诗人薛涛曾经盘桓在此，所以它并非纯粹是一条莽撞的野水，且两边也不乏美景入目。在《朱东润自传》中是这样描写竹公溪的："冬季水涸的时候，只有尺把深，水清见底，但是到了夏天，白崖一带的山水冲来，可以涨到两丈以外，两旁的低田，有时浸到水里，于是浩浩荡荡，成为一片巨浸，水也混浊到发红，这是山溪的本色，不过在平时总还是静静地流过，只有夜深以后，或许在一两里内，你会听到张公桥下面潺潺的水声。"

叶圣陶之子叶至诚也曾回忆当年竹公溪的生活片段：

> 一天，父亲和朱东润先生出去。通常的走法，总是出篱笆门左转，沿竹公溪边的小路到岔路口，下一个小土坡，从沙石条架成的张公桥跨过溪水，对岸不远的竹林间有个十来户人家的小镇，有茶馆可以歇脚。这一天，他们改变了路线，到岔路口不下土坡，傍着左手边的山脚，顺山路继续向前，乐山的山岩呈褚红色，山岩上矮树杂草野藤，一片青翠，父亲有过"翠嶙丹崖为近邻"的诗句。山路曲曲弯弯，略有起伏；经过一个河谷，也有石板小桥架在溪上，只因远离人家，桥下潺潺的溪水，仿佛分外清澈。望着这并非常见的景物，朱先生感叹地说："柳宗元在永州见到的，无非就是这般的景色吧！他观察细致又写得真切，成了千古流传的好文章！"父亲很赞赏朱先生这番话，将其写在他当天的日记里。
>
> ——叶至诚《旅伴》

实际上，竹公溪虽然只有几米宽，却也有不少自然之趣，且不说它在四季中的喧嚣与静谧让人沉浸，就是过去在河里捞点小鱼小虾也应该不成问题，那绝对是佐餐下酒的好东西。王世襄当年曾写道："瓜脆枣酡怀蓟国，橙黄橘绿数嘉州。"但王世襄的情趣不见得朱东润就有，他会不会卷着裤腿去汉水摸鱼就是个问号，因为朱东润当时可能根本就没有这份闲情逸致，好在竹公溪与市尘隔绝，相比人际关系复杂的校园，这里不失为一个清净之地。

武汉大学的派系争斗是有渊源的，诸如"欧美系""武高系""东南系""本地系"等，早年闻一多先生在武大短暂任教，并很快离去就是因为"沾不上边，应付不了"（俞润泉《闻一多与武大》）。当时武大虽然西迁到了偏于一隅的小地方，但里面的斗争从来没有中断过，朱东润与叶圣陶在乐山武汉大学同属被排挤的对象，但可能是由于两人的性格迥然有别，所以在对事的态度上也不尽相同。叶圣陶要散淡、洒脱一些，他认为大可不必在一个小塘里折腾，在乐山待了两年多时间后便去了成都，告别了那些正斗得如火如荼的"湘军"和"淮军"。朱东润本来也是可以走的，但他坚持留了下来，他仍然不甘离开这个钩心斗角之地，他甚至决断地认为"斗争就斗争吧。这虽然不是我的要求，但是我也无法拒绝"。

他为什么要这样做呢？其实他当时的选择是很多的，比如可以到三台县的东北大学去，或者到贵阳师范学院去，也可以到西北大学去，都是去当系主任，比在武汉大学的待遇好。但他最终是哪里都没有去，由此看到一个人的执拗，但朱东润不无自嘲地说："真想不到我把妻室和七个子女留在沦陷区，走到七千里外的武大中文系独力作战，对付这高高在上的'金德孟'王星拱校长和刘系主任。"(《朱东润自传》)其实当时，他也可以到南京的中央大学去，跟他颇为熟悉的陈柱尊在那里当校长，只要他愿意随时都可以去，只需一纸信函，况且南京离他的家乡泰兴非常近。但朱东润绝对是不会去的，因为他不可能去沦陷区做文化汉奸，被人唾骂。他非常明白，"无论如何，只要敌人和汉奸在南京和泰兴，我是不会回家的。一年、两年、三年，甚至更长更远的时间，我一定要坚持下去，也一定能够坚持下去"。

朱东润做到了这点，直到抗战胜利后，他才到了南京去教书，而他整整在乐山待了三年零七个月时间，说他坚守了知识分子的气节也好，说他愚古不化也都能找到理由。所以，在乐山武汉大学的几年里让他感慨良多，在离开乐山的时候，他专门写了一首诗："披发只今多拓落，褰衣何处太荒唐，风和帆饱樯乌动，剩与嘉州伴夕阳。"所有的校园斗争都瞬间化解了，只余一声"太荒唐"，朱东润感慨之极，在乐山教书的这一阶段可以说是他人生的苦闷期。

潜心写作

通过那场旷日持久的校园斗争，也能够看到朱东润性格中的幽暗之处。他与他的那些上司和同事们不认同、不妥协、互不买账，从正面讲，是对某种理想情怀的坚守；从文化性格来讲，也是知识分子固有的"文人相轻"心理作祟。武汉大学素有"湘淮之争"，朱东润前面所讲的"刘系主任"指的就是刘博平，此人一生都在"小学"苦下音韵词义的功夫，自视为国学门类中之正宗，所以在刘博平看来，朱东润的学问不过是"半壶水""半路出家"，不值一提。当然，朱东润也不理会刘博平，特别是西学东渐的境况下，他们代表的是新学问，胡适就说了嘛，文学必须改良，这是大势所趋，那些只会在故纸堆里洋洋自得的陈词滥调为新派学人所不屑。

当时的文学院院长刘永济也是搞传统学术的，他是湖南人，自然是"湘军"中的一员大将，但刘永济的学问也非俗流，在词学研究方面功底深厚，在他留下的二百有余阕词当中，确实不乏佳作，如"等是虚空无著处，人生何必江南住"等，而刘永济与"寅恪、雨僧"二翁私交甚密，自然自视甚高。

1940年的一天，刘永济见到屋檐下的豆架初成，触景生情，写了一阕《鹧鸪天》："岁序潜移悄自惊，江村物色又全更。蚕初作茧桑都老，豆欲行藤架已成。云易幻，水难停，百年销得几薯腾。疏棂小几茫茫坐，翻尽残书眼翳生。"词中的洒脱与性情，不见红尘中的蝇营狗苟。但生活好像并非如此，走出豆架便是另一番景象，乐山武大里明争暗斗从来没有间断过，哪怕是在最为艰苦的抗战时期。那时，由于生活的贫困，大名鼎鼎的"二刘"——刘博平和刘永济还因为经济拮据在乐山大街上卖过字画。大家都过着苦日子，但就没有人愿意放下面子，以宽容的姿态对待周围的人和事，派别中的双方都在温文尔雅的面目之下，剑拔弩张地斗得你死我活，笔者不得不惊叹于人性的复杂。

当时西迁到乐山的还有中央技艺专科学校，青年教师程千帆本来是想进武汉大学教书的，但没有教习便只能屈就于此，后来在1941年8月才找到机会去武大当了讲师，但他对武大发生的事情好像了如指掌，虽然朱东润与"二刘"的矛盾发生在1940年6月以前。值得一提的是，程千帆刚到乐山，第一个"携习作诗词"拜访的就是刘永济，这是因为刘永济与程千帆的父亲程康是世交。他后来在自己的回忆录《劳生志略》中回忆道：

> 武汉大学才办的时候，文学院是闻一多当院长，后来他走了，就是陈源（陈西滢）当院长。但中文系主任是刘博平先生，一来他是湖北人，二来他是黄季刚先生的大弟子，有学术地位。所以陈源尽管当院长，也不能动他。陈源是胡适他们一派的，中文系像刘永济先生、谭戒甫先生、徐天闵先生、刘异先生，都是旧学一派。还有朱东润先生，和陈源是同学，他们一起到英国去留学。陈源大概有钱，就一直读完，朱先生比较穷，没有读完就回来了。后来还是陈源介绍他到武汉大学教书的，他和刘博平先生、刘永济先生搞不好，并不是两位刘先生对朱东润先生有意见，主要是他们对陈源有意见。

实际上同"二刘"搞不好的还有叶圣陶，他对刘博平也颇有微词，"此人气度至狭，我们并非攻讦其人，不过不满彼之行事，而彼以为与之捣乱，实亦过矣"（《叶圣陶抗战时期文集》）。当时叶圣陶、朱东润、高晋生三人算是同盟，他们三人还曾经想过一起写信给校长告状，"晋生、东润偕来，共商致一书与校长，言我们所以不看竞试文卷之故。并言刘反对于国文选读用标点，实属顽固。由东润起草，余缮写之，三人皆自署其名焉"（《叶圣陶抗战时期文集》）。他们想寻求校长王星拱的支持，合力倒刘，但王星拱恰巧支持的是"二刘"，预判有误，所以叶圣陶、高晋生就决意离开武大。事情至此，可以说双方已经势不两立了，1940年6月29日的叶圣陶日记中就记录了当天他到学校参加"基本国文之考试问题"的讨论，"刘博平为主席，余与晋生、东润视之如不相识"。最后的结果是叶圣陶去了成都另寻工作，高晋生则去了迁到三台县的东北大学，而朱东润本来也想走，但在陈西滢和朱光潜的极力劝说下，"遂决留"。

当年的大学，在一般人的眼里是传道、授业、解惑的地方，大学教授也是饱读诗书之辈，但殊不知教授也是人，在很多时候同一般人没有区别。当然，普通人在钩心斗角上肯定是难以企及的，因为他们不懂皮里阳秋，更不懂春秋笔法。程千帆的回忆《劳生志略》中就留下过当年的一段龌龊：

徐哲东（震）先生，是太炎先生的弟子，常州人，讲公羊学，又讲韩柳文。徐哲东先生应聘到武大，人还没有来，要开学了，博平先生是系主任，就替徐先生开列了一些课，其中有一门课是传记文学研究，这是当时教育部选的课程。徐先生到了以后，看到这个课表，说他以前没有教过这个课，是不是暂时开别的课代替。他同刘先生商量后，就决定开个韩柳文研究，因为他原先在中央大学教这个课，中央大学的《文艺丛刊》里面还有他的《韩集诠订》这样的专门著作发表。朱东润先生就开玩笑，写了一篇杂文，投到当时重庆的一个刊物叫作《星期评论》上发表，是国立编译馆馆长刘英士编的，刘同我也有点来往，我在那里投过稿。刘后来在南京办《图书评论》，我也发表过文章。朱先生的杂文说，大学里面也很特殊，传记文学怎么开出韩柳文研究来了？是不是把讲《郭橐驼传》和《永州八记》变成了传记研究？徐先生看到后很生气，说：朱的嘴巴很巧，他可不会讲，但是他会打。他要打朱，他打的人不是他治还治不好。东润先生就很狼狈。那时教室旁边有个教员休息室，两课之间可以在里面休息。只要哲东先生在里面，东润先生就不敢进去。

程千帆所讲其实是当年武大教学中"新派"与"旧派"之争，他们在学术上是各自为政的，所以在人际关系上表现得尤为激烈。程千帆还说了句"东润先生可不敢把这件事情写进他的《自传》里",此话味道太长了,但从文人相恶这件事情上看,武大的派别之争从来就没有停止过。1940年8月22日,叶圣陶在日记中写道:"接王抚五(王星拱)校长信,允余辞职。信殆是秘书所写。仅一张八行笺又两行,乃有两甚不通之句。可见国文之不通者不仅学生也。"这段话算是狠狠地发泄了一下不满。

实际上对王星拱不满的还有陈西滢,当时他也觉得在武大待不下去了。他的妻子凌叔华就认为王星拱是《水浒》中的王伦,"嫉才妒德,不一而足,且听信小人,不择手段行事"(陈学勇编《凌叔华文存》)。在抗战艰苦的大时代氛围下,小环境的龌龊不断,大概是知识分子的通病。但在乐山期间,朱东润开始了他一生中最为重要的著作——《张居正大传》的写作。

1941年秋天,那是朱东润最为彷徨的一段日子,他就在这秘而不宣的岁月里开始了长达三年的艰苦写作,但他的内心装着一台大戏,他已经为里面的每一个人物画好了妆,准备粉墨登台,这时的朱东润在下笔的冲动中感到了灰暗生命里的一丝喧嚣。乱世之中写乱世,这样的写作本身就是一个巨大的隐喻。

《张居正大传》一开头,就为我们拉开了一幅乱世的序幕:朝室倾轧,血光冲天,马蹄声急……而张居正便是在这样乱世中登场的:

居正出生的时候，明室已经中衰了：太祖、成祖的武功没有了，仁宗、宣宗的文治也没有了，接后便是正统十四年英宗出征，不幸恰被鞑靼人包围，大军数十万遇到歼灭的命运，连皇帝也成俘虏。在这个困难的阶段，幸亏于谦出来，拥立景帝，支持了当日的天下……（那个时代）整个政治的提示是偏执和专制；大臣常有的机遇是廷杖与杀戮。因此到处都是诌谀逢迎的风气。政治的措施只能加速全社会的腐化和动摇。这是张居正出生的时代。

朱东润为什么要选张居正这样一个人物来作为传主呢？一方面，因为这是一个挽危于既倒的功臣。张居正整顿内政，抵抗外侮，让垂危的明王朝延长了七十二年。他写这本书的时候正是抗战进入最为艰难的时期，这本书出版后起到了一定的现实作用。另一方面，张居正在打击贪官污吏、刁生劣监上也显出了英雄本色，这是朱东润在借张居正表现自己的政治文化见解，在那个特殊的时代下，不难看出他在现实困境中的角色认同和理想主义情怀。对于这本书的写作动因，他自己也说得很明白，"倘使大家记得一九四三年正是日寇深入中国，在侵占了东北四省，更占领华北、华东、华南、华中而后，他的魔掌准备一举打通平汉铁道、粤汉铁道，席卷广西、贵州，从而把整个中国扼杀在四川、云南和西北，那么对于内安中国、外攘强寇的张居正和他的时代，必然会有一个不同的看法"（朱东润《遗远集叙录》）。但除了现实意义以外，朱东润如此沉迷在历史中演绎跌宕起伏的斗争场面，是不是多少也在寻找逼仄环境下的精神突围？

朱东润在写书的过程中忍受着生活和精神的双重煎熬，其写作环境是相当艰苦的："日减一日的是体重，日增一日的是白发。捉襟见肘、抉履穿踵的日子，总算及身体会到。住的是半间幽暗的斗室，下午四时以后便要焚膏继晷。偶然一阵暴雨，在北墙打开一个窟窿，光通一线，如获至宝，但是逢着寒风料峭、阴雨飞溅的时候，只得以围巾覆臂，对着昏昏欲睡的灯光，执笔疾书。这些只是物质的环境，对于精神，原算不到什么打击。然而也尽有康庄化为荆棘的时候，只得把一腔心绪，完全埋进故纸堆里去。这本书便是这种生活的成绩。"（朱东润《张居正大传》）

笔者读过不少关于乐山武大时期（1938—1946）的回忆文章，作者如叶圣陶、袁昌英、苏雪林、凌叔华、钱歌川等，文章中有不少关于乐山生活的片段，辛酸苦辣，林林总总，但都没有直接记录校园中钩心斗角的事情。客观讲，人与人的矛盾时时存在，文字中大可不必再去斤斤计较，人性中的丑陋常常为人避之不及。在钱锺书的《围城》中，方鸿渐、赵辛楣、李梅亭、高松年等人在"三闾大学"中的明争暗斗，其实在乐山武大中也一样是存在的，可以说学校表面看上去平静，但人心的动荡远远难有凌叔华在乐山写的"浩劫余生草木亲，看山终日不忧贫"的那份悠闲从容。在当年的武大学生留下的回忆录中，齐邦媛的《巨流河》、杨静远的《让庐日记》、吴鲁芹《暮云集》等中都留下了不少当年的记述。后来我又看过很多期台湾武大同学会编的《珞珈》杂志，内容更多的是艰苦的环境中求知问学及青春岁月中的友情和爱情，总体来说他们对那段生活都是缅怀的、一往情深的。但在朱东润的回忆中则相反，可以说是苦涩的、不堪回首的，甚至还多少带着点憎恨和厌恶。

但朱东润究竟是怎样一个人呢？据他的亲友、学生回忆，一方面，朱东润固执、刻薄，不苟言笑，郭沫若曾挖苦过他是"资产阶级怪教授"。但是，这怪中也有真，朱东润是个较真的人，真实得近乎小肚鸡肠，仿佛处世之道他全然不懂，以至于落落寡合。另一方面，朱东润又很自信，非常看重自己的学问，认为他的传记文学是开创性的，在中国无人能比。在乐山的三年多时间中，他笔耕不辍，完成了一生中最为重要的作品《张居正大传》，并毫不谦虚地称之堪与《约翰逊传》和《贝多芬传》相提并论，但他不知道这会引来同行的嫉妒和讥讽，誉随谤生，朱东润注定就是个佶屈聱牙的异类。

文学上的成就并没有为朱东润带来多少欣喜，有人会在大谈创作经验的时候或多或少去美化自己，他却不想在读者面前讨巧卖乖，他甚至认为"著书只是一种痛苦的经验"。他说："有的人的著作，充满愉快的情绪，我们谈到的时候，好像看见他那种悠然心得，挥洒自如的神态。对于我，便全然两样。我只觉得是一份繁重的工作……生活是不断地压迫着，工作也是不断地压迫着。"（朱东润《张居正大传》）

其实，在朱东润的心中不乏温情的东西，比如他在后来写过一本叫《李方舟传》的书，这是他专门写给他妻子邹莲舫的。这是一部很特殊的书，朱东润与邹莲舫是包办婚姻，邹莲舫是个地地道道的乡村妇女，没有文化，但勤劳贤惠，李方舟就是邹莲舫的化名。丈夫写妻子的书在明清时期早有先例，如冒辟疆《影梅庵忆语》笔下的董小宛，但朱东润的《李方舟传》完全不一样，它是"中国传记史上少有的一部为中国普通家庭妇女著书立说的作品"，绝非文人的风月之作。应该承认，在这本书的字里行间流淌着真挚的爱，这跟其他人眼里满身是刺的朱东润有很大的差异。朱东润破例在传统中为自己开了回"小灶"，硬生生地在帝王将相的传记系列中挤进了一个小人物，为此他是这样为自己辩解的："在下州小邑、穷乡僻壤中，田父野老、痴男怨女底生活，都是传叙文学底题目。"（朱东润《遗远集叙录》）

　　其实，在笔者看来，《李方舟传》这部作品算不得上乘之作，原因就在于朱东润把一个回忆录当成了传记，他的任性和自负再一次显现。对于处理传记题材轻车熟路的朱东润来讲，妻子的美德大可一写，但是否作为一个历史人物就值得一议，小人物的生活有足够多的文学表现方式，树碑立传反而不符合他们的性格角色。《李方舟传》尽管知音寥寥，反响不大，但这部作品的暖意来自那个冷峻的乱世，这不能不说是个意外的收获。

　　《李方舟传》的可贵还在于，李方舟既非董小宛，也非柳

　　　　　　　　　　　　　　　　西迁东还

如是，千古风流与她无涉，她只是一个善良勤俭的民妇，而朱东润借她来表达了对这个世界的不认同。文学与现实有时可以水乳交融，有时也可以势不两立，作为一个独立于乱世的书写者，朱东润做到了。

朱东润与夫人邹莲舫、次子朱君遂的合影

凌叔华

一间属于自己的房子

婚姻风波

1930 年 1 月，沈从文曾经在给翻译家王际真写信的时候说："叔华才真是会画的人，她画得不坏。这女人也顶好，据他们说笑话，是要太太，只有叔华是完全太太的，不消说那丈夫是太享福了。"（《沈从文全集》）看得出，在沈从文的眼里"叔华"是个很适合做妻子的温顺典雅的女人。

沈从文说的这个"叔华"就是凌叔华。凌叔华出身于名门豪族，其父凌福彭是光绪的举人，与康有为同榜进士，曾经做过顺天府尹代理（相当于北京市市长）、直隶布政使等。凌福彭不仅官做得大，文化底蕴也深厚，与诸多名家过从甚密，家里就是个艺术沙龙。凌叔华从小受熏陶，天资很高，才华出众，曾拜慈禧太后宠爱的画师缪素筠为师，又曾得到辜鸿铭、王竹林、郝漱玉等名家的教导。后来她又从事文学，被称为是"新闺秀派的作家"，其作品中多有爱情描写，可是却被人们认为她不懂爱情，"她是站在爱情之外来讲爱情的"（钱杏邨编《当代中国女作家论》）。

那么，沈从文说的那个"太享福"的丈夫是谁呢？他就是陈西滢。

凌叔华与陈西滢相识大约是在 1924 年 5 月泰戈尔访问中国期间，当时的北京大学教授兼英文系主任的陈西滢负责接待，凌叔华作为学生代表也在接待队伍之列。后来凌叔华给《晨报副刊》投稿，而陈西滢又是《晨报》的编辑。他们认识的经过颇为有趣，在他们的女儿陈小滢的回忆中是这样的："母亲给父亲写信，请他去干面胡同的家里喝茶。父亲后来跟我回忆，他带着一种好奇心赴了约，想看一看这个写小说的女孩子生活在什么样的环境。结果那天他在胡同里绕来绕去走了很久才找到，他当时还纳闷，这个女孩子怎么会住在这么一个大宅子里？可能像林黛玉一样是寄人篱下吧。父亲敲门进去，先是门房带着他走了一段，然后有一位老妈子出来接，又走到一个院子里，再出来一位丫鬟，说'小姐在里面'，把父亲吓了一跳。"（《回忆我的母亲凌叔华》）

1926 年 7 月，凌叔华与陈西滢结婚后不久，徐志摩曾经给胡适写过一封信，其中说道："这对夫妻究竟快活不？他们在表情上太近古人！"实际上凌叔华曾经与徐志摩有过一段鲜为人知的恋情，只是后来没有走到一起。徐志摩的话中有话外之音，他并不看好凌叔华和陈西滢这个婚姻。值得一提的是，沈从文认识翻译家王际真就是徐志摩介绍的，徐志摩和沈从文对凌叔华的认识好像不太一致。

1929 年，陈西滢离开北平赴武汉大学任教授兼文学院院长，凌叔华也随丈夫到了武大，除了写作、画画之外，还兼职主编了《武汉文艺》。也就在这一期间，凌叔华认识了朱利安·贝尔（Julian Bell），并与之发生了婚外情。

这段经历的见证者是叶君健，他是陈西滢的学生，也是朱利安的朋友，叶君健在《陈西滢和凌叔华》一文中这样回忆道：

> 英国的中英庚款委员会要选一位英国文学教授来武汉大学教英国文学，朱利安为中国当时的革命浪潮所吸引，就应征这个位置且获得通过，终于来到中国。他的父亲克莱伍·贝尔（Clive Bell）是著名的美学家，母亲瓦妮莎（Vanessa）是著名的画家。凌叔华作为一个画家，与他认识后就经常见面。我那时写些小说，作为我的英语作文，交给他看，他感兴趣，因此也和我成了朋友，常与我交谈文学和国际政治方面的问题。我就在他那里不时碰到凌叔华。凌叔华对政治没有兴趣。他们所谈的主要是绘画和美学方面的问题，我对此也受到吸引，坐在一旁静听，这自然也使我加深

了对凌叔华的理解。凌叔华是一个极为温存的人，有中国传统的所谓"大家闺秀"之风。

朱利安的到来源于一个英国画家傅来义（罗杰·弗莱），当时他的妹妹在中国短暂生活过一段时间，结识了陈西滢、凌叔华夫妇，并建立了友谊。她回国后就把她哥哥傅来义的一幅画送给了凌叔华，双方书信不断。后来武汉大学因为一名英籍教师要离任，需要一个替补的人选，傅来义的妹妹就推荐了朱利安，朱利安当时正愁找不到合适的工作。

1935年秋，朱利安来到了武汉，他不是一个本分的普通教师，在英国时他被视为浪荡的青年。朱利安来自英国一个著名的艺术沙龙"布鲁姆斯勃里"，这是个混乱、放纵但又自恋、真诚的艺术圈子，他的母亲是傅来义的情人。朱利安从小受这种环境的影响，也染成了放荡不羁的生活方式，同时他也喜欢写诗歌，有很高的艺术天分，对徐志摩非常不屑，而这一切都为他即将来临的中国生活带来了不寻常的故事。

朱利安刚到武汉时，陈西滢、凌叔华夫妇对其很好，甚至为他打点生活方面的问题，给了他很大的帮助。但是不久，朱利安就爱上了"聪明、可爱、敏感、热情"的"院长夫人"（当时陈西滢是武汉大学文学院院长），很显然，他的胆大妄为、无拘无束也让凌叔华平静的生活不再平静，而文学成了他们恋情的温床。1936年初，两人背着陈西滢偷偷到北平幽会，朱利安给他母亲的信中说他实现了一个"浪漫男子的梦想"，每天的生活就是"要去剧院，要去滑冰，还要做爱"。他曾经写过一首叫《交合之后》的诗，其中最后一句有"绯红的落日，黑色的断树，陡峭的英格兰鸟语悬壁，直到老。越过沙滩纠结着，我们睡"。这首诗的每一个字都发出了从灵魂到肉体的震颤，凌叔华被深不见底的情欲彻底淹没了。

陈小滢曾经比较理性地分析过这段恋情，"不知道朱利安是怎么喜欢上我母亲的，他比她整整小8岁。我想他们之间产生恋情，也有一定的原因吧。那时武大会说英文的不太多，会说英文的母亲以院长夫人的身份对初来乍到的朱利安有诸多照顾，加之'中国才女作家'的身份，使得朱利安很容易对她产生亲近感。父亲任武大文学院院长后，严格遵循西方的职场规则，不聘用自己的妻子到学校任职，这让一心想做新时代女性的母亲很不高兴。出身于西方自由知识分子家庭的朱利安从来不掩饰对异性的兴趣和喜欢，他的赏识和恭维，对身处那个环境的母亲也许是个莫大安慰。"（《回忆我的母亲凌叔华》）

这件事情后来被闹得沸沸扬扬，让陈西滢脸面丢尽，但他们的婚姻并没有完全破裂，虽然同床异梦，但也一直维系着，而这可能与陈西滢的性格有关。"他（陈西滢）还是一个相当羞涩的人，说话有时还显出一点脸红，显然他在语气中也常表现出某种英国绅士的冷静、'幽默'和讥诮风，道出一两句颇具风趣、貌似充满哲理和聪明的俏皮警语。他是一个与中国现实脱节而沉湎于英国旧文化的人。"（叶君健《陈西滢和凌叔华》）

最后的结局是朱利安被迫离开武汉大学，但凌叔华与之藕断丝连，她又赶到香港与等候回国的朱利安告别，为此陈西滢曾写信骂朱利安"不是君子"，但奇怪的是他并没有老拳相向，仅仅是发泄了一点文雅的愤怒。叶君健回忆道："我于1936年夏天离开武汉大学，不久就去东京，再也没有机会见到陈西滢和凌叔华了。只有朱利安·贝尔在给我的来信中偶尔提起过凌叔华。"后来朱利安志愿参加"国际纵队"，将赴西班牙支援反法西斯战争，就在1937年春天，凌叔华又不顾一切赴英国送别朱利安，两人难舍难分。但几个月后，在参加马德里保卫战中，朱利安遭遇炸弹袭击身亡，死时只有29岁。

　　人虽然死了，但凌叔华与朱利安的故事并没有结束。当时凌叔华随着武汉大学西迁到了乐山，她在这一期间与朱利安的姨妈维吉妮娅·伍尔夫（Virginia Woolf）联系上并开始长期通信，"贝尔牺牲后，可能是由于对他的怀念，她开始与佛吉妮娅（即维吉妮娅·伍尔夫）通信。在1938年至1939年间，当武汉大学迁到四川乐山以后，她写了一系列给佛吉妮娅的信，并把她的英译稿陆续寄给佛吉妮娅看"（叶君健《陈西滢和凌叔华》）。伍尔夫是英国著名作家，是20世纪现代主义与女性主义的文学先锋，其代表作有《到灯塔去》《雅各的房间》等，伍尔夫对凌叔华的写作有很大的影响，她们的通信长达16个月，后来伍尔夫的精神状况越来越糟，直到1941年3月自杀身亡为止。凌叔华曾经在一篇文章中谈到这段经历：

我曾在战时读了伍尔夫的一篇文章叫作《一间属于自己的房子》，心里感触的很，因为当时住在四川西边最偏僻的地方，每天出门面对的就是死尸、难民，乌烟瘴气的，自杀也没有勇气，我就写信问伍尔夫，如果她在我的处境下，有何办法？

伍尔夫给她的回信中回答道："我唯一的劝告——这也是对我自己的劝告——就是：工作。所以，让我来想想看，你是否能全神贯注地去做一件本身就值得做的工作。"（1938 年 4 月 5 日伍尔夫给凌叔华的信）不知道她的鼓励是否对凌叔华有所帮助，1938 年年底凌叔华来到乐山后，居住在半边街 57 号，她的英文自传体小说《古韵》就是从这时开始写的，而这本书也是伍尔夫鼓励她"抵抗苦闷"的写作。也许回忆让时光变得宁静和缓慢，对一个作家而言这是最好的方式，而事实也证明《古韵》是凌叔华一生中最为重要的作品，代表了她的文学高度。

凌叔华在《古韵》的开篇中写道："每当想起童年，便能记起这句话：'回首往事，既喜又忧。'不知有多少次我在梦中又把自己变成了可爱的小姑娘。同儿时的伙伴在老地方玩耍。我不知道他们现在是死是活，也没有记住他们的名字和年龄……"这是一个漫长的回忆，也是一本自传性质的故事集，文笔同她的画笔一样，有同样的"幽深、娴静、温婉、细致"（苏雪林评语）的韵味。

新婚时期的陈西滢和凌叔华

《古韵》于1953年在英国出版，畅销一时。可惜直到近些年才在国内翻译出版，它早已淡出人们的视野，不得不说这是一部被文学史遮蔽的作品。但陈小滢对这本书的看法颇为理性："我想西方人很难把这个作品放在中国社会发展的背景下来理解中国女性的成长和心路历程。他们真正好奇的，或许是妻妾成群的东方式家庭，这也是母亲的悲哀吧。"但客观讲，在20世纪初中国最优秀的女性作家中，应该有凌叔华的一席之地。

在乐山期间，凌叔华闲居在家，除了写作，就是个家庭主妇的角色，所以她对偏于西南一隅的小城生活是不满意的。陈小滢回忆道："当时乐山是一个小县城，什么也没有，我的母亲肯定不喜欢那个小县城。我的奶奶和大姑姑也跟着我们一同入川。战乱岁月，物资奇缺，一家五口全靠父亲一人，而学校又常发不出工资，她和我奶奶、大姑姑的矛盾也从来没断过。母亲从小就有很多人侍候，过惯了锦衣玉食的生活，是众人羡慕的大小姐，那样的生活对她来说实在太艰苦了，在精神上也一直处于对战争的惶恐不安的情绪里——仔细想起来，我觉得她也挺可怜的。"（《回忆我的母亲凌叔华》）

在婚姻与现实处境的双重逼仄之下，凌叔华的心情极为苦闷，无奈之下选择了逃离。1939年底，她以母亲去世奔丧之名，辗转从香港、上海、天津回到北平，但她去后就没有回到乐山，而是留在了燕京大学教书，女儿陈小滢则在燕京大学附中读书，只有陈西滢仍然留在乐山。凌叔华宁愿待在日占区，也不愿在抗战大后方生活，也许那些年的情感纠葛确实是让她大伤脑筋，两地分居的生活暂时让他们各自相对平静，至少避免了不少争吵。

那期间，陈西滢的状态也好不到哪里去。1941年7月，西南联大教授罗莘田到乐山见到了陈西滢，陈虽然风度犹存，但感觉还是老了一些，"唇有黑髭，鬓杂白发，背部也稍微有些拱起。可是一穿起亮纱的蓝衫来，还依稀有点儿住在北平东吉胡同时候的风度"（《蜀道难》，附录于《郑天挺西南联大日记》）。

凌叔华重新回到乐山是1942年2月，在杨静远的日记中清清楚楚地记着这件事："妈妈（袁昌英）告诉我，干妈（凌叔华）、小滢回来了，后天我的生日请她们吃饭。"（《让庐日记（1941—1945）》）生日那天，杨静远在2月8日的日记中又写道："干妈、小滢已有两年半没看见了，干妈胖了，小滢高了。她们送我一个顶美的黄缎子小盒，上面绣有珠花。"杨静远是凌叔华的干女儿，杨端六、袁昌英之女，当时杨端六、袁昌英夫妇与陈西滢、凌叔华夫妇的关系非常好，两家在乐山的来往非常多。

"精神城堡"

不久，陈西滢离开武汉大学去了英国任职，但凌叔华却留在了乐山，并且建了一幢小楼自己住。关于这段，陈小滢也有回忆："这期间，奶奶在乐山去世。两年后，我们又回到乐山，不久，大姑姑也去世了。1943年，父亲被国民政府派到英国工作。父亲离开后，母亲带着我搬到一个小山上，母亲还建造了一栋小楼，在楼上就可以看到岷江、大渡河以及乐山大佛。那以后，她心情好了不少。"（《回忆我的母亲凌叔华》）

这幢小楼就在万佛寺旁，既是遮身之所，也是凌叔华为自己搭建的一个小小的精神城堡，可以说是她把伍尔夫的"一间属于自己的房子"变成了一幢现实的小楼。这个小楼位置极好，"与对岸山上的凌云寺遥遥相望"，"左右均有古木细竹，把乱砖荒草芟除，却也多少寻得出倪云林画意"。

凌叔华在1943年11月的《山居》一文中写道：

> 我一个人走出走入，不觉得冷清。树上鸟语细碎，篱外猫狗相斗，有时反而觉得太热闹了。我觉得最享福的午后沏一壶茶，坐在万绿丛中自由自在的读我心爱的书，写我所要写的画，这是神仙皇帝该嫉妒的意境，我在这时不禁油然漫诵石涛的"年来踪迹罕人世，半在山乡半水乡……"

> 我是个生有山水癖的人，战争原是该诅咒的，但这次神圣抗战却与我这样幸福，使我有机会与山水结缘，我该感谢谁呢？

这段话与之前凌叔华在乐山的感受简直是判若两人，看得出此时的她是恬静和自由的，也是自得其乐的。当然她还有几个志同道合的闺蜜，如袁昌英、苏雪林。苏雪林就回忆说："我们几个朋友，常常在那楼中茗话，开窗凭眺，远处山光水色，葱茏扑人而来，别有一番风味。"也就在这样的环境中，凌叔华写下了"浩劫余生草木亲，看山终日不忧贫"一句诗，确是她当时生活与心境的写照。

值得一说的是，1943年王世襄也到过凌叔华的这个小楼，结果被看家的狗咬了一口，赶紧到成都去打了预防针才算放了心。狗不友好，但主人还是殷勤的。他还给陈小滢送了一首诗，其中两句是"瓜脆枣酏怀蓟国，橙黄橘绿数嘉州"。橙黄橘绿大概就是小楼附近的景色了，文化大家王世襄在95岁时讲起这件事时还津津乐道。

其实，万佛寺就在乐山人叫的老霄顶上，这个地方不过是个小山包，但在当时却是乐山城内最高的地方，可以远眺大渡河与岷江交汇，风景极佳。武汉大学在迁来后曾经把万佛寺作为"临时调养室"，"凡本校患传染病或其他虚弱症，经校医诊察，须经一月以上期间调养不能上课者"均可在此调养，而在调养期间，"学生伙食自备，茶水、灯油、柴炭由校供给"。（1939年2月25日函件，现存武汉大学档案馆）这个地方笔者曾经无数次地去过，每次都会想到当年"珞珈三杰"会聚于此，她们把这块荫翳之地留在了中国文学史中。在2018年的夏天的一段时间里，我常常在山下的档案馆查询资料，档案馆的楼正对着老霄顶，每一抬头就会望见那绿意浓密的山坡，心中真是充满了对"历史的温情与敬意"。

当然，与这里有缘的还有后来成为著名散文家的吴鲁芹。他当时身体不好，便住在老霄顶的万佛寺里养病，毕业了也未走，因为没有好的去处，只好每天都赖在这片风景里。"某日，在万佛寺斗室中读书，忽闻敲门声甚急，启之，乃文学院之以为工友也。送来一信，乃吾师陈通伯（陈西滢）先生亲笔：'请下午二时来舍与任叔永先生一晤，重庆可能有一工作，似甚合理想。'"（《忆任叔永先生与莎菲女士》）后来，他就去了重庆开始了新的生活，似乎可以这样说，这个老霄顶就是吴鲁芹的人生起点。

经历了人生的起伏，凌叔华也就在"一间属于自己的房子"里，静下心来继续写《古韵》，应该说这里面有乐山给予她的一份灵性的滋养，所以她"至今还感激那多情的山水，在难中始终殷勤相伴"（凌叔华《爱山庐梦影》）。抗战结束后，凌叔华这段故事随着光阴的流逝已经被人淡忘了，更因为她长期生活在国外，与国内比较隔绝，知者甚少。

但到了2006年，凌叔华与朱利安的那段婚外恋又被人重新提起，这是因为女作家虹影的小说《K》（后改为《英国情人》）。这部小说的人物原型就是凌叔华（书中的"闵"）和朱利安（书中的"裘利安"），他们的故事让作者找到了巨大的叙述张力，但因为小说中性描写的大尺度引发争议，甚至引起了诉讼。但虹影辩解说："我写的根本不是凌叔华，她的生活是不是这样的，我不知道……我只是借朱利安的故事作为我想象的跳板，连朱利安这人许多事也是虚构的。"（《关于"女性写作"和"女性主义写作"——虹影与王干的对话》）顿珠·桑评价《K》的时候曾经分析说，朱利安面对的是"一个从妻妾成群的旧家庭里走出来的如同中国古画一般的闵"，所以"闵与裘利安之间的故事根本就是一场文化邂逅"。（《走进裘利安·贝尔的情感世界》）所以，虹影试图把20世纪初逐渐开放的东方女性的复杂性展开，在小说中进行丰富的阐释，而《K》应该说是敏锐地找到了一个绝佳的素材。

也许凌、朱之恋的另一个主角陈西滢，倒是为我们提供了一把解读的钥匙。这个曾经留学英国剑桥大学的高才生并不讨厌朱利安，甚至对他有好感，是他把朱利安引进到中国来，而且在那段故事结束后，他还曾买朱利安的诗集来读，平静得就像朱利安还是自己的朋友，而这种奇特的关系一直维系到最后。作为他们的女儿陈小滢一直都不知道父母之间曾经发生的事情，在他们的日常家庭生活中，也常常听到父母提及朱利安，并没有任何忌讳。1968年，陈小滢在伦敦买了一本朱利安的传记作为生日礼物送给陈西滢，但后来她无意中读到了书里关于母亲与朱利安的这段往事，非常震惊。在《回忆我的母亲凌叔华》中，陈小滢写道：

> 不久后的一天，我和父亲坐在公园的一张凳子上，我问他："这是真的吗？"他说："是。"我又问父

亲为什么要和母亲结婚，发生了这么多事情之后，他们为什么仍然在一起，他沉吟了一下回答："她是才女，她有她的才华。"就这么一句话，然后慢慢站起来，回到汽车里。

竺
可
桢

情定峨山之巅

相亲之旅

1939 年 9 月 11 日，竺可桢从重庆坐"水上飞机"到了乐山，他准备到峨眉山一游，同时也去看看设在千佛顶的高山测候所。

但这一趟旅行还颇有些曲折，因为他在重庆就听说泸州被日机炸了，而他要坐的飞机是早晚对开，先是从乐山飞到重庆的，完全有可能与敌机在空中相遇，这存在很大的危险。当时离上月 19 日乐山被炸还不到一个月，所以竺可桢想"今日无飞嘉定之希望矣"。但到下午一点半，打电话一问，说飞机要飞乐山，"知飞机已抵珊珊坝，即雇轿夫至飞机场。盖机上不设无线电，故早晨来时离泸州后不知川境有敌机，至珊珊坝始知之"（《竺可桢日记》）。

竺可桢此行不无惊险，"昨机过泸州已四点半，泸州尚在大火中，有五六处延烧。余逆料火熄时三分之一将成灰烬"。他在空中看到了泸州被炸的惨象。

到乐山已是下午很晚了，早已等候在码头的是陈西滢。他此行没有通知任何人，以他当时的地位和声望，最少武汉大学校方也应该出面迎接。但他只联系了陈西滢，然后下榻在了嘉定饭店，外人均不知道他的行踪。简单洗漱之后，黄昏时分，他到了嘉乐门外半边街 57 号陈西滢的住所。就在这里，他见到了陈西滢的妹妹陈允敏和幼弟陈序叔。

这是竺可桢第一次见到陈允敏，在厚厚的几大卷《竺可桢日记》中也是首次出现了陈允敏的名字。

第二天，竺可桢又见到了陈西滢的母亲，"通伯（陈西滢）来，借至其寓中膳。拜见其七十四老母，现住乡下，于今日迎至城中"。那么，一个堂堂浙江大学的校长为什么要见陈允敏，还要见陈母呢？这事要从头说起。

竺可桢 1890 年生于浙江绍兴，曾因学业优异得到庚子赔款资助而留学美国，1918 年获得哈佛大学博士学位。1934 年他与翁文灏、张其昀共同成立中国地理学会，是中国近代地理学和气象学的奠基者。从 1936 年 4 月开始，他担任浙江大学校长长达十多年。抗战爆发后，浙江大学由杭州西迁江西泰和，又再迁广西宜山，但由于战事不利，学校拟再迁黔北。就在竺可桢忙于第三次迁校的勘察之时，因为无暇顾及家人，他的次子竺衡和夫人张侠魂突然发病相继去世。丧妻之后，多位亲友劝他早日续弦，其中就包括当时浙江大学化学系教授丁绪贤的夫人陈淑（陈允仪）。陈淑是陈允敏的堂姐，是中国最早留学海外的新女性之一，曾执教于北京女子高等师范学校，与丈夫丁绪贤一道积极参与过五四运动。陈淑便从中撮合，想把陈允敏介绍给竺可桢。陈允敏毕业于北京女子师范大学，端庄大方，可能是心气高或是机缘不到，到了 36 岁还未嫁人。而当时竺可桢刚好 50 岁，从年龄到家庭背景等方面两人倒很般配，于是就有了这一次的相亲之旅。

但竺可桢之前并没有见过陈允敏，所以借游峨眉山之机顺便来见人，但情况到底如何谁也不知道。第三天，他与陈允敏一道去五通桥参观永利川厂和黄海化学研究社，这是他与陈允敏正式接触的开始，"晨六点半起。八点至五芳斋早餐，回则序叔与允敏已先在，遂借至船码头雇一舟赴五通桥。自嘉定至五通桥顺流而下，凡四十里。九点十五分出发，十点四十分即至竹根滩"。

当时西南的科技是大后方的希望所在，而值得一看的首选永利川厂和黄海化学研究社，它们都是实业家范旭东先生在天津创办，并于抗战后的 1938 年迁到五通桥的。像黄海化学研究社就会集了中国最优秀的一批化工专家，如侯德榜、孙学悟、李烛尘、方心芳等。1943 年李约瑟考察中国西南科技时，第一站到的就是永利川厂，然后从永利码头坐船去宜宾李庄考察，所以竺可桢到那里参观在情理之中。

这一天对竺可桢是重要的一天，实际上他在这天上午就已

　　　　　　　　　　　　　西迁东还

经看上陈允敏了，他认为不虚此行。当然，有可能在 11 日第一次见到陈允敏时，他就对陈允敏一见钟情了。也许是科学家出身，竺可桢做事理智、干脆、不拐弯抹角。这天下午，竺可桢就直接同陈允敏谈了结婚的事，他想既然来了，又很喜欢，为什么不直接说出来呢。但陈允敏是犹豫的，虽然竺可桢在很多方面都让她心许，如在学识、人品、名望等方面都无可挑剔，但他们之间还有一些疑虑甚至是障碍还未解决，陈允敏毕竟是没有结过婚的大姑娘。这一天的日记中，竺可桢写道：

> 三点半由五通桥乘黄包车三辆，回至嘉定对江。时微雨，天气骤凉，幸途中序叔借得衣服分穿。六点半始至披头，得船过江。上岸后，余与允敏徒步回至半边街 57 号。谈及婚事，允敏虽不坚拒，但深疑吾二人相知不久、不能相处为虑。余则以为吾二人性情并无不合之处。在允敏家晚膳。九点回。

9 月 14 日是竺可桢最为纠结的一天。他喜欢陈允敏，把话已经说了，表露无遗，但没有得到她的正面回答。所以他想知道陈母的意见，这个非常重要，而当时唯一的信息只能从陈西滢那里获得。一切都只能推断，但一切均没有结果。他写道："余即至半边街 57 号通伯寓，知其母亲已赴乡间，由允敏送去。余询通伯关于婚事之意见。据云允敏迄未表示，但亦不拒绝，但据余个人推断当可能就，因余屡次邀同游，渠均允同往也。"

这一天也是让竺可桢烦恼的一天，他接到学校的几封来电，都让他不安。"接毅侯转来函电，知李振吾以无设备费不肯就工学院院长事，同时毛燕誉亦来电辞职，电机系亦大乏人矣，烦恼之至。"他毕竟是一校之长，远在贵州的学校还有一摊子事等着他解决。所以他想的是，不管事情行还是不行，陈允敏答不答应，他都要尽快回去，他不能为儿女情长而耽搁了工作。"故与通伯拟定于廿二号乘飞机回渝，即赴峨眉来回只一星期时间也。"而那一天他在乐山所见，大概跟他的心情也相似。

> 嘉定城以玉堂街为最热闹，炸后则一片瓦砾，而旧有电灯，现则电杆尽成焦木矣。人家多用菜油等，一如余儿时所见者。城中走路均用火把，已恢复古代现象矣。
>
> ——《竺可桢日记》

情定金顶

9月15日，竺可桢与陈西滢、陈允敏及武汉大学植物系助教张纲一起去登峨眉山。事情的转机就从登山开始。

他们从乐山出发，当天宿在峨眉县城的"峨山招待所"。刚一住下，就听说前两天这里有人被抢，是一伙强盗在深夜里破门而入，抢了一个孀妇，"因其藏有金铺十二两并其他贵重物品"，抢后扬长而去。像这样的事情，在峨眉一带经常发生，此地是匪盗出没频繁的地区。但这个妇人运气还算好，当时国民党中央委员丁超五正好游山下榻在这里，得知此事就责令县府马上查办。果然第二天一早就有了结果，抓到了两个嫌犯，有人就怀疑此中一定有内线，不然事情不会那么蹊跷。在峨山脚下听到这样的故事，犹如看惊悚悬疑小说。竺可桢晚上早早地就睡了，但睡到一点半就听到有人喊救命声，他们以为是哪里起火了，翻身起来到门外一打听，才知道是有小偷爬窗，但已经跑了。竺可桢想，这小偷该不是盯上他们了吧？

竺可桢一行爬得很慢，9月17日，他们经过洪椿坪慢慢往上走，"通伯、允敏坐滑竿，余与张纲徒步，尚有一滑竿一背夫负荷杂物"。这幅景象颇有意思，看来人到中年的竺可桢其体能仍然是非常充沛的，他像年轻人张纲一样健壮，不需要任何惜力的工具，徒步登山。

这天，他们在九老洞附近遇到了一队兵士，"押犯人男妇十三人过路下山，乃阴历初抢万年寺之罪犯也。以丁超五翌晨函峨眉县长，兵即来捉，故得破案如此之速"。他们在山下听到的孀妇被抢的事情，正与这些犯人有关，当然山上的匪盗定有收敛，他们也可以借此短暂的平安放心游山了。还是丁超五这个中央委员起了作用。当年丁超五是忠心耿耿追随孙中山的人之一。

而这天的日记也最有意味，竺可桢除写了一天的行程与感受外，特别在结尾写道："在莲花石对面有弓背山，种黄连甚夥，允敏摘蕊给予尝之，苦极。"其实，这句话是苦在嘴里，甜在心上，而黄连之苦更具象征意义，陈允敏似在表达某种意愿，两人的默契从动作上显现了出来。

9月18日，竺可桢一行终于抵达金顶，到了之后，他居然去抽了一签，"稍息至正殿求签，余金顶正殿得大吉"。

这天，竺可桢也不忘处理些公事，他把千佛顶上测候所的人员周凤梧叫来询问和了解情况，哪知道周凤梧一来就倒苦水，说他们的工资跟山下没有区别，而且两个月没有发薪水了，想辞职不干。竺可桢当即告之在高山上工作应得双薪，并安慰了周凤梧一番，说他回去要给有关方面提补助津贴的事情。

峨眉山金顶是竺可桢终生难忘的地方。这个测候所的建立与他早在十多年前的倡议有关，而他的情感生活也与这里结下了不解之缘。兴奋之下，那天他就做出了一个大胆的行动："晚膳后余得一吻允敏。"当然，这一吻就把问题解决了。也就在这天的日记里，竺可桢写道："今日值'九一八'之八周年纪念，于峨眉山之千佛顶与允敏定情。"

大事一定，他们就决定19日下山，不在山上逗留。而陈西滢先一天下山到峨眉县城，"通知亲友于明晚招宴"，竺可桢则与陈允敏晚一天下山，慢慢体验二人的天地。20日，他们全部回到乐山。21日，"晚六点半在嘉定饭店与允敏二人出名请客，作为正式订婚。"当天参加订婚仪式的有武汉大学校长王星拱，还有武汉大学的教授刘秉麟、桂质廷、朱东润、苏雪林、钟仲襄等，而陈家在乐山的亲属除凌叔华、陈小滢母女外，悉数到场。

重庆成婚

　　第二天一早，竺可桢就因为公事匆匆飞回了重庆。仅隔一天，9月23日，他就迫不及待地做了一件事，"以叔永（任鸿隽）、毅侯（王敬礼）、慰堂（蒋复璁）、孟真（傅斯年）四人出名电通伯，嘱陪允敏来渝成婚"。这四人都是当时大名鼎鼎的人物，为一女子而动用这几张民国的脸面，足见竺可桢是下定决心非允敏不娶了，而他的可爱之处也显露无遗。

　　此后，竺可桢一直与陈西滢、陈允敏兄妹之间保持着非常频繁的通信，可以说陈西滢在中间扮演了一个非常重要的角色。他是非常赞同这门婚事的，没有他的撮合，竺可桢与陈允敏能否走到一起还很难说，因为从1939年9月21日订婚到1940年3月，有近半年的时间陈允敏并没有到重庆来与竺可桢见面，这说明在此过程中她可能还有余虑，以至于有一阵竺可桢待在贵州浙江大学里甚感孤独。1940年元旦前一天，他一个人在学校的房间里，突然想起自己死去的妻子张侠魂，不禁倍感凄凉，那天的日记中他写道："寓中只余一人，寂寞之至。"他需要允敏的温暖来度过艰难的时刻，也需要她的帮助走向新的人生。而这一切最终是陈允敏从心理上完全准备好了之后，才到了瓜熟蒂落的时候。

1940年3月6日，竺可桢在日记中写道："允敏、通伯于今日午后四点由乐山到重庆。"但好事多磨，那天陈允敏并没有到达重庆，竺可桢的心里很着急，接连打电话联系，但最后的消息是"十一点又打一次，知通伯与允敏所乘之轮今日不能到渝"。

竺可桢以为到不了了，但到晚上九点后，陈西滢和陈次仲（陈西滢之弟、陈允敏之兄，时任最高国防委员会法制专门委员会专任委员兼秘书）突然来到了他的寓所，船居然到了重庆，只是晚了时间，一切皆大欢喜。从第二天开始，婚事就开始张罗。作为长兄，陈西滢非常尽心，不仅陪允敏去做衣服，还接洽礼堂，邀约朋友，制作花篮，缮写婚书等，直到办完婚事才回了乐山。

3月15日，竺可桢与陈允敏在重庆银行公会举行婚礼。竺可桢在日记中写道："今日喜事请正宗海、高玉华、昌蕴明、郑子政、厉德寅诸人。……结婚仪式极简。（吴）稚晖先生证婚，王毅侯、蒋慰堂介绍人，通伯、雨岩（蒋作宾，曾当过国民政府内政部长、安徽省政府主席，系竺可桢连襟）主婚人。在证书上盖图章后即由稚晖先生说数语（余立右，允敏左）即礼毕。"

接下来是吃喜酒，竺可桢虽然酒量很大，但也喝得晕晕然，去照结婚照的时候还差点出洋相，那酒确实有些浓烈。"（婚礼）共约六十人。吃西菜。席将半，稚晖先生主张余与允敏各敬酒一杯，由是王雪艇（即王世杰，时任国民政府教育部部长）太太首先回敬，因之孟真（傅斯年）、骝先（即朱家骅）均来敬酒。余饮渝酒七八杯之谱。约二点散。余初尚不觉醉，借允敏至光华照相馆，以无电待约半小时，酒性乃发作，方在摄影时余觉不能支持。"

第二天早上起来，竺可桢、陈允敏吃完早餐后，"允敏读二月份《西风》杂志陈哲生译《做你所讨厌的事》、陈宜生译《婚后幸福的追求》、陈东林译《怎样追求终身幸福》等文"。陈允敏是个智慧的女人，这在后面的婚姻生活中得以证明。

1941年12月14日，竺可桢与陈允敏的女儿出生，取名松儿，小名毛毛。竺、陈的婚姻在后来几十年中非常美满，两人相濡以沫，恩爱有加，相比陈西滢与凌叔华的婚姻显然要幸福得多。陈西滢一生在家庭中忍辱负重，却为妹妹促成了一桩美好的姻缘，这也许是对自己情感生活的一点补偿。

竺可桢与陈允敏

流寓生涯

繁华故乡尽零落

因缘际会

　　贺昌群回到马边是 1939 年夏天，即在乐山被炸之后。

　　马边是位于四川西南边汉彝交界的一座小城，那一带被人们称为小凉山区。贺昌群这次回到故乡实属意外，他原本在迁到广西宜山的浙江大学里教书，但考虑到战争的变化，便将家眷送回了离四川乐山有百公里之遥的边城马边。他这次马边回乡之旅的情况如何呢？叶圣陶先生在 1939 年 11 月 18 日的日记中写道："昌群来，前日方自马边归。谓二十余年，家乡已非旧观，昔固甚殷富，今衰落矣。夷人种鸦片出售，散兵流氓以贩卖鸦片为生，贩卖之外，复持枪劫烟，遂成盗匪横行之世界。昌群之来回，由乡人三四十持枪护送，且通知在匪中可以说话之人，乃得成行。途中亲见三尸倒卧于地，皆被枪杀者也。

所见种种，非他处人所能预想。"

贺昌群是马边彝族自治县官帽舟黄桷溪人，1903年生，家境贫寒，"父季咸公长年在外助人经商，母彭筠君靠喂猪养蚕作针度日。贺昌群幼年在乡间为富家子弟做陪读，以学习勤奋刻苦、字迹工整娟秀，深受塾师厚爱，施以格外教育。自此习读经书，接受儒家的传统教育"。这段话是《贺昌群文集》中"贺昌群（藏云）生平及著述年表"中的记述。应该说，这是对他童年生活的概括，贺昌群是天资甚高、勤奋好学的孩子，其中"字迹工整娟秀"一句是事实，字如其人，无半点过誉。

贺昌群的母亲略通诗书，贺昌群10岁那年，其母觉得这孩子是块读书的料，遂卖了蚕丝，供他到成都去读"新学"，其开明非一般女辈可比。贺昌群15岁那年到了成都联合中学（今成都石室中学）读书，受益最深。1921年受五通桥"太和全"资助到成都读中学，后来考入上海沪江大学，"入学费用由在五通桥经商的堂兄贺昌溪资助"，但"因堂兄去世，经济来源断绝，仅念了一个学期即辍学"（《贺昌群文集》）。

这段经历也就有了后来的故事。首先"五通桥经商的堂兄贺昌溪"是怎么一个人？他与贺昌群之间有些什么故事？而这似乎都与后来他的回乡之旅有着千丝万缕的联系。

贺昌群的伯父贺永田是犍乐盐场的大盐商，他本来是个马边的读书人，后来为躲避官方追剿跑到了乐山五通桥，然后经营盐业，成了当地最大的盐商。贺永田的经历在《马边彝族自治县县志》里有简短的记载："贺永田字熙隆，光绪年间秀才，因涉嫌反清，逃亡（五通桥）竹根滩。经商致富，家资百万，该地首富。"由于经营盐灶有方，贺永田成了清朝光绪时期岷江流域最大的盐商，他在五通桥用巨资修建了有名的"四明士第"（也被当地人称为"太和全"）。

"太和全"颇值得一说。这座庞大的建筑始建于光绪初年（1875），建筑面积达6 000多平方米，这还不包括与建筑配套的花园、池塘、假山等。"太和全"里共有24个天井，所有的厅、堂、楼、阁、池、榭、亭、廊都围绕着天井转，并达到了一步一景、移步换景的妙境，整个宅园布局严谨，结构精妙。有人曾经拿"太和全"与《红楼梦》里的大观园相比，谓之"桥滩大观园"，可见它的规模之大和建筑之多。

贺永田有两个儿子，长子叫贺昌溪，次子叫贺昌沛。贺昌群与贺昌溪、贺昌沛是堂兄弟。但是，贺昌溪、贺昌沛并没有守住贺永田创下的厚实家业。笔者在五通桥档案馆查询档案时，看到过1968年整理的贺国干（贺昌沛长子）的自传材料，其中有清晰的记载：贺昌溪曾经捐官做过贵州铜仁府知府，民国成立后回到了五通桥，但民国早年就死了。贺昌沛曾经留学日本，还曾经参加过孙中山的同盟会，"民国以来，他一直在经营盐业，过着富裕生活，没有参加政治活动。父亲因出身资产阶级家庭，养成了挥霍的习惯，负债累累，后来就破产还债，在1927年就去世了。"也就是说，在不到百年的时间中，贺家就破败了。

但是，瘦死的骆驼比马大，虽然已经处在衰落的边缘，贺昌溪仍然出资让贺昌群到上海上学。据贺国干的长女、贺昌沛的孙女贺宗炘在2014年4月给笔者所述，当时贺昌群的家在马边，家境困难，他到成都石室中学上学其实也曾得到过五通桥贺家的资助。贺宗炘还提到过一个非常重要的细节，说当时贺昌群在成都读书期间，他最小的妹妹被人强奸，家里的人觉得是奇耻大辱，就逼着她自缢而亡。贺昌群回家后听说这件事，气愤悲伤之极，用刀砍掉了一根指头，并发誓与这个黑暗的吃人社会不共戴天。

1922年，辍学后的贺昌群考入上海商务印书馆编译所担任编译，"是年秋，经王云五执考，贺昌群进入商务印书馆编译所，搬至上海闸北宝山路商务印书馆侧宝兴里的一个亭子间居住。在此期间，贺昌群得商务印书馆东方图书馆（涵芬楼）丰富藏书之便，往来于亭子间与书库，经常彻夜读书"（《贺昌群文集》第三卷）。这期间，贺昌群非常刻苦用功，从1926年起开始学术研究，逐渐成了国内历史学界有影响的学者。

实际上，贺昌群的一生受益于商务印书馆，不仅是读书与学问，甚至交友与婚姻皆因商务印书馆而来。他在这一时期认识了叶圣陶、郑振铎、刘百闵等人，其中刘百闵是他与夏志和的婚姻介绍人。夏志和是夏震武之女，夏震武是浙江名士，早期入仕，后辞官回故里办"灵峰精舍"，讲程朱理学，著作颇丰，从学者云集。而刘百闵就是夏震武的学生，他与马一浮早在20世纪20年代就成为知交，后来任复性书院总干事，是复性书院最得力的发起人之一，后来为复性书院做了大量的事情。

贺昌群认识马一浮是在 1937 年受聘在浙江大学教书期间，后来战事吃紧，浙大从杭州迁到泰和，他常常去听马一浮讲道。马一浮学问之宏富为人倾慕，贺昌群对之也是景仰有加。他在《归蜀行纪》中写道：

> 泰和四五个月间，与文学院诸友，时至排田村湛翁（马一浮）草堂讲学论道，"白沙翠竹江村暮，相送柴门月色新"，不料在这家愁国恨中，竟寻到一种人生至高的情绪之和乐。忘生死，齐物我，我曾感到了这样一个境界。

其实，马一浮在《贺昌群、王驾吾两君见过，纵谈忘夕，冒雨夜归，次日奉简》一诗中也写到了他们相聚时的欢畅："瞑龙行雨入清言，未解奔雷一夜喧。树下茅容常在定，群疑何事问风幡。"

实际上，马一浮也非常赏识贺昌群的才华，当时贺昌群将新著《藏云杂著》给马一浮，马一浮读后甚喜，还以《赠贺昌群》一诗，其中写道："灵山咫尺能相见，玉海千寻不可量。世智无涯生有尽，逢君一为起膏肓。"可以说，这一段经历也是贺昌群后来迁居乐山的原因之一。

1938 年 6 月底，战事吃紧，浙江大学又由江西泰和迁到广西宜山，贺昌群跟着把家眷往后方撤退。但他感到非常不安全，便萌生把妻儿送回老家的想法，很快他就辗转回了乐山，寻找栖身之地。这个过程贺昌群在《归蜀行纪》中写道：

> 我们夜间到了重庆，这里已成人山人海，寸土千金，哪有容身之所，幸顾得老友高毓崧先生替我们在青年会辟了一隙之地。在此留住两夜，备办了些药品，便匆匆乘"民意"轮船上驶嘉定。此地亦有儿时踪迹，从我故乡马边县到成都读书必经之地，山川风物都很秀丽，为川南名胜之区，在此可以遥望峨眉金顶，隐约于云雾间，不知山中接引殿的圣清长老和清音阁的海鹤和尚，依然无恙？

显然，在贺昌群的心目中，乐山是有亲人相依的故地，也是理想的避难之所，他的文字中不乏温情与诗意，大有觅得了一块世外桃源的意思。但出乎意料的是，可能是水土不服，一家大小住在乐山经常生病，让贺昌群的美好想法大打折扣。

> 我们在嘉定四川旅行社住了半月，一家轮着地病，我自己亦卧了五天，多年不曾患病，来势颇剧烈。大哥从故乡兼程来看我们，忧患中乍见亲人，感激而泣。这十余日想到犍为竹根滩（竹根滩现在属五通桥管辖，当时五通桥属犍为管辖）去探视大伯父和三伯

父两家，他们往日的豪华，如今都零落殆尽了。

——贺昌群《归蜀行纪》

这段话中最关键的是"这十余日想到犍为竹根滩去探视大伯父和三伯父两家，他们往日的豪华，如今都零落殆尽了"这句。因为他的大伯父就是贺永田，也就是"太和全"的主人；而从"豪华"到"零落殆尽"，贺昌群应该是见证者，对一个从事历史研究的人来说，不可能感受不到那种岁月的沧桑。过去从马边到成都，一般是从马边河坐船转入岷江，再上行乐山，而这段路程中必经五通桥竹根滩。贺昌群自然会到"太和全"去见见亲戚，这里有他少时的记忆，不然他就不会在文中表达出那种牵挂来。

那么，"太和全"到底有多"豪华"呢？这里还值得插叙一番。

"太和全"位于五通桥竹根滩，大门正对岷江和茫溪河的交汇处，迎面而来是一派美景。大门有一块很大的匾，上书四个镏金大字——"四明士第"，大门上有副石刻对联，上联是"进思尽忠退思补过"，下联是"入则笃行出则友贤"，门前左右各一尊威武石狮，有守门的差役，门第森严。当时贺永田曾经用十六挑银子进成都捐官，捐得淞沪铁路会办一职，又给儿子贺昌溪捐了贵州知府，所以他完全按照四品官的府第来建造"太和全"的门庭，其目的是要与他朝廷命官的身份相匹配。

"太和全"分东、西厢房。东厢房有"燕禧堂"和"退省庐"，它们组成双重檐楼院落。"燕禧堂"是会客厅，里面悬挂有匾额书画，曾经还供有贺氏祖辈的像；"燕禧堂"正对的"退省庐"，是用来休息的地方。在整个宅第的建筑分布中，前半部分主要是客房和仆佣、家丁们的住房，后半部分才是贺家的生活区域。而左面主要以户外活动的场所居多，如"沁亭""木亭""草亭""菱亭"，还在亭子之间建有船房，它们都建在水池之上，池中可以荡舟，这一片属于贺家的后花园。据说整个水池因船房、假山、月桥、亭榭的巧妙分隔，分别种有红莲和白莲，称为白花池和红花池，两种景象豁然眼前。水池的周边还有果木林、木槿花林，树林簇拥之中有"宜簃馆"（"簃"音"移"，意为楼阁旁边的小屋），是专门的书房。贺永田深明自然之趣，大院外是岷江支流拥斯江，他认为守着一池死水没有什么意思，于是又专门从拥斯江中凿了一条水渠，直接把江水引入池中；江边修有一观景楼叫"饮河楼"，蓝底金字匾额，两重米色栏杆，凭栏眺望，一片风光尽收眼底。

据贺宗炌老人给笔者讲述，由于"太和全"太大了，她们小时候玩捉迷藏的游戏都是要划定区域的，不然在如此大的院子中，一旦藏身，根本无法找到。她还讲了一个故事，曾经有个小偷想进入"太和全"行盗，但他听人说这个院子像迷宫一样，没有人引路就算进去了也出不来，更何况是晚上。但"太和全"的诱惑太大了，他可能是太想进这个豪门去干上一笔了。小偷很狡猾，想了个绝妙的主意，他在自己经过的地方都点上一根香，这样就可以沿着红色的香头自由行走，精心策划之下，

西迁东还

一切看来是天衣无缝。但不巧的是这天晚上有个丫鬟起床上厕所，结果发现了香头。这个丫鬟也很聪明，她没有声张，只是把其中的几根香头掐灭了，小偷看不到香头如入迷魂阵，当然等待他的是天亮后束手就擒。

关于"太和全"的全貌，1980 年西南建筑设计院和四川城市规划院先后到"太和全"进行采访、勘察、绘图、拍照，绘制了一张完整的建筑平面图，从这张图上能够感受得到整个建筑的气势，可以说在四川都少见，在整个岷江一带绝对是数一数二的大宅门。而贺昌群就在这个豪华庄园中，看到了一个盐业大家族的兴衰，在 1938 年回四川的过程中，贺昌群写有《归蜀》一诗，其中有"楼台残梦风兼雨，多少亲交半不存"之句，从中也可看出他的感叹来。

短暂的书院时光

话说由于生病的困扰，贺昌群一家没能够在乐山待下来，于是又转投成都旧交。他曾在成都读过 8 年书，对成都非常熟悉。在成都，一家人后来短暂安顿在了庆云南街，这里离洋人在四圣祠办的仁济医院很近，谢无量也住在附近，之间有无关联无法考证，但他的五女贺龄庄就于当年 11 月生在这个医院。这是贺昌群离开成都不到半月内发生的事情，此时他已经去了广西宜山，继续在浙大教书，而他见到新生的女儿已是半年之后的事情了。

　　贺昌群对与亲人分隔两地非常无奈。1939 年 2 月早春，他的妻子夏志和在成都写下《立春寄怀》一诗，其中有"思追旧事常寻梦，为卜归期频折梅"之句，思念之情跃然纸上。当时贺昌群马上和了一首《和志和诗》寄给妻子，其中"十年离梦第几回，霜雪天涯两鬓摧"尤为深切。他又在诗的引言中说道："瘴乡连日风雨，寒宵孤苦，辄书以和之。"在这样的情景下读妻子的哀婉之诗，贺昌群安能不动心，他很快选择离开宜山，毅然舍弃那份不错的教职，决心与家人团聚。

　　值得一提的是，在后人整理的贺昌群年表中，1938 年回四川没有关于他到马边的记载，但实际上从相关资料来看他是回了一趟故乡的，特别是从他写的《还乡宿黄丹客馆初见马边河》（《贺昌群文集》中标注时间是写于 1938 年）一诗中就能看出。黄丹是到马边中途的一个小镇，紧邻马边河，此河可以一舟通往马边。黄丹离马边有一百多里山路，现在开车也就是两三小时，但当时为崇山峻岭所隔，行程需要三四天时间。当贺昌群看到这条河的时候仍然有点情不自禁，"万叠故山云总隔，两行乡泪血和流"，他对故乡的深情倾溢而出，而这些都成了贺昌群决然离开宜山回到四川避乱的动力，故乡在呼唤一个远方的游子。

　　其实，贺昌群回到四川还有一个动因，就是听凭马一浮之召，要去乐山创办复性书院。这在叶圣陶的 1939 年 4 月 5 日的日记里有记载："昌群兄已离宜山，有电来，下旬可到此，彼将佐理事务。而弟则别有私喜，多得一可以过从之良友也。"

叶圣陶高兴，但此事在他的朋友郑振铎、徐调孚等看来觉得不可思议，认为贺昌群是在开倒车，复性书院毕竟不是现代教育体制，一个大学教授去书院实在是有些不伦不类。其实，贺昌群并非没有考虑过这些因素，但他的五女贺龄庄已经出生半年，思女心切是一个因素，为生计所迫也是一个因素，复性书院毕竟是个机会。

实际上，马一浮与贺昌群关系甚笃，马一浮曾经受竺可桢之邀在宜山浙大讲学两学期，彼此对对方的学问与人品均是认同的。在马一浮先期到了乐山后，贺昌群还写信介绍他认识了叶圣陶，"马一浮先生已来，因昌群之介，到即来看弟，弟与欣安陪同出游数回。其人爽直可亲，言道学而无道学气，风格与一般所谓文人学者不同，至足钦敬"（叶圣陶《我与四川》）。

很快，贺昌群便跟着来到了乐山。1939 年 5 月 2 日，"马湛翁（马一浮）偕昌群忽来，欢然握手。昌群自重庆乘飞机，以前日来此"（《叶圣陶抗战时期文集》）。5 月 7 日，叶圣陶又写到当时相见的情形："饭后至马先生所，昌群昨病虐，略委顿。云已租定房屋于张公桥附近，日内即将往成都接眷。"

初创期间的复性书院，马一浮邀请贺昌群去做教务长，参与复性书院的筹建，而贺昌群也积极参与其中，并把家眷从成都接到了乐山。这段时间贺与马相处得不错，贺昌群在《和马一浮》的诗中有"娓娓清言承杖履，昏昏灯火话平生"之句，可见一端。6 月 15 日，贺昌群在乐山皇华台请客，叶圣陶也在邀请之列，"应昌群之招宴，客皆复性书院同人，院外仅三人而已"。这天的宴饮，众人兴致颇高，意犹未尽，马一浮就说天气这么好，不如做个近游，建议渡船到龙泓寺一游。他们便到了寺庙边坐下来，围坐一起喝起茶来，"路旁小茶房即憩坐，守着烹水冲茶，昌群出所携茶饷客。对面远山，大峨二峨皆露其顶，苍翠庄严，山半则白云平铺，时而易其形"。

但几天后的 6 月 18 日就发生变化，贺昌群突然去找叶圣陶，闷闷不乐，"夜八时后，昌群来谈。彼与马先生于书院方针仍不能一致，谓颇厌倦于此云"。

7 月 6 日，叶圣陶在日记中又记道："昌群兄已与马先生分开，声明不再参与书院事。其分开不足怪，而当时忽然发兴，辞浙大而来此，则可异也。"

贺昌群与马一浮到底发生了什么不谐呢？在 7 月 10 日马一浮给熊十力的信中谈到了两点，其中一点是在书院征收学员上（书院要求学员应该有一定的知识文化），马一浮主张不限资格，"但凭知友介绍"即可，但贺昌群设立了四项条件，这就让马一浮觉得不符合求道的精神，"今书院设为征选及津贴之法，本是衰世之事，随顺劣机。衡以古人风概，已如天壤悬隔"。

无门槛办学有无弊端呢？事情后来得到了检验。1939 年 9 月 3 日马一浮在给屈映光的信中就曾谈到其中的苦恼："愿力虽属无尽，而事实实有未能。书院且未具缘，众机何由广被？今时根器下劣者多，又习气深厚，难为解脱。每苦书问酬答之烦，虽与方便饶益，其实劳而少功。"

另外一点是关于张颐。张颐（1887—1969），字真如，1913年获美国密歇根大学哲学博士学位，又因为研究黑格尔哲学，获牛津大学哲学博士学位，有人称他是"东方黑格尔"，名重一时。1938年张颐任四川大学文学院院长，并代理川大校长，不料在这年年底突然宣布跟当局走得近的程天放当校长，要他交权，他只好一气之下走人，转到西迁乐山的武汉大学教书。大概就是在这期间，贺昌群想让张颐来书院做讲座，但遭到了马一浮的反对。

马一浮曾在1939年8月31日给熊十力的信中解释过这件事情："不延张真如事，昌群深致不悦。然弟非不敬张真如，不重黑格尔也。"（《马一浮全集》第二册上）为此，熊十力写信责备马一浮做事狭隘，而马一浮分辩说："昌群怫然以弟为距人之辞，弟亦不与深辩。昌群与张初未相识，但重其为牛津博士耳。此真未免于陋，弟亦不能救之也。"很明显，马一浮可能觉得贺昌群重虚名，有巴结讨好之嫌。

关于贺昌群与马一浮的矛盾，叶圣陶认为还是在办学理念上。他在1939年4月5日给朋友的信中就对马一浮的办学思想有很大的疑惑："今日之世是否需要'儒家'，大是疑问。故弟以为此种书院固不妨设立一所，以备一格，而欲以易天下，恐难成也。且择师择学生两皆非易。国中与马先生同其见解者有几？大纲相近而细节或又有异，安能共同开此风气？至于学生，读过《五经》者即不易得，又必须抱终其

身无所为而为之精神，而今之世固不应无所为而为也。"（叶
圣陶《我与四川》）

叶圣陶的质疑实质是在用世之术和无为之学上，而哪一个
才是为学之道呢？显然他是站在前者一边的。这封信是贺昌群
还没有到乐山复性书院来之前，叶圣陶写给"诸翁共鉴"的，
而那时贺昌群对马一浮还是推崇备至的。就在那段时间，叶圣
陶与马一浮接触过几次，对他的印象不错，"马湛翁人极好，
除说些他的本行话未免迂阔外，余均通达"（1939 年 4 月 27
日叶圣陶日记）。

但当贺昌群真的到乐山投奔马一浮后，并"已租屋于城
外三里许"时，叶圣陶就非常不赞同了。贺昌群是 1939 年 4
月 30 日到的乐山，叶圣陶在 1939 年 5 月 9 日给吴树伯的信
中写道：

> 弟极赞其不偏重知解而特重体验，不偏重谈说而
> 特重践履；然所凭藉（同"借"）之教材为古籍，为
> 心性之玄理，则所体验所践履者，至少有一半不当于
> 今之世矣。好在学生决不会多，有一二十青年趋此一
> 途，未尝不可为一种静修事业……大约理学家讲学，
> 将以马先生为收场角色，此后不会再有矣。

这段话很有预见性，复性书院后来的状况可用"惨淡经营"
四个字来形容，特别是在抗战那种特殊的时期，国难当头，人

心浮动，马一浮所从事的堪称"孤学"，跟随者寥寥。

贺昌群离开复性书院后，与马一浮来往极少，"久成间阔"。只是在1941年6月，马一浮给已经在东北大学（西迁到四川三台县）任教的贺昌群写了封信，开头是客气地说对方的好话，称其"著述益富，良深叹仰"。但实际是要对方归还一年多前借复性书院的书籍，"暑假即届，想暂当言归，道经嘉定，务恳因便将此项书籍一并掷还。浮衰朽不堪入俗，久思杜口，书院现正准备结束，以俟后来达者。重更规制，所有公物不容不交割清楚"（《马一浮全集》第二册下）。他在信中还专门附了清单，并希望贺昌群不要"责以不情"，而是要有"爱物之心"，但心理的微妙尽显笔端。

由马一浮的弟子王德培记录的《复性书院日记》，其中在1941年6月23日这一天就明明白白地写着："主讲（指马一浮）函贺昌群先生，索前借书籍二百八十四册。"又在7月1日的日记中写道："贺昌群先生复书，秋期归还所借书籍。"

后来，贺昌群于1941年9月8日给复性书院寄回了第一批4包书籍，又于9日寄去2包，10日4包，12日还书12包。至此，贺昌群归还了所有的书籍，而他与马一浮的来往从此杳渺。

但也就在时隔一月后的10月15日，马一浮的思想好像突然发生了变化，派张立民去见张颐，相谈甚欢，而19日张颐就爽快去了复性书院。一来一回，前嫌尽释，"张真如先生来濠上，留谈半日，约自本月25日起，每两周来院讲学一次"。

1941年10月25日首讲，"张真如先生莅院讲苏格拉底知行合一之学，听者动容"。11月15日，"张真如先生来院讲德国哲学与希腊哲学之比较"。11月29日，"张真如先生因事未能莅讲，先生（马一浮）仍上山相候"。

看来，马一浮也发生了微妙的变化，他对贺昌群确有不少误解。当时复性书院在创建之始，有熊十力和贺昌群的加入，可谓兵强马壮，但后来都纷纷离去，不得不说马一浮失去了两位顶尖学术人才的支持，让人惋惜。

1943年，贺昌群在《和友人》一诗中曾写道："乌尤山寺静，花前倍伤神。"我想，这首诗应该是写给那一段岁月的，也是写给马一浮的。

白云山居

贺昌群为复性书院来到乐山后，先在张公桥附近租好了房屋。但他很快就离开了复性书院，只好闲居在家读书写作，当时贺昌群正在撰写《魏晋南北朝史稿》一书。

叶圣陶与贺昌群一直是非常好的朋友，1939年7月13日，叶圣陶去看望贺昌群，看到他的屋子收拾得整整洁洁，环境不错，"即至昌群寓，室中布置已就绪，居然雅洁之至"。也就是这次相见中，贺昌群告诉叶圣陶，说他的房东蓝君在小山之下有房屋三间可以租。于是由贺昌群牵线，叶圣陶租下了这几间房屋。

　　叶圣陶之所以考虑要搬家，实际是怕日机轰炸，而此处"山旁多蛮洞，可避空袭"。就在他准备搬家的时候，1939年8月19日，日机狂炸乐山，炸死八百多人，毁房三千多幢，整个城市一片狼藉。当时的叶圣陶正在从成都回乐山的途中，突然看到大量涌来的逃难者，大惊，匆匆往乐山城里赶。得知家人平安后，"余乃大慰，人口均安，身外物尽毁亦无足惜矣"。

　　这一天是乐山近代史上的大难之日，日本《朝日新闻》上是这样描述的："巨弹落在嘉定市街区，当时正刮着东南风，全市一片火海，烈火冲天。"但这一天也是患难见真情的一天。被炸之后，很多人想逃难到岷江对岸去，但所有船只不愿过来，"欲渡者凡数十人，呼之而舟人不肯来"。"大家在对岸沿江而行，至八仙洞相近，乃雇船返北岸而至昌群所。昌群望见大火，即为我们着急，欲入城探视而路挤不通，见我家诸人俱安始释然。"贺昌群与叶圣陶的私交甚笃，当时已有二十年的友情，堪称挚友，所以贺昌群写有"万方多难日，一往故人情""何时得归棹，烟波下百城"（《赠叶圣陶同客乐山》）等句，皆为一时之感。

　　当天，武汉大学教授刘永济一家、叶圣陶一家和贺昌群一家共19口人，全部都集中到了贺昌群家里避难。特别是到武汉大学教书的刘永济刚刚到乐山，没有房屋，住在旅馆里，听见报警声后就跑到了贺昌群家里来。是夜，该挤的挤，该打地铺的打地铺，所有人度过了惊魂的一夜。

遭遇了这次大轰炸之后，贺昌群把家搬到了乐山郊外乌尤山下的戴家院子，因为他有 5 个孩子，怕再遇轰炸难以应付。而叶圣陶也将租下的三间房子简单装修了一下，于 9 月中旬住了进去，他甚至认为有"白马湖尊居之风味"："前临田野，可望对江（岷江）诸山。后窗面石壁，有'蛮洞'，藤蔓遍缀，尤为幽致。围以竹篱，自竹篱至屋基有七八尺宽，可种些芭蕉杨柳，到明春亦绿满庭前矣。"（叶圣陶《我与四川》）当然，这不免有文人的情怀在内，但大难之后有如此豁达的心态实为不易。

贺昌群在戴家院子只住了很短一段时间，又将家搬到更为偏僻的白云庵旁，这个地方离乐山市区有十多里，位置在现在的乐山嘉华水泥厂附近。贺昌群将他居住的地方称为"白云山居"，实际不过是租下的几间民房而已。这其间，刘永济常常到那里去拜访他，在贺昌群《和弘度见访白云山居》一诗中，可以看出此地的环境状况。

秋色双林静，空山劳远游。
清修安野寺，佳客喜淹留。
旧赏存余子，新知昧独流。
寒花隐乱草，萧瑟不胜忧。

贺宗炘曾告诉我，当年的白云庵在乐山青衣坝，对面是马鞍山，那座小庙在半山腰上，但现在早就没有了，可能连知道的人都非常少。20世纪50年代初期，乐山与五通桥已经通公路，她小时候坐黄包车经过这一带，母亲就会指给她看，说你二爷爷就曾经在那里住过，而1939年贺宗炘才刚好出生。

叶圣陶在1939年11月26日的日记中曾经写到去贺昌群的白云山居：

> 晨与墨（叶圣陶长子叶至善）及三官（叶圣陶三子叶至诚）自迎春门渡江，往访昌群之居。登岸，雇车至凉桥，方登车而见昌群出来购物，遂约定待之于凉桥。望凌云丛翠中，颇有红树点缀其间，秋色深矣。及昌群赶到，即左折登山，至其所寓之白云庵。庵在山半，群山围绕，石工凿石之声外，不闻他声，幽静至极。其寓所在殿左，纸窗中唯见山翠，果能息心为学，诚是佳处。

应该说，从1939年6月退出复性书院之后，贺昌群在乐山城郊的白云山居度过了一段比较安静的读书、写作生活，与外界的交往很少。但朋友间的聚会还是偶尔会有，1940年2月18日，陈西滢邀约叶圣陶、杨人楩（时任武大教授）等人准备去拜访贺昌群，他们买上了猪肉与母鸡，渡江后走路去往白云山居。但不巧的是，"至昌群家，昌群适于昨日往竹根滩上坟，以今日傍晚回。其夫人留我们坐，先饷我们以醪糟，次即为我们做菜。我们坐在屋前曝日，沿阶桃树有作花者矣。四山青翠，闲谈无禁，身心俱适。二时，饮酒食饭，余与人梗各饮四盅，醺然矣"（叶圣陶日记）。

从这段日记可以看出贺昌群这段生活的交往，他待人处事都颇为诚恳大方。贺宗炘年轻时在北京读书，节假日常常到贺家，对贺昌群及夫人夏志和非常熟悉。她告诉我："贺昌群为人特别真诚，夏志和是大家闺秀，出身名门，非常贤惠，有旧时妇女的特点。"其实，从上面那段记载中应该可以印证。夏志和虽然是家庭主妇，但父亲夏震武曾是光绪时期的京畿要臣，宣统时期当过浙江教育总会会长，后又回乡办过"灵峰精舍"，是浙江的一代大儒。夏志和从小耳濡目染，可以与贺昌群诗词唱和，新中国成立后又在古籍出版社当过古籍校对，可见其文化根底。

贺昌群的白云山居虽然离城僻远，但却是当时一帮流寓乐山的文化名人常常会聚的地方，叶圣陶、陈西滢、杨人梗、张荫麟、刘永济、贺麟等均为常客。1940年5月18日，贺昌群带信给叶圣陶，请几个朋友到白云山居一聚。第二天，叶圣陶、陈西滢、杨人梗、小墨（叶至善）、三官（叶至诚）等便渡江过岸到了贺昌群的家里，这一天在叶圣陶的日记里记载得比较详细：

> 晨八时至通伯（陈西滢）所，与偕往嘉林公寓会人梗、欣安，遂趋凌云门。墨与三官候于路旁茶肆，即买舟渡江。江水已涨，沙滩俱不可见矣。既登岸，

墨与三官以人力车徒步，阳光不骄，徐徐而行，不热，
不疲。至凉桥，折入登山小径，昌群迎出。既入白云
庵，憩坐闲谈无拘。昌群夫人入厨治菜，墨助之。三
官与昌群之诸儿登山采映山红。十二时聚餐，共尽大
曲一斤。食已再谈，四时始下山，大家步行，买舟渡
江而归。

但可惜这是白云山居的最后一次朋友聚会，此时贺昌群已
决定回到家乡马边办学，他的家人也将全部移居马边。贺昌
群曾在《杜少陵浪迹西川》一文中写道："虽在流离转徙之中，
每到一地，总想寻一个聊足蔽身的清静之所，但很快又不得不
转徙了。"在他心中，草堂可能与白云山居有相似之处，但最
大的相似是在不断地转徙上。他在白云山居不过才住了一年多
时间，虽然风光秀美、环境清幽，但还是要走了，而这件事是
怎么来的呢？

1940 年 3 月 4 日，叶圣陶的日记中写道："十时，昌群来。
彼（其父）之于前十日去世，彼将返马边料理丧葬，未久坐即
去。"3 月 28 日又写道："昌群来，言今日即动身往竹根滩，明
日乘滑竿回马边；在乡料理丧葬，约有旬日之留。"这两段日记
中，透露了两个重要的信息：一是贺昌群与五通桥竹根滩"太和
全"关系密切，与上文中的"往竹根滩上坟"都说明了他与此
地是绕不开的，在后文中还会专门讲到；二是这件事影响甚大，
贺昌群因父亲去世而回到马边，促成了他在家乡的办学之举。

20 世纪 40 年代的贺昌群

回乡办学

贺昌群将全家迁到马边应该是在 1940 年的 5 月底或 6 月初,因为在 7 月 5 日这天,叶圣陶曾专门到乐山的银行,"为昌群代取重庆汇款",显然是为他处理善后事宜。其实,贺昌群在去马边之前做了一件事,"应犍为无子女之堂兄请求,将小女龄庄过继堂兄为女"(《贺昌群生平及著述年表》)。当时贺昌群已有五个子女,而最小的贺龄庄还不足一岁。

贺昌群带着家眷去了马边后,从此结束了在白云山居的生活。

马边县地处小凉山区,在过去是个非常偏远的地方,教育的落后也与此有关。据 1940 年四川边区施教团考察小凉山区后写成的《雷马屏峨纪略》中就说道:"雷马屏峨四县只有一屏山中学,除此之外,即须赴叙府嘉定,雷波则至云南金底坝就学,马边至叙府五百五十里,至嘉定三百六十里,至屏山三百二十里……故四乡之学生特少,有将学生送至成都,在外求学,十数年不归。毕业之后,即在外服务,亦多不回本县。"而这就是马边的教育现状,也是召唤贺昌群回乡办学的原因之一,他认为"本县文化低落,教育不振,一般学子向外升学极感困难,筹设中学势所必须"。

贺昌群回乡办学是众望所归,因为他本人就是学有所成的典范,所以他在马边既有声望,又有号召力,他去主持办学是最合适的人选。所以贺昌群回乡料理丧事,自然就同办学这件事不谋而合了。

但当时办学并不是个简单的事情，首先是经费从哪里来？当地的开明士绅非常积极地倡议办学。1940 年 8 月 1 日，马边县召开了第一次扩大县政会议教育会，会议提请设立马边县立中学。关于办学经费，也在这次会上得到了初步的解决，其主要来源有三：一是盐商乐捐；二是整理称息（即货物过秤时的捐税）收入，照百二标准抽收；三是利用马边县银行的公股余利。

会议下来后，马边盐业公会主席唐焕湘大力支持办学，他负责联络各盐商，答应拟每斤盐按标准提取相应金额；马边县财政委员会主任苏伯和也积极支持，同意在物价上加收百分之二的税率，这样每年学校将有七八千元的收入，"办理中学一般也足敷用"。

这年 8 月 13 日，中学筹备委员会召开了第一次会议，决定校址设在马边县城西街守备衙门和川主庙，并讨论了培修设计与工程预算问题。而这次会议最重要的内容是，决定暂聘李伏伽为校长，王纪三为教导主任。为什么要聘请李伏伽为校长呢？四川省教育厅规定校长人选必须要有大学文凭，1940 年的时候，马边的大学毕业生只有两名，李伏伽就是其中之一。马边士绅不愿外聘，"因为害怕堂堂一县找不出个校长引人笑话"（李伏伽《旧话》），所以才找到了他。

李伏伽是马边走出去的学子，他从四川大学毕业后一直在外地的学校里当老师，所以收到联名邀请信后，他的反应是拒绝："我童年的噩梦未忘，外出后三次回乡的印象也不好。我不相信在那样的地方能干出什么好事来，便回信谢绝了。"

李伏伽不愿去当校长，贺昌群却正好回到了马边，也就是说这个空缺可以由贺昌群来填补。按说一个大学教授去办中学确实有点大材小用，但当时贺昌群在外面经历了离乱之后，反倒觉得马边是个最安全的地方，比内地生活也要容易些。当然，贺昌群在乐山暂时无工作，仅凭一点政府对大学教授的补助要养活一大家人也比较困难，桑梓之情和盛情相邀都促成了他回到马边。不过贺昌群言明自己仅仅是"暂代"，等有合适人选，他就要交出这一工作，所以笔者在马边档案馆查到的相关文献资料中，涉及函文的落款，均为"暂代马边县立初级中学校长贺昌群"字样，说明他不想把自己拴在这一件事情上，是有更长远的打算的。但不可否认的是，贺昌群成了实际上的马边中学首任校长。

这里面值得一说的是，民国二十七年（1938）任马边县长的宋际隆是贺昌群的朋友，他曾经在1940年1月请贺昌群为马边新编县志撰写导言，贺昌群也慨然应允，洋洋洒洒地为马边写了五千言的修志纲要，从诸多方面阐述了地方历史写作之精要。所以，当宋际隆在筹备马边县立中学时自然又想到了贺昌群，后来贺昌群在《马边县立初级中学计划书》中也提到了宋际隆在办学中的作用，"经教育会之提议，县政会议一致议决，士绅倡导于前，邑宰宋君玉门热心规划于后，乃不期月而成立"。

刚回到马边，贺昌群见到了久违的父老乡亲，兴奋与豪情交织，"廿年返袂思乡国，万里归家见弟兄"（《还乡见诸老昆弟》）。同时，他还有种要在家乡做出一番事业的强烈愿望，"欲将雨露润桑梓，惆怅天涯一童生"。

但居住了一段时间，可能是接触到了当地更多的社会现实，他又有些忐忑不安，觉得自己是书生意气，同他心中办学的初衷有很多抵触。这期间他写了一首《八声甘州·自乐山返马边居南郊遣怀》的词，词中的情绪不免有些苍凉：

> 正三年，转徙有沉忧，零落又经秋。
>
> 渐华年锦瑟，诗书事业，都付东流。
>
> 万叠乱山寒月，极目望神州。枫冷江声转，那吟愁。
>
> 料得渊明当日，想拂衣赋，何去何留。
>
> 下西风黄叶，怎许不登楼。
>
> 且安排，冰天奇骨，待几时，化作旧沙鸥。
>
> 无人会，倚栏干意，笑看吴钩。

1940 年 9 月，贺昌群明显感到马边的环境非他之前所想象，有点心灰意冷，所以又找机会回到了乐山，想重新租房生活。他可能觉得乐山还是要比马边好很多，他是不是有些怀念他的白云山居了呢？叶圣陶 1940 年 9 月 19 日的日记中写道："午后四时，闻李儒勉（时为武汉大学英语系教师）将移家江津，任事于女子师范学院，念李所租蓝家山上房屋，可以由彼租来居住（叶注：昌群居对岸山中，究多不便，近回马边老家，亦有种种麻烦）。余与昌群偕访儒勉，儒勉答称房屋已转与武大同事杨姓矣。"（《叶圣陶抗战时期文集》第二卷）这件事说明贺昌群对长期在马边工作生活的想法并不坚固，虽然找房子的事无果而终，但他已经有另外的打算了。

马边是彝汉杂居的山区，过去的教育非常落后。作为首任校长，贺昌群面临着诸多的困难，因为这毕竟是开马边历史之先河的事情。在此期间，贺昌群将丰子恺送他的漫画《移兰图》挂在他的办公室里，这幅画原来有个寓意，意指贺昌群迁居频繁，祝福他到哪里都会像兰草一样传芳。但到了马边后，贺昌群将本意有了引申，即要把良草种上，将坏草除去，这也无意中契合了贺昌群办学的宗旨：在家乡种上更多的良草。因为在贺昌群看来，过去的马边教育是"文风不振，人才零落，风俗败窳，青年子弟无力升学，不能负笈于通都大邑"。

但由于贺昌群待的时间不长，所做的工作也更多只是基础性的。2015年秋，我到马边查访档案资料，居然看到了一件贺昌群办马边中学的档案。这是民国三十年（1941）1月贺昌群向马边县政府呈件备案的《本校计划书及三十年度支出预算书》，其中我们仍能看到一些他当时所做的事情：

> 本校去岁八月，经县政会议议决设立以还，瞬将
> 半载，正式上课亦已十有八周，虽因设立未久，诸多
> 欠周，差幸校舍工程，大部完竣，经费来源，并有的

款若能假以时日，不难日趋充实。惟本校之设立，纯由地方之实际要求，使命既大，办理自不能不力求审慎，现有未周之处，固已注意改善，此后之进行大计，似亦有预为规划以求尽善……

1940年秋，四川省政府组织了四川边区施教团，率20余人深入小凉山区，除了对当地社会状况、风俗民情、经济物产做了调查之外，特别考察了雷波、马边、屏山、峨边四县的教育状况。他们到达马边，在将近一个月的时间里，主要调研边民教育，参观筹备中的马边县立中学，贺昌群正好在那里。

边区施教团见到的马边中学是什么样的呢？校舍系前清的武备衙门，破破烂烂，还没有完全装修好，只有两间教室，两间学生寝室；有90多名学生，年龄大小不一，分为两班；教师也只有两名，还有两名为兼职。

虽然教学条件非常简陋和艰苦，但边区施教团在考察了马边县立中学后，认为是"数十年来所未有，自为边地之福"，肯定了贺昌群回乡办学的积极意义。

而就在这时，贺昌群认为他已经完成了开办的前期任务，准备离开马边。1941年2月，贺昌群移交完马边中学的事情，从成都赴迁到三台县的东北大学，应蒙文通之邀为其代课。

但贺昌群走后，嗷嗷待哺的学校怎么办呢？就在人们深感忧虑的时候，之前婉拒了邀请的李伏伽却突然回来了。他来到马边县立中学是1941年2月28日，成了贺昌群的继任者，也是马边县立中学的第二任校长。李伏伽的故事我曾在《昨日的边城——1589—1950 的马边》一书中有详细的叙述。他在到任后曾经写过一首《枫叶吟》的诗，其在引言中写道："余本医人，勉应乡贤之约接掌马中校，世风浇薄，困障重重。九日登高，诸生邀即同乐，余因校务羁绊未果，聊写绝言数首以致所怀。"

笔者曾到马边中学（马边县立中学原址）参观过，学校在一个山腰上，对面的莲花山轻雾缭绕，霞光初现之时格外清新和壮观。而在这样的景色中，李伏伽曾写道："清晨扶杖紫山阶，欣见诸生早课回。一叶秋风迎面扫，胭脂点点泪痕哀。"应该说，《枫叶吟》颇能代表李伏伽身受重任后又感到"世风浇薄，困障重重"的复杂心情。

同为校长，李伏伽非常理解贺昌群的处境，同时也对贺昌群钦佩有加。1992 年 9 月，贺昌群后人将他的部分骨灰迁至马边中学后山安葬，李伏伽在《昌群先生迁葬故里感赋》中总结了贺昌群的一生，对他有很高的评价，诗中写道："曾是飘蓬出故关，周流修远路漫漫。青山鼙鼓哀时泪，大海波澜冲发冠。沙碛汉唐探简牍，缥缈元宋聚琅寰。文章风概清标在，仰止高陵共时瞻。"

贺昌群虽然离开了马边，但他的家眷仍然留在马边，因为妻子已有身孕。当年 4 月，他的六子贺龄乐在马边出生。1941 年 8 月，贺昌群离开三台东北大学回到马边，将家眷迁往犍为清溪镇。10 月，他被聘任到重庆中央大学教历史学，全家又迁到重庆歌乐山下，贺昌群一家在乐山两年半的生活才告一个段落。

在乐山期间，贺昌群一直致力于魏晋南北朝历史的研究，对一个学者而言，要说他这段生活的收获可能就是在学术成就上。1943年2月，贺昌群撰写的《魏晋清谈思想初论》一书得以出版，他在序言中写道："寇乱以来，转徙西南，或穷山论学，或黉舍讲艺，朋好间讨论之乐，最可感念者马湛翁（一浮）、熊子真（十力）、梅迪生（光迪）、楼石庵（光来）、刘弘度（永济）、宗白华、贺自昭（麟）、叶圣陶诸先生，于此书之成，前后皆有因缘。"确实，除了梅光迪、楼光来、宗白华三人外，其余的人皆与乐山的那段生活有关。实际上，梅光迪（1890—1945，贺昌群在浙江大学的同事）人虽未在乐山，但却是在此期间与贺昌群交流最多的人之一，有频繁的书信往来，后来梅光迪去世后，贺昌群在文中纪念他，回忆了当年的那段生活："二十八九两年，我避居乐山附近古寺中，空山楼阁，寒林晚鸦，几与外界隔绝往来，一意撰述《魏晋南北朝史稿》，承他不断来函相慰，谈今论古，在那样的孤寂的生活中，有这样一个热情的天涯知己，亦足以自豪。"（《哭梅迪生先生》）

这一年贺昌群正好四十岁，不惑之年感慨不少，经过了抗战最为艰难的头几年，他给叶圣陶写了一首诗《癸未四十书怀呈圣陶吾兄粲正》，其中有两句道出了人生之惨淡："两字功名频看镜，书灯冷月照沉幽。"

西迁东还

"太和全"分家

贺昌群在回川避乱的整个过程中，一直是与两个地方相连的，一个是马边，一个是竹根滩。马边是他的故乡，而五通桥的竹根滩则是他的家族曾经兴旺发达的地方，实际上从血缘到命运，此二地与他的一生都是相连的。

1940年4、5月，也就是贺昌群到马边中学暂代校长前，他到五通桥竹根滩的"太和全"走动，大概有一两个月时间，这跟之前叶圣陶在1940年3月28日日记中说"昌群来，言今日即动身往竹根滩，明日乘滑竿回马边；在乡料理丧葬，约有旬日之留"这段话是相吻合的。当时从白云山居到竹根滩只需在岷江边坐船下行十多里就能够到达，所需时辰不过一二小时而已。

贺昌群去做了些什么呢？料理丧葬只是其中的一部分，而他真正去做的最大的一件事是给"太和全"分家。1940年5月21日，这个川南最大的盐业大宅门彻底衰败了，一家几十号人要各自为生，各奔前程了，而参与这件事的就有贺昌群。

这件尘封的往事是如何被发现的呢？2013年夏，我的朋友曾剑先生告诉我，他在当地供销社发现了"太和全"的一些相关资料，让我看看有无价值。我当时正在寻找"太和全"的线索，准备好好写一下这个光绪年间四川最大的盐商宅第的故事，所以曾剑一说，我的兴趣马上就来了，当即去了五通桥。

当我打开那一叠已经破损不堪的纸时，居然就看到了贺昌群的名字，感觉到他与这个大家族有着不同寻常的关系。后来我将那些房契一一拍照带回成都，然后在电脑上慢慢辨认和整理，终于让一个豪门的终结呈现在了眼前，也在那些发黄虫咬的纸上看到了如贺昌群所说的"他们往日的豪华，如今都零落殆尽了"是如何散的场。

在其中一张契约中，贺昌群作为"列席亲族证人"出现在了其中：

> 民国贰拾九年五月贰拾一日，立约人贺王氏（即贺肇议妻）、贺继仙及其妻贺李氏、贺子君三方邀请亲族在太和全本宅祖堂会议，为分给太和鑫灶业价及座房业价，事经三方会同亲族议决下列各项，恐后无凭，立此为据。
>
> 第壹条　经过亲族公议并经三方同意，长房策皆公之后嗣由二房伯霞之第三子贺子君承继。
>
> 第贰条　长房策皆公都有遗产当经亲族决议由贺子君承受。
>
> 第叁条　因长房产业□□，当凭亲族及贺王氏、贺继仙夫妇、贺子君三方同意，亲族决议，贺王氏、贺继仙夫妇自愿将伯霞之遗产和鑫灶一业售出，价值法洋玖万元，除债及其他一切费用外，实进法洋肆万余元，内实出壹万元与贺子君。

第肆条　当凭亲族决议，贺王氏、贺继仙夫妇、贺子君同意，以后变卖太和鑫座房时，贺王氏、贺继仙夫妇承认以业价百分之贰拾分给贺子君。

第伍条　伯霞公所遗马边田产全部概由贺子君分得。

第陆条　此公约自成立之日□即发生效力，三方不得违背，特立此共约为凭。

实立公约人：贺王氏、贺继仙、贺李氏、贺子君

列席亲族证人：王明宣、贺昌群、贺聚星、贺□康、贺国干、贺为樑、宋贺氏、吴贺氏、贺陆氏、贺沈氏

代写人：贺仲贤

民国二十九年国历五月二十一日

契约反映的是伯霞公的遗产分割问题，这是一个家族聚散离合的大事。伯霞公就是贺昌溪（字伯霞），贺昌群的堂兄，是他早年读书的赞助人。不过，虽然他与贺昌溪同辈，但年龄要比贺昌溪小三十岁左右。如果没有这位曾经富甲一方、显赫一时的堂兄支持，贺昌群后面的人生也许是另外一种景象。贺昌群出现在"太和全"并不奇怪，这是他家族中的分内事，想象得出在"太和全"的燕禧堂上，老老少少一二十号人正襟危

坐，不时交头接耳议论纷纷，书生模样的贺昌群万万也没有想到这个他来过无数次的地方，竟然最后也要让他亲自来见证其破败的结局，而他的命运也受"太和全"太多的影响和牵连，个中滋味只有他才能品尝。

在这份契约中，贺陆氏是贺宗炘的奶奶，贺国干是贺宗炘的父亲，但我曾经问过贺宗炘老人，她实际对这件事也不太清楚。但当年的契约文书是最真实的证据，把"太和全"四分五裂的财产完全暴露在了人们的眼前。也就在这次分家后，贺宗炘一家搬出了"太和全"，分到了梅子坝的春先灶（贺永田创业时的第一口盐井灶），笔者曾经同贺宗炘一道去寻访过这处遗址。

五通桥贺家分散后，"太和全"这座大宅院的命运也更为曲折。1952 年 9 月，由贺宗炘的三孃贺龄佩出面以"人民币肆仟肆百万元"卖给了当时的五通桥市合作社联合社，也即后来乐山市五通桥区供销合作社联合社。在"文革"时期，"太和全"曾经作为五通桥区招待所。在我小的时候，大概是 20 世纪 70 年代中期，"太和全"里经常会放坝坝电影，用的就是过去的戏台，我在那里看过几部国产片，如《南征北战》《地道战》等，记得还有部阿尔巴尼亚的电影。当时为挤进那个大门颇费了些心思，小孩子没有钱买电影票，基本是靠混进去看，溜进去的那道门应该是"太和全"的侧门，印象特别深。

1984 年"太和全"被列为乐山市级文物保护单位，但实际上基本上没有得到保护，徒有虚名。到 1997 年时房屋即出现多处倾斜、渗漏、倒塌，当时的五通桥区供销社发文请求对

"文物保护单位"重新定性，意在申请资金进行维修或者拆除建房。1998年2月，乐山市委办公厅下文五通桥区政府，同意将"太和全""有文物价值的戏台、水榭、长廊、观赏台确定为文物保护单位"，并要求当地"组织力量，对新确定的文物保护范围进行维修。加强管理，确保文化遗产的完整"。（乐府办函〔1998〕18号）

2005年，笔者到"太和全"去看的时候，庞大的建筑群已经不见了，拆的拆、占的占、荒的荒。但在剩余部分中还能看到一面高大的封火墙、一个曾经的戏台——"不系舟"（"泊戏舟"的谐音）、一座比较完整的天井和楼堂，以及几段尚存的围墙，其余的皆不存在了。也就是说，偌大的"太和全"建筑群被保留的不到十分之一，破败至此可能连贺昌群都想象不到，"太和全"就是一部苍凉之史，可惜他没有能够最后亲眼看见，而仅仅看到了一半，错过了对身边历史最为透彻的观察和书写。

贺昌群一家为避寇回川也有不少的遭遇，都是在不断的奔波迁徙中度过的，而且一直在添丁加口，如五女贺龄庄生在成都，六子贺龄乐生在马边，七子贺龄渝生在重庆。但这几个孩子的命运却有别，由于孩子多，供养也非常困难，这也是在1940年贺昌群决定将五女贺龄庄过继给了犍为清水溪堂兄的原因。

贺宗炘为笔者讲述了这段往事：过去她们家里都管贺昌群叫"北京的二爷爷"，管清水溪的叫"清水溪的二爷爷"，贺龄庄与贺宗炘的父亲贺龄桢（即贺国干）是同辈，但实际上贺龄庄只比她大一岁。20世纪50年代初，贺宗炘中学毕业后从五通桥考入北京气象学校，贺龄庄当时也想读书，便找她的生父贺昌群说想回北京参加考试，当时贺宗炘还专门写信告诉她如何解决旅途上的一些问题。但贺龄庄后来没有考上，在北京一家化工厂上过一段时间的班，最终还是回到了养父身边。后来她在犍为县供销合作社工作，结婚生子，平平淡淡一辈子。贺昌群的七个子女中，其他六个在事业上都很有建树，但贺龄庄一直生活在四川的一个小城里，直到20世纪90年代患肺癌去世。应该说她是贺昌群在抗战时期最为困难的时候留下的一段故事，但他没有在任何文字中谈到过。

倒是回川避难的那几年的生活有一些记录。贺昌群1944年发表在《说文月刊》上的《记杜少陵浪迹西川》一文中，回顾了这段离乱的日子，并借杜甫当年在四川的遭遇表达了自己的感受，他写道：

> 如今我们避倭寇之乱，六七年来留滞四川，对着这残山剩水，也是"乱离心不展，衰榭日萧然"，也是"天下兵戈满，江边岁月长"（《送韦司直归成都》）。而"我来入蜀门，岁月亦已久，岂惟长儿童，自觉成老丑"（《将适吴楚留别章使君兼幕府诸公》）。从前永嘉之乱，中原板荡，晋室播迁，衣冠文物南流江左，那时渡江的人总以为不几年便可恢复中原，重返故乡

的，"士蓄怀本之念，人伫鸿雁之歌"（《宋书·律志》语）。可是，一年复一年，仍不能恢复中原，而"亡者丘垅成行，存者老子长孙"（《晋书·孙绰》语）……现在我们在物价飞涨的艰苦生活中，不免时常想到过去的景象，竟有恍若隔世之感。

1941 年冬，贺昌群去了重庆中央大学任教，直到抗战胜利。1945 年秋天，中央大学即将复原回南京，他专程回了一趟马边去向母亲告别。那也是对他"历尽蜀道难"（《车阻内江》）的一段生活的告别，此后再没有回过故乡。而他在每次必经的竹根滩"太和全"有无停留则无任何记载。

值得一说的是，1953 年后，贺昌群由南京调到北京中国科学院历史研究所工作，贺宗炘当年在北京读书时想到了去找贺昌群，这是亲情的驱使，但其间还有些小插曲。当时贺宗炘的叔叔贺汝仪（贺国干的弟弟）在北京任中共中央书记处第二办公室综合组、地区组副组长，她想去看望"北京的二爷爷"贺昌群，但贺汝仪告诉她要先了解他的政治立场，所以贺宗炘便暂时打消了去找他的愿望。后来一次偶然的机会，她的学校搞团支部活动，去看望著名科普作家高士其，到了后她才发现贺昌群家同高士其家只隔一道篱墙。所以她就跨进了"二爷爷"家里，贺昌群见到她后非常高兴，以后贺宗炘就经常去"二爷爷"家度周末，当时贺昌群非常念旧情，每月给贺宗炘 3 元零花钱，这在当时不是个小数目。

2013年夏，我同贺宗炘老人一起去"太和全"，那里有她的童年，但我看到了她眼睛里的那种急切的寻找、破碎的无奈和空无的荒凉。她拄着拐杖站在"不系舟"旁，感慨万千，犹如一棵悲伤的苍松。我突然觉得同贺宗炘老人站在一起的不是自己，而是贺昌群，因为那样灰凉成冰的心情也许只有贺昌群才能体会。

时隔几年之后的2018年岁末，笔者又来到了"太和全"。我不知道自己到过多少回这个地方，也不知道它为什么那样吸引我，有时甚至觉得我是替贺昌群站在那里，去沉思，去哀伤，去感受岁月的无情流逝。但这次的情况还是让我大吃一惊，太和全在被虚名"文物保护单位"了近二十年后，没有得到过任何修缮，此时它的四周已经被围了起来，墙上到处都钉上了"拆"的标识，它就像一个躺在担架上的没有得到任何治疗的危重病人，行将掩面盖尸。是的，它就要被拆掉了，"太和全"将不会再存在了，世道如此炎凉还是让我感到震惊，这座有一百多年历史，让我关注了十五年之久的盐业大宅最终迎来了如此惨淡的结局。

当天，我将所拍的图片发了几张在微信上，愤怒声、哀叹声一片，我知道这些照片将是"太和全"最后的景象，它们将作为一堆瓦砾的遗像存放在我的相机里。从今往后，可能在它的原址上会出现另外一些建筑，但跟它再也没有任何关系，而我作为一个旁观者，则从历史的现场被永远地驱逐了出来。

　　　　　　　　　　　西迁东还

新诗之萤

叶伯和

古琴世家走出的白话诗人

"离城 20 里许，是我们的田庄，有一院中国式金漆细工加上雕刻的宅子，背后是一大森林，前面绕着一条小河，堤上栽着许多杨树、柳树，两岸都是稻田……"

这是四川新诗开山鼻祖叶伯和先生 1920 年在《诗歌集》的自序中对故居的一段描述。2017 年 5 月初的一天，我同叶伯和的曾孙叶中亮一起来到了成都金牛乡雍家渡，这里就是叶伯和提到的地方。在我们的考察中，找到了当年的田庄——叶伯和故居，那里被当地人称为叶家大院。抗战时期为躲避轰炸，成县女中（今成都七中前身之一）曾迁到这里办学。虽是个不小的院子，如今却只剩下一间残破的堂屋孤零零地立在那里；背后的大森林也不见了，远远看到的是林立的高楼大厦，四周已经被各种建筑占据，而一条高铁线正在前面不足五十米的地方开建，当年宁静乡村的景象已不复存在。但不远处那条清澈的府河没有太大变化，过去叶氏族人常常坐船进城，河水盈盈，平畴远风，良苗怀新，这条小河也给两岸带来了诗情画意。

雍家渡，这是成都府河上游一个古老的渡口。据传自唐宋以来，这里就是成都城郊的大渡口，过去顺岷江而下，转入府河，一般都是在这里装船或卸货，盐布铁锅、洋广杂货都要从这里西出成都运往广大的川藏地区。当年的雍家渡非常热闹繁盛，叶氏家族占据了有利的地势，在此繁衍生息，叶姓得以不断发展壮大，在这方圆几公里的地方，地图上至今还能看到"叶家院子""叶家祠堂""叶家河心""叶家染坊"这样的地名，而叶伯和就出生在这里。

我看到了保存完好的《叶氏宗族全谱》，里面是这样记载叶伯和的："叶式倡，字伯和，学名式和，成都府学附生，日本法政大学东京音乐学院毕业，曾任国立成都高等师范教授，成都市政府参议院议员。生清光绪己丑年六月二十七日丑时。娶廖氏华邑恩溥公次女，名赞和，生光绪戊子年八月初九亥时，卒民国三十年十月二日，阴历辛巳年八月十二日亥时。"

叶伯和的祖父叶祖诚是清光绪年间五品衔光禄寺署正，诰封朝议大夫，所以叶家是雍家渡一带的名门望族。叶伯和的父亲叶大封做过清附贡生，以知州侯用，但还没有等到这一天，他就感到清王朝不保了，便带着一个 18 岁、一个 12 岁的儿子东渡日本去求学。父子三人同时出洋留学，成一时美谈。叶大封到日本读的是法学，回国后曾一度出任四川省公署秘书长、四川高等检察厅检察长，后来又在指挥街挂牌替人打官司，与巴金的叔父李华峰一起被称为"南北二峰"，在民国年间是成都有名的大律师。叶伯和是他的长子，天资很高，很小就能读《皇清经解》《十三经注疏》等深奥的经学著作，被乡人誉为神童。13岁那年，翰林院编修、学使郑叔进面试他，当场授以附生（秀才之一种），但叶伯和没有选择去读书致仕，而是走上了音乐的道路。

叶家是古琴世家，代有人才出，"成都叶氏向来是得了琴学中蜀派的正传的"，蜀派古琴大师叶介福、叶婉贞父女就是叶伯和的祖辈。抚琴赏鹤历来是士大夫的风雅，叶家也不例外，所以叶伯和从小耳濡目染，对音乐非常热爱，"我从小熏染，也懂得一些琴谱，学得几操如'陋室铭''醉渔''流水'"。（叶伯和《诗歌集》自序）所以，他很早就在幼小的心灵中埋下了音乐的种子。

叶伯和17岁时与表姐廖赞和结婚，18岁（1907年秋天）便与父亲和二弟叶仲甫同赴东京留学。他的这段人生经历，叶伯和曾在《二十自叙》中为自己做了个概括："十二通经史，十三入党庠；十五学科学，十八走扶桑。"

"扁舟一叶出夔门，故国山河绕梦魂"（叶伯和《纪元前五年秋买舟东下出夔门时有感次夕作》），在去日本路上，从未出过川的叶伯和被外面的世界深深震撼了，名山大川一路走过，诗情被激发了出来："从此井底的蛙儿，才大开了眼界，饱饮那峨眉的清秀，巫峡的雄厚，扬子江的曲折，太平洋的广阔，从早到晚，在我的眼前的，都是些名山、巨川、大海、汪洋，我的脑子里，实在是把'诗兴'藏不住了，也就情不自禁地，大着胆子，写了好些出来。"（叶伯和《诗歌集》自序）

叶伯和的白话诗写作就是从这时开始的，他对诗歌和音乐的热爱，直接影响了他的人生选择。这里有个插曲，叶氏父子到了日本后，叶大封要叶伯和同他一样去学法政，但叶伯和偷偷去考了东京音乐学校，让叶大封大为不满，认为中国要建成一个现代国家，需要的是务实型人才，但事已至此也就只有迁就他的爱好了。而让这位父亲可能没有想到的是，他的儿子因为音乐而诗歌，成为中国白话新诗的先驱者之一，也是有史可查的四川新诗第一人。

《心乐篇》：诗歌与音乐的涌泉

在日本求学期间，叶伯和开始对西方诗歌感兴趣起来，为了便于直接阅读，他利用晚上的时间自学英语。最早给他影响的诗人是19世纪美国浪漫主义诗人爱伦·坡。那时候爱伦·坡被视为美国最伟大的诗人，叶伯和通过爱伦·坡看到了中国古体诗与西方诗歌的差异，认为爱伦·坡的诗比很多中国诗"更真实些，缠绵些"。周作人评价爱伦·坡的诗歌"善写悔恨恐惧等人情之变"，西诗的自由表达对叶伯和的影响很深。

其实，在未接触西方诗歌之前，叶伯和对中国古诗词也是颇为倾心的，特别是《长干行》《长相思》这些词牌作品，大多写的是两情相悦，寄托的是男女间的思念之情。叶伯和新婚不久就告别妻子远赴日本，对一个刚刚打开人生旅程的青年来说，这样的情愫很容易被那些缠绵悱恻的诗句点燃。叶伯和喜爱李白的《长干行》，此诗以"妾"的身份讲述了一段感人至深的故事，"八月蝴蝶来，双飞西园草。感此伤妾心，坐愁红颜老"。但这是中国式的表达，他也有这样的思念需要倾诉，时空并不能阻隔他的诗情迸发，他对诗歌产生了一种本能的需求。

但是，一个在传统文化中长大的人，诗歌教育是从古体诗开始的，而澎湃的诗情要冲出格律的栅栏，他还不知道怎么把它们变成华美的诗行，所以叶伯和经历了"一句都写不出来"的苦闷阶段。但叶伯和似乎很快就找到了一把钥匙：通过诗歌和音乐的融合，就能够打开通往新诗歌的大门。而这时，叶伯和就同爱伦·坡相遇了，爱伦·坡关于诗歌音乐性的主张让叶伯和找到了知音。爱伦·坡认为诗与音乐是不可分的："音乐通过它的格律、节奏和韵律等种种方式，成为诗中的如此重大的契机。""正是在音乐中，诗的感情才被激动，从而使灵魂的斗争最逼近那个巨大目标——神圣美的创造。"

留学期间，叶伯和生活在音乐的世界中，这段生活他在《我的小弟弟》一文中有所反映。叶仲甫（叶伯和二弟）是个

在日本留学时的叶伯和

精通四弦琴的翩翩少年，在一个月明如画的晚上，他在寄宿的楼上，弹奏起了贝多芬的《月光曲》。就在这时，有个年轻的女声合着他的琴声轻轻唱了起来，琴停音住，琴起声扬。突然有一天，在叶仲甫每天早晨上学必经的路上，一扇角门突然推开了，里面出现个秀美的少女，她望着他，仿佛在问："那一夜奏琴的是你吗？"而他也看着她，似乎也在问："那一夜唱歌的是你吗？"后来叶仲甫不幸去世，但这段故事成了叶伯和心中最美好的一段回忆。其实，从这里也发射出了他们的生命信息，音乐和诗、青春和激情几乎就是他们生活的全部。

"才罢琴音又读诗"（《伯和诗草》），在诗与音乐水乳交融下，叶伯和就想"创造一种诗体"，他甚而大胆地想："不用文言，白话可不可以拿来作诗呢？"（叶伯和《诗歌集》自序）在当时，这样的想法是惊世骇俗的，但跟新文化运动的精神又一脉相承，经历了千年的中国古诗迎来了长夜破晓的时刻。这一时期，他的思考跟整个中国诗歌语言新旧分野是同步的，或者说也是与中国诗歌从古典性到现代性的蜕变是同时的，虽然当时叶伯和的诗学思想尚稚嫩，处在萌芽状态，但他的好奇和敏锐都具有先知的意味，而这都让他成了中国新诗最早的实践者之一。

应该看到，中国早期新诗大多受到了西方诗歌的影响，而最早期的那批写作者大多具有留洋的经历，如胡适留学美国、徐志摩留学英国、艾青留学法国，他们是最早接触到外国诗歌的一群人，可以说西诗资源是他们创作的新动力。叶伯和也不例外，留学海外，新观念、新思想让他耳目一新。

随着阅读面的扩大，他又喜欢上了泰戈尔，认为其诗"含有一种乐曲的趣味"。他把爱伦·坡和泰戈尔当成自己的偶像，原因是他们与音乐的亲密关系，音乐正是叶伯和心中万千诗情的催化剂。

宋代史学家郑樵说"诗者，人心之乐也"，叶伯和深许之，并为此写过26首《心乐篇》，"心乐"二字就源于此。《心乐篇》中的诗歌华丽、唯美，是叶伯和最早创作的一批白话诗，也是他一生中艺术成就最高的诗作。

> 当那翠影，红霞映着朝阳的时候；
> 仿佛她载着花冠，羽饰；穿着黄裳绿衣；
> ——亭亭地站立在我的身旁。
> 我想和她接吻，却被无情的白云遮断了！
> 听呵！山泉儿流着，好像特为她传电话。
> 小鸟儿歌着，又像是想替她做邮人。
> 我忍不住了，便大声呼她：——
> 但她只从幽深的山谷中照着我的话儿应我。
>
> ——叶伯和《心乐篇·新晴》

《新晴》是《心乐篇》中的一首，就艺术性而言，在当时白话诗中堪称杰作。把天空下新晴的景象比喻成一个幻美的女郎，语言的转换自然、纯熟，不依托古诗意象，借法西诗技艺，想象极为瑰丽飞扬，可以说这首诗达到了中国早期现代诗歌的某种高度。1923 年 4 月，叶圣陶在看了《心乐篇》后，曾经在给叶伯和的信中写道："读《心乐篇》与我以无量之欢欣，境入陶醉，莫能称誉矣。"

《诗歌集》：新诗天空的一只萤

在日本这段时间，是叶伯和的创作高峰期，他写的不少诗歌收进了他的《诗歌集》当中。

《诗歌集》于 1920 年 5 月由上海远东印刷所出版发行，共收入诗歌 84 首。诗集甫一面世，就引起了不小的反响，得到了蔡元培、郭沫若、周作人、叶秉诚等人的赞誉，同时也得到了很多读者的响应，有上百人写信找他交流切磋，以为知音同道。在 1922 年 5 月再版的时候，叶伯和还专门挑选了一些其他作者的诗作放在《诗歌集》里。但反对、讥讽的声音也不少，有人认为白话诗"不成体统"，为保守文化势力所痛恶。

第一版《诗歌集》虽然有了一定影响，但可惜比胡适的《尝试集》晚一个多月，所以从时间上看，它应该是中国文学史上的第二部新诗集，当然它毫无争议是四川第一本新诗集，比郭沫若的《女神》要早一年多面世。

但不知是什么原因，在对中国早期新诗的研究中，叶伯和很少被提到，他的重要性被严重遮蔽。现在来看，这固然跟他深处四川内地、信息闭塞、偏离新文化中心有一定的关系，但也与他后期把创作放到音乐上而疏离了文学有关。实际上，叶伯和的工作和生活重心是放在音乐上的，而且他在音乐著述上的贡献更大。从1912年开始叶伯和就任成都乐歌体育专修学校音乐科教授，并撰写了我国有史以来出版的第一部《中国音乐史》。这本书在音乐界有深远的影响，它是中国音乐史研究的发轫之作，相当于胡适的《尝试集》在文学界的地位。

叶伯和一生做了大量跟音乐有关的工作，且大多是开风气之先的事情。如1913年11月，叶伯和在祠堂街关帝祠开办京剧科班——和字班，他亲自任经理，开售女宾票，男女同场看戏。1914年，叶伯和又应聘到四川高等师范学校（即今四川大学），着手筹建手工图画兼乐歌体操专修科，教授乐歌、音乐史、和声学、乐器使用法等专业课程。闵震东先生在回忆叶伯和的这段经历时写道："每当全校纪念活动，或国家庆典，先生常出席参加，指挥全校学生唱校歌及国歌，有时他亲自演奏小提琴或风琴以相伴奏。先生上台指挥演出，神采风度，给人印象甚深。"（《叶伯和传略》）十年之后，他辞去教职，到成都通俗教育馆任音乐部主任，筹建了成都音乐协会，1927年他还组织过一次贝多芬逝世百年音乐会。所以，叶伯和这一时期的主要工作都放到了音乐的创作、教育、普及推广上去了，以至于后来很多人把叶伯和当成音乐家、教育家，而不知道他的诗人身份。

但《诗歌集》对新诗的贡献是不能被遗忘的。首先，叶伯和是中国最早的一批白话诗人，他的创作时间可以推到1907

年以前；他比胡适早留学 3 年，也就是说他开始写诗可能要早于胡适；比郭沫若更早，郭是 1914 年才留学日本的，晚他 7 年。叶伯和在留学归来的时候，曾说"我自浮海换，诗词始长进"（《归国时途中作》），这证明了留学对他诗歌写作的影响，被唤醒的新诗意识源于留学的契机，他们是幸运的，也是最早在黑夜中探路的人，叶伯和的新诗探索精神和成就值得后人去研究和发掘。

其次，叶伯和在诗歌同音乐的融合上有独到之处。在《诗歌集》中，叶伯和把作品分为了"诗类"和"歌类"两种，"歌类"更注重音韵和文字排列，便于歌唱。但形式并没有影响表达，如《萤》这首虽然是可以唱的"歌类"，但诗意非常浓郁，不亚于任何一首"诗类"的诗，而更重要的是这首诗还呈现了一个时代的隐喻：

萤！你造的光，这样细微，还被秋风吹！
呀！黑暗暗的，光头虽小，做书灯也好。

被谱了曲的"歌类"朗朗上口，容易在大众中传播。过去在雍家渡一带有个榴荫小学，现在已经不在了，但还有一些老人会唱《榴荫小学校歌》，而这首歌就是叶伯和写的，可见他的诗通过歌的形式曾在民间生根发芽。

叶伯和创作了大量如"歌类"这样的新诗，足见他非常重视诗歌中的音乐性，所以《诗歌集》与《尝试集》在创作个性上的差异也在于此。应该说他在白话诗的韵律上是有过深入研究的，提供了有价值的探索。后来何其芳等诗人提倡新韵律诗，其实叶伯和是比他们更早的先行者。

叶伯和的诗歌创作大体分为两个阶段。如果说《心乐篇》是他早期比较纯美的诗歌，具有浓烈的青春气质，那么回到成都后，特别是人到中年后的叶伯和，诗歌创作也有了不小的变化。他的诗开始转向关注现实，风格渐入沉郁之境，这一时期他写了《乡村的妇人》《疲乏了的工人》《孩子孩子你莫哭》等反映社会生活的诗作，如《战后之少城公园》就是其中的代表作：

　　　　满地的残荷败叶，
　　　　树枝上时有寒蝉哀鸣。
　　　　酒肆寂然无声，
　　　　茶社两三人，
　　　　道旁游玩的，
　　　　只几个缠着绷带的伤兵！

叶伯和曾在成都少城公园（今人民公园）的通俗教育馆工作，诗中反映的正是四川军阀混战时期的成都一景，而目睹的一切都让他心灰意冷。他在《三十自叙》中写的"母死弟亡城市变，都为军人大激战"，正是这一时期社会动荡、民不聊生的情状。叶伯和后期的诗喜用白描，语言平实，常有悲怜情怀，诗歌成了一面映照现实的镜子。也跟他前期新锐、浪漫、唯美

　　　　　　　　　　　　　　　　　西迁东还

的诗风大相径庭，可以看出他对诗歌现代性方面的探索有所停滞，诗的翅膀变沉重了。

除了世道的炎凉，叶伯和后面的人生之路也越来越坎坷。还未满 30 岁，叶伯和就遭遇了一连串打击，不仅是母死弟亡，而且他父亲叶大封因为得罪了某军阀而遭绑架，索要 10 万大洋，倾家荡产获救后逃往重庆，但不到一年就去世了。接踵而至的灾难让叶伯和常常处于悲愤、绝望的状态，如果说叶伯和之前是一个唯美浪漫主义诗人，之后就变成一个悲观现实主义诗人了，而这个分水岭横亘在他的诗歌作品中，也为后人提供了一个具有丰富内涵的文学人物样本。

创办《草堂》

叶伯和出身于大地主家庭，家有良田千顷（1 顷 =66 667 平方米），但叶家一直有耕读传家的传统，在成都创办过多个学校，如奉思小学、崇实学堂、榴荫小学等，对成都早期的教育有不小的贡献。2017 年 11 月，我在四川大学的一幢宿舍楼见到了毛文老师，她已经八十高龄，中学就是在雍家渡叶家大院读的。后来她的丈夫就是给她上课的老师周菊吾（1912—1968）。这里面有段故事，当时毛文的家庭非常贫困，周菊吾一直接济她念书，对她特别照顾，毛文长大后就嫁给了周菊吾，"还他一个恩情"。周菊吾后来执教四川大学，学问深厚，也是一位篆刻大家，有"西南第一"之称，四川名宿林思进称其印章有"典丽风华"的气度。当时周菊吾与叶伯和同在学校教课，关系密切。毛文还记得在叶家大院读书时，叶伯和爱穿一件小马褂，悄悄站在课堂后面观察学生上课时的情景，她说叶伯和是个和蔼但做事很认真的人。

叶伯和对教育的倾心同样也反映到了诗歌创作中。他意识到了文学的启蒙意义，"我十年以来，已经把我在海外贩回来的西洋音乐贡献给国人了；最近又想把我数年研究的新文艺贡献出来"（《新诗集》第二期再序）。所以，他不仅自己搞新文学创作，同时还发起同仁刊物，这就有了1922年由叶伯和发起组织的四川第一个新文学社团——成都草堂文学研究会，并于当年11月30日创办了会刊《草堂》，这是四川历史上的第一本文学杂志。

1935年，茅盾主编的《中国新文学大系·小说一集导言》中说："四川最早的文学团体好像是草堂文学研究会（民国十二年春），其《草堂》出至四期便行停顿了……"那么，茅盾的这段话是怎么来的呢？

情况是这样的，当时在地方出版发行新文学杂志困难重重，周作人就说"向来从事于文学运动的人，虽然各地方的人都有，但大抵住在上海或北京，各种文艺的定期刊物也在两处发行"。这主要指的是现代文学在落后地方还缺乏应有的土壤，所以，叶伯和在成都办《草堂》杂志非常不容易。另外，办杂志需要一定的条件，经济的支撑、同仁的合力很重要。《草堂》

西迁东还

只办了四期后就更名为《浣花》，说明中间发生了一些变故，但不管怎么样，《草堂》的出现把四川的现代文学时间往前拉了一大步。

1923年1月，周作人在北京读到《草堂》后，立即写了一篇评论《读〈草堂〉》：这本新鲜的杂志"实在是为地方色彩的文学也有很大的价值，为造成伟大的国民文学的元素，所以极为重要"。同时，《草堂》也给了他良好的阅读感受，"能觉到有那三峡以上的奇伟的景物的地方，当然有奇伟的文学会发生出来"。

郭沫若当时正在日本留学，读到《草堂》后也非常兴奋："……吾蜀既有绝好的山河可为背景，近十年吾蜀人所受苦难恐亦可以冠冕中夏。请先生常与乡士亲近，且目击乡人痛苦，望更为宏深的制作以号召于邦人。"

《草堂》创刊于1922年11月，停刊于1923年11月，只办了四期，正好一年时间。这本刊物的办刊地址就在叶氏私宅——成都指挥街104号，其实只是个通信地址，没有专职的编辑，全凭几个文学界同仁的一片热情。办刊主要靠叶伯和出资，杂志在北京、上海、重庆、南京等地有代销处，但总的发行量很小，影响受限。这也看出了当时四川的文化边缘地位。其实当年类似的杂志在上海、北京相当活跃，很多诗人作家都是从这些杂志中走出来的，如四川的一批青年文人创办的《浅草》就比《草堂》在文学史上的地位更高，很大的原因就在于它是在上海创办的，但《草堂》的时代先声作用是不容抹杀的。

《草堂》的办刊时间虽然比较短暂，但对青年作家的培养有积极的贡献。当年19岁的巴金就以"佩竿"的笔名在《草堂》第二期上发表了一首小诗，同期还翻译了俄驾尔洵的小说《旗手》。这是巴金最早期的文学作品，也可以说《草堂》是巴金文学生涯的起点。

叶伯和有辉煌的前半生，但后半生却非常落寞凄凉，他经历了"五载三丧"，母亲、祖母、女儿分别在5年中相继去世。但丧亲之痛没有结束，1941年他的妻子又在乡下病死，他搬到城内锣锅巷居住，不料住宅不久失盗，而茶店子的两间私房又遭火灾，损失惨重。叶伯和本来就体弱多病，在接连的打击之下，遂谋短见，于1945年11月6日深夜投井自尽，年仅56岁。

叶伯和葬于雍家渡南，叶氏祠"受枯堂"西。本文开头那一段描写的景物，正是当年叶伯和的安葬之处。在中国新诗百年之时，人们又想起了他，想起了他诗中的那只萤，曾用微弱的光芒划亮过新诗的天空。2017年5月初夏的一天，我同他的曾孙叶中亮一起来到了雍家渡，不仅是寻找历史的痕迹，也是为了那不应忘记的纪念。

春熙逃伶

蒋叔岩

逃婚风波

在成都春熙路上，来往行人只要稍稍细心一点，就会发现地上有一些反映春熙路历史的铜雕。其中有一幅画面上讲的就是"春熙大舞台"和"蒋家班"的故事。当年"蒋家班"一班人马坐着滑竿翻过龙泉山来到成都后，在"春熙大舞台"上大展技艺。

"蒋家班"中之翘楚当为蒋叔岩，她是"春熙大舞台"上的头牌，在台上风采照人，风光一时。蒋叔岩1916年生于苏州，由于父母都是梨园中人，所以6岁就开始学戏，并师从闻名南北的筱兰英；后来跟着其父蒋宝和的"蒋家班"在武汉、上海等地四处演出，从此开始了演艺生涯。民国十九年（1930），蒋叔岩到了成都，那时她年仅14岁。此时春熙路正在新修之中，经营"凤祥银楼"的老板俞凤岗购置两亩地皮，修了"春熙大舞台"，据说这个剧场当时能够容纳两千多人看戏。

蒋叔岩的拿手好戏是"三打"，《打棍出箱》《打鼓骂曹》《打渔杀家》，都是须生扮相，一派风流倜傥；而蒋叔岩的嗓音清润高亢，唱做功夫精湛，引来了众多戏迷，其盛况不亚于现在的影视明星。

此时的蒋叔岩可谓大红大紫，"文武昆乱不挡，唱念做打俱佳"，戏迷中有人专门为她印刷出版《叔岩专刊》，并广为流传。俞凤岗看她很红，便慷慨出手，每月给她的包银是七百块大洋，蒋叔岩是"蒋家班"的摇钱树。她告诉我，俞凤岗虽然是个商人，但人品好，所以在他手里的"春熙大舞台"做得非常兴旺，红极一时。

虽然是当红女伶，但蒋叔岩思想上一直追求进步。她曾经演过"京剧时装戏"，在成都风靡一时，比如由张恨水的《啼笑姻缘》改编的连台戏，以及由《汤姆叔叔的小屋》改编的话剧《黑奴吁天录》等，这些戏大多反映的是一些反对封建思想、同情悲惨命运、歌颂自由爱情的内容。这些戏对蒋叔岩本人的影响也是非常大的，当时的她常常留男式发型，穿男式西装，很有一股叛逆的味道。也就在这时，她认识了川大女生张腾辉，两人成了亲密的朋友，张腾辉常常鼓励她识字看书，后来在唱戏之余，蒋叔岩到成都启化学校去补习文化。

旧时梨园艺人被视为倡优之辈，地位很低。而戏场子里也是鱼龙混杂的地方，什么人都有，你一红就有人来找麻烦。当时的四川是袍哥大爷、兵痞流氓的天下，对当红女伶自然有垂涎之人。有个姓刘的师长，自从看了蒋叔岩的戏后，就想娶她为妾，但遭到了她的拒绝。可这种人不好惹，成天带着几个兵痞到戏场里来搅，不达目的不罢休。蒋叔岩不屑于这种人，但她的母亲蒋甫和是旧时唱戏艺人，经不起钱财的利诱，一心想让女儿嫁个有钱有势的人。结果是蒋叔岩为此大病一场，最后是蒋叔岩在朋友的帮助下，逃出了成都。这件事情在当时的成都成了轰动一时的新闻。

"难童妈妈"

1938 年春，蒋叔岩从成都突然消失了。她到哪里去了呢？读者且慢，下面笔者将调转笔头，说说在六十年后寻找蒋叔岩的经历。

说句实话，在开始写蒋叔岩的时候，笔者认为她可能已经不在人世了。但是一个偶然的机会，我得知了她的下落。2007年夏天，当我见到九十高龄的蒋叔岩老人时，仍然让我惊讶不已。她一头银发，但身体仍然很硬朗，精神非常好。那天谈到中午，保姆端上桌的饭菜中，居然还有卤猪排骨，没有想到她的牙齿很好，啃得津津有味。在谈话的过程中，为了让我听懂她话里的吴音，她甚至把一些人的名字写到纸上。但她讲的那些人大多不在了。她说，像她这般年龄的朋友已经快没有了。

我能感到她的孤独。

蒋叔岩从成都逃出来后，先逃到了西康打箭炉，后辗转到了五通桥。此时的蒋叔岩已经不叫蒋叔岩了，她有了一个新的名字：严曦。"严""岩"同音，"曦"是新的一天来临的意思，虽然是隐姓埋名，但也有重获新生之意。事实上，这个名字就是蒋叔岩的人生转折点。

同蒋叔岩一起逃出成都的是川大女学生张腾辉，她们在西康一带短暂滞留后到了五通桥，并在盐务总局办的四川第三保育院（简称"川三院"）里找到了工作。保育院是接纳抗战前方的难民孩子的地方。随着抗战的延续，1938年3月"战时儿童保育会"在汉口成立；1938年秋，全国各地迅速建立起了14个分会，分布于湖南、湖北、四川、贵州及重庆等地，在总会、分会之下又普遍筹设了保育院，对难童进行抚恤、教养。当时，五通桥的任务是负责接纳一千个难童，犍乐盐场负责从盐税中每月为每个孩子拿出10块钱来供养。

1940年春，由于张腾辉的出色工作，她当上了"川三院"的院长。张腾辉有进步思想，擅长政论文章，还会拉京胡唱京戏，被称为女中才子。而她在很大程度上也是改变蒋叔岩命运的人，蒋叔岩崇拜张腾辉的人品学识，张腾辉倾慕蒋叔岩的艺术才华，两人相约不考虑婚姻，全身心投入到抗日救难工作中。

保育院是利用五龙山上破旧的多宝寺建起来的。寺庙不大，那么多人一下子住进去，大大小小的孩子们就密密地挤在一起，睡的仅仅是地上垫的一层稻草，环境的恶劣可想而知。当时的难民孩子衣衫褴褛，浑身肮脏不堪，很多人头上长满了虱子，严曦（蒋叔岩）她们忍着恶心替孩子们剪头、洗头；饮水也是大问题，山上的水不够吃，她们就同孩子们一起到山下去挑水，跑一趟需要半天时间，工作可以说是又脏又累，非常艰辛。

但对这一份工作严曦是心甘情愿的。因为她的身体和心灵都自由了，而且为抗战工作，有无上的荣誉感；虽然离开了舞台，但那个舞台实在太沉重，在新的环境里她的新生活开始了。

笔者曾经寻访过当年"川三院"的难童、后来成了清华大学教授的何其盛。何先生告诉过我当时他们的学习和生活情况。何先生是江苏常州人，1938年全家逃难，他随大哥何凤笙一起从南京、安徽、江西等地辗转到的五通桥。当时保育院的孩子来自四面八方，年龄悬殊，所以按年纪分班，一年分三个学期，没有寒暑假，半天上课，半天劳动。劳动的内容有打草鞋、绣枕头、磨豆腐等生活技能的学习，也有缝纫、翻砂、织布等实际工作技能的学习。当时的院长是章太炎的堂妹章文女士，章文在1940年初调走后，接替她的就是张腾辉。在"川三院"里，学生的吃穿是统一的，学习管理也严，院里设有农场和工场，还在寺庙里辟出了两个篮球场，所以生活和学习都比较丰富。院里定期给孩子们换洗被罩、床单，头发长了要给他们理头，还要定期给他们检查身体。由于山上雨水多，每人还发有一顶斗笠。

要把一座破庙变成一个可以容纳上千人的学校，其间的工作是非常辛劳的。从此以后，多宝寺里有了琅琅读书声，那些遭受过巨大灾难的幼小心灵在慢慢得到抚慰。据何其盛先生介绍，从"川三院"走出来的孩子中，有不少当上了教授、专家，成了社会的有用之才。但当时"川三院"里的老师不多，由于人手少，所以严曦既当保育员，又当财务人员，她甚至学会了打算盘。

在那段岁月里，有一件事情让严曦难忘。1939年的一天，上面突然通知说有大人物要来参观，要求她们做好准备，并安排严曦负责接待工作。她们想到底是谁呢？但由于事情比较保密，谁也不知道来人是谁。

第二天下午，就来了一大群人，走在前面的人严曦一眼就认出来了，原来是蒋夫人宋美龄。当时宋美龄的气质与形象都堪称大家风范，而她积极投身到抗战事业中来也鼓舞了很多人。当时严曦只是一个普通的工作人员，她小心翼翼地介绍院里各方面的情况，宋美龄很有耐心地听，不时点头。尔后，宋美龄观看了保育院的教学和生活情况。为了表达爱心，宋美龄提出要为那些难民孩子剪指甲，于是就在照相机的闪光灯下，宋美龄为几个孩子剪起了指甲，这一场景的照片很快出现在了当时的各大报纸上。但蒋叔岩对笔者说，那时保育院里的辛苦，宋美龄不一定真正清楚，由于办院资金募集非常困难，在最艰苦的时候，孩子们每天只能吃一顿稀饭。

全国当时有五十多个保育院，"川三院"被公认是办得最好的。由于工作卓著，曾被列为中国战时儿童保育会的首善救亡单位。严曦是"难童妈妈"中的一员，她在保育院里前后待了四年多时间，是中国抗战时期难童救助保护历史上的一名默默奉献者。那时的她不过二十出头，扎着一对小辫子，热情而真诚。

挥袖一唱

"蒋叔岩"这个名字仿佛已经不再存在了。人们在传有个叫严曦的姑娘很会唱戏的时候，他们哪里知道她就是名震华西坝的蒋叔岩。当时因抗战而西迁到五通桥的科学家侯德榜、孙学悟等人很爱看戏，常常主动请她到永利川厂去演上几段。不仅如此，隐居在五通桥的徐悲鸿都知道她，曾专门画了一匹马送她，她回去将画贴在墙上，后来有个同事看见后就向她要，她就从墙上扯下来送了此人。蒋叔岩在向我讲起这段往事的时候是当成一段趣事来讲的，她还说有一次她同张腾辉去见徐悲鸿，但屋子里没有人，她们正要返回，就看见徐悲鸿穿着一双草鞋、扛着一根鱼竿回来了。进了屋，徐悲鸿给她们倒水，水杯是他找彭县的人专门烧制的，其中一只的图案是一个摇篮里的孩子，非常可爱生动，那个杯子她至今记得。我查阅了徐悲鸿在五通桥的记载，他在《自传之一章》中写道："廿四（1935）年初夏，遂游五通桥，为川省产盐处之一。群山环水，巨榕簇簇，如岗如峦，列于水旁，倒影沉沉，有若图绘，市廛繁富。"

蒋叔岩见到徐悲鸿的时候不是 1935 年，说明徐悲鸿后来又去五通桥隐居了一段时间。

临近抗战后期，蒋叔岩的妹妹蒋艳秋才知道姐姐的下落。她寻到五通桥，姐妹相见分外欣喜。蒋艳秋唱"花衫"，也是春熙大舞台上的名角，她们便在乐山同台演了一回《打渔杀家》，正在乐山经商的李劼人听后感慨万千，专门宴请姐妹俩，还亲自下厨做他拿手的"坛子肉"来款待她们。

蒋叔岩在小城五通桥隐姓埋名了十四年，是她人生最为青春和美好的时期。1950 年前后她回到了成都，到川西盐务局工作。这是她在盐务机构工作的延续。后因戏迷的要求，又转到了成都市京剧团，从此她又重新回到了舞台上，恢复了自己一个京剧演员的身份，而此间相距已有二十年的时间。

在与蒋叔岩交谈的过程中，她给我讲了一件难忘的事情：在抗战胜利的那一天，她把自己的一件大衣拿到竹根滩卖了两元钱，然后同张腾辉、彭瑞叶、许重五、许滕八等几个朋友买来些酒菜，又唱又跳地欢庆了一个通宵，因为她们觉得苦难的日子就此不复了。

其实在抗战中期，她还曾唱过一次，公开了自己的真实身份。那时离逃婚风波已经有好些年了，很多阴影都已经渐渐化去，所以在一次比较重要的场合下，她——严曦、蒋叔岩，痛痛快快地亮了一回嗓子！在五通桥她广为人知，可能就来自那次不同寻常的挥袖一唱：

民国二十八年（1939），四川著名京剧演员蒋叔岩化名严曦来到五通桥，安排在盐务局慈幼院做保育员。民国三十年，盐务总局为欢迎总办缪秋杰来桥视察，严曦唱了一打《打鼓骂曹》震动桥滩，蒋叔岩其名从此为桥滩群众所知。

——《五通桥区志》

　　《打鼓骂曹》一戏常为节事所选，虽然剧情讲的是曹操设宴擂鼓助兴而挨了一顿骂的事，但因为台上演员的扮相多以大红基调为主，表现了新年的喜庆气象。蒋叔岩唱这出戏也藏有深意，因为从此以后，她隐姓埋名的生活彻底结束了，一去不返了。

　　需要补充的是，当年逼蒋叔岩成婚的蒋母后来也到了五通桥，跟着蒋叔岩生活，最后病故在了五通桥。而与蒋叔岩形同姐妹的张腾辉（保育院解散后，她又当过五通桥盐区小学校长），这位非常优秀的女性，当年为了听蒋叔岩的戏，毕业论文都是在舞台下面完成的，可以说是蒋叔岩的超级粉丝。也是她为帮助蒋叔岩逃婚，两人一同逃走，到康定靠教书的微薄收入度日，后来才折返到了五通桥待下来，正是张腾辉这一路的帮助才让蒋叔岩度过了人生的困难时期。但让蒋叔岩万万没有想到的是，由于张腾辉在盐务局中担任职务以及受家庭背景的影响，在"三反"中她没有逃脱暴风骤雨的来临，跳楼身亡。

　　张腾辉的个人资料不详，但据说她性情豪爽，做事干练，有须眉之气，能够当保育院院长也说明了她的工作能力，而她特别喜欢蒋叔岩的老生戏，也可能与她的性格有关。2010年，我在乐山市五通桥档案馆查寻盐业资料时，无意中看到了一张与张腾辉有关的函件。这个函件是关于保育院一个叫陈集仁的孩子到永利川厂做工的事情，但可能是年龄问题被退了回来，张腾辉便签署了一个收领的函。当时保育院要负责为一些年龄大的孩子寻找生活的出路，所以会在经过一段时间的教育后送他们去附近的工厂劳动。

2006年夏天，我去见蒋叔岩的时候，她正好90岁。前两年有人到成都寻访她，说她还在，让我大感意外。到2019年蒋叔岩就已经103岁了，一晃又是十多年，不知她是否还记得那些往事。其实，就是在我见她的那年，她也不太愿意说起逃离春熙大舞台的那段经历，可能觉得那是她一生的痛。但她和我说起张腾辉的时候却是情绪激动，充满了深深的惋惜。蒋叔岩告诉我，张腾辉一生爱花，张腾辉死后她从此不再养花。

困厄求生

刘文辉

西康来信

一个新省的出现：从川边到西康

"爷爷是个和善、宽容的人，但没有什么业余爱好，遇到星期天的时候，偶尔与几个好友打半天'乱戳'（四川的一种地方牌）。他平时看电视、报纸，只看新闻，对文艺的东西不怎么感兴趣，一放唱歌跳舞的节目，他就说'闹麻了，关了关了'。平时他没有说过想念四川的话，但他有西康情结，家里一直都有打酥油的桶，记得那时我在内蒙古当知青，他还问我那边有没有酥油。爷爷信奉藏传佛教，我们家里一直设有经堂，有个奶妈多年专门负责打扫，平时不让我们进去，要过生日的时候才能进去磕头。但'文革'时红卫兵造反，把里面那些精美的唐卡给烧了，他们还要砸佛像，爷爷就打电话给统战部，说那些东西是宝贝，不能砸，后来佛像被送到了雍和宫，就再也没有见到过。那些佛像是过去西康省的佛教上层人士送爷爷的，跟了他很多年，他当时脸色铁青，非常难过……"

2018年7月，受《中国国家地理》杂志之邀，为当年10月的"横断山"专辑写一篇关于刘文辉在西康时期的文章，我专门采访了刘文辉的长孙刘世昭先生，以上是我同他在电话中的谈话内容。

刘世昭先生一直跟刘文辉一起生活，从成都新南门十七街到北京的史家胡同，一直到1976年刘文辉去世。刘世昭是刘文辉的长孙，家里兄弟姊妹五人，凡事都是他带头，稍大后他要陪爷爷睡觉，夜里要帮爷爷翻身，爷孙俩的感情很深，所以讲起自己的爷爷他有很长的一段记忆。刘世昭1947年在成都出生时，刘文辉仍然是一省之长，国内形势还不明朗，然而在半个世纪之后，当年那里发生的一切已经烟消云散，西康作为一个曾经的省份，其历史只有短短的二三十年时间。

刘文辉生于1895年1月，是四川大邑县人。13岁进入成都陆军小学，18岁进入保定陆军军官学校，1927年任国民革命军第二十四军军长，成了四川实力最为强盛的军阀之一，他在立下"先统一四川，后问鼎中原"的雄心时，仅32岁。1929年刘文辉就任川康边防总指挥、四川省政府主席，手握军事大权，并在后面的几年中达到了人生的巅峰。但在1933年9月与刘湘的大战中告负，兵马大损，被迫带着2万余人的残师退至川边防区，而正是被逼到了危急关头，才让刘文辉彻底意识到只有背靠西康，才有东山再起的可能。

在后面的几年中，虽然刘文辉的实力已大为削弱，但国内风云变幻，各方势力角逐，刘文辉又再度获得了依托西康发展的生存空间。1935年，刘文辉当选为西康省建省委员会委员长，这成了一个新的历史契机，也从此开始了他人生中的一段西康之旅。

其实，要不是在"二刘之战"中败北，刘文辉并不想到偏于一隅的西康来，因为在大多数人看来，西康是一个非常落后的蛮荒之地。西康疆域虽不小，但地处横断山脉地区，地理状况极其复杂，政治上是个飞地，军事上是个"鸡肋"，经济上是未开发的贫穷地区。

西康的历史可以追溯到夏禹时期，当时在益州之外，称为西戎蜀羌，处于荒服之列，这中间就包括了西康。到了东汉时期，四川周边"四裔降服"，但只有西康仍然独立在外。西康一带东晋时属于莋，南北朝时属于獠，可以看出西康在很长时间内都被小国占据。隋朝后，以金沙江为界，其西为吐蕃王朝，以东为西康，从此有了康藏的概念。唐朝时将康定一带改称为"拓"，即开拓疆土之意，这是被纳入中原统治视野的开始。但在五代时，西康一带变为了大理国的地盘，到了元朝才归入中土。明朝以雅砻江为界，划西岸为朵甘地，东为乌斯藏，朵甘地中就包含西康的大部分地区。

关于西康的历史，在徐金源1932年写的《川边游记》中讲得比较详细，此人在康地曾经生活过一段时间，对西康应该是非常熟悉的。他这样写道：

自夏禹治水，九州定域。禹贡益州之外，曰西戎蜀羌，当时已在荒服之列。春秋时代，蜀巴分立，巴安康定，位于大金川之西，已属于蜀之领域。降及战国，秦修栈道以图蜀，汶山以北，悉为羌地。大金川南岸，为滇子所居。康安巴安，列为化外。前汉奄有成都，四裔降服，而康定不与焉。后汉为西羌，地属徼外蛮荒，但当日西羌，依现域考之，当包括康藏全境。所称金沙江以西为羌者，即今之巴塘。三国时，仍为羌地。东晋时，南秦不王，羌兵东犯，益州之土日削，夜郎邛莋等小国，各自分立。康定一带属于莋。南北朝宋魏时代，益州虽为宋有，而雅安以西为獠地，康定一带，遂属于獠。隋大一统，以金沙江为界，其西为吐谷浑，康藏即当日之吐蕃。唐析天下为十道，拓土日广，将金沙江以西之地，康定一境，改称为拓，取开拓疆土之意也。后汉不振，金沙江西岸日削，康境不入版图。五代康境并入大理国。宋世川边散土化外，史所称为羁縻一百十一州者，康亦与焉。元世祖忽必烈平定大理国，图伯特民族，诚心内附，设乌斯藏宣抚司以震慑之。元太祖灭西夏，分天下为各路，奉元路，辖陕川青藏卫，阿里康定，从此已入中国。元代以大雪山以北为西夏等处宣抚司，明初四川奄有康定。雅砻江西岸，为朵甘地，与乌斯藏析为二地。清划金沙江以东之地为康定府，俗称川边。清光绪末

西迁东还

年，钦差冯全为巴塘人民戕害，清廷派赵尔丰领队剿办，将土司制铲除，改土归流，设县治三十三，尚有可设县十五，未及布置。赵氏当时已有西康省之建议，不果，民国改元，于西康东部打箭炉，设置川边镇守使，改为特别区，按川边二字，似未能包括全康。

但这段讲述存在一些不确切之处，在历史地理研究上也可能会有一些争议，《中国国家地理》的编辑比较严谨，请来四川省康藏文化研究专家任新建先生审稿把关。果然，任先生就不同意其中的一些说法，他给了我一些建议，认为西康的历史变迁太复杂，不如在叙述中简化，免得陷入不必要的争论之中。我记得当时已经是 9 月 26 日，以为杂志已经下厂印刷了，但就在这时编辑来电话说还要修改，需要澄清几个问题。我急忙给任先生打电话，他当时正在公交车上，环境嘈杂，但就在这样的情况下，他还是尽量回答了我的问题，所以后来我把对西康的描述改成了这样一段：

西康的历史可以追溯到很久远的时期，旧石器时代就有人类居住，西康古为西羌地。四川省康藏文化研究专家任新建先生认为"康"不是一个行政区域，而是一个地理概念，"康"区的境域大体包括丹达山以东、大渡河以西、巴颜喀拉山以南、高黎贡山以北一带的地方。

显然，上面的叙述基本没有涉及"西康古为西羌地"的任何历史信息，大意是稳妥了，但对想要了解西康历史的人仍然是一片空白，所以我觉得徐金源的那段文字仍然是值得参考的。

到了近代，说西康就离不开"康藏卫"这个地理概念，而这也是由来已久的地缘政治格局。人们一般把四川打箭炉（今四川康定）以西、丹达山以东称为康；丹达山以西，"凡达赖喇嘛所辖者谓之卫，班禅所辖者谓之藏。康地位于中国之西，故谓之为西康"。

清朝设康定府，康定即为安定西康之意。康定府属川省，管辖金沙江以东一带区域，因为是四川最为边远的行政设置，所以也被称为川边。虽然称为边地，但西康地处西藏、四川、云南的三角地带，其重要性在民国文人刘体信的《苌楚斋三笔》一书中是这样说的："藏为川滇之毛，康为川滇之皮；藏为川滇之唇，康为川滇之齿，且为川省之咽喉。"

也正因为此，朝廷一刻也没有轻视过这块看似鞭长莫及的地方。清光绪年间，赵尔丰任川滇边务大臣，实施改土归流，在西康地区设立33个县，并提出了建立西康省的建议。当时，赵氏雄心勃勃，励精图治，变夷为夏的节奏和气象显露无遗。《西康建省记》中说："所收边地，东西三千余里，南北四千余里，设治者三十余区，而西康建省之规模初具。"

赵尔丰在西康苦心经营7年，让松散的羁縻制迅速向一统的郡县制转变，对这一地区的中央集权起到了关键作用，

"汉官之仪，已遍康区"。然而民国改元，没有实现建省，只改为特别区，设置了川边镇守使。应该说，清朝时期是西康行政变化最大的时期，西康省在清末赵尔丰的筹划中已呼之欲出。但是，真正让西康省得以实现独立建省的是刘文辉，也或说是刘文辉的出现让近代历史在极其复杂的地缘政治中有了新的局面。

中华民国成立后，西康设省一事虽未完全停止，但过程缓了下来。不过，西康日益显现的重要性又让新政府不敢掉以轻心。1925 年 2 月，段祺瑞令改川边道为西康特别行政区域，任命刘湘为川康边务督办，刘成勋为西康屯垦使，刘文辉帮办四川军务。1928 年，刘文辉兼任西康边防总指挥，但他虽然已经肩负了戍康的责任，但因为手握重兵，心里还有中原之想。

1929 年 2 月，中央政府派吴醒汉为西康专使，到成都商谈川军入康及组织省政府一事。这时的刘文辉已经当上四川省主席，正在四处招兵买马，储备实力，"拼命争城争地"。西康当时偏于一隅，还不是军阀们必争之地，所以刘文辉仍然没有真正顾及西康，而四川腹地的混战也不容他分身。到了 1932 年，二刘大战之后，刘文辉败走雅安，"成了一个破落户，财政陷入极度困难，加之蒋介石又唆使刘湘在政治上给我制造了许多乱子，弄得我终日焦头烂额"（刘文辉自传《走到人民阵营的历史道路》）。这才真正把他推到了西康省的边缘地区，也让他开始思考未来的道路。而西康省成立的契机也由此出现，而这中间需要一个非凡人物来担当此重任，刘文辉恰巧是不二人选。

力争宁、雅：艰难的建省之路

西康位于青藏高原的东南部和青藏高原向川西盆地、云贵高原的过渡地带上，地势呈西北高、东南低的倾斜状。西康虽然面积有 5 个浙江省大，但地处高原地区，崇山峻岭纵列，在一个地理的大阶梯上。同时，西康也是水系极为发达的地区，金沙江、澜沧江、怒江三江呈南北走向盘曲穿错其间，沟壑纵横，河谷密布。西康地区北通陕甘青，东接巴蜀，南临滇缅，自古以来就是茶马古道、藏康驿道的必经之地。

西康建省具有相对独立的地理环境，且与内陆各省形成了鲜明的对比，是个非常有地域特色的省区。近代著名地理学家白眉初曾在《新西康》中写道："西康在二十八省中，独自成一形势，即全境在横断山脉之上是也。当横断山脉之东壁，从古为夷汉分界，天然屏障，实为川康之明晰界限。大渡河、雅砻江、澜沧江、怒江诸河流域，完全属于西康，按之自然地理，甚为允当。"

20 世纪 30 年代，西康建省热潮虽然扑面而来，但具体的问题却错综复杂。当时西康的整个状况可以用任乃强的"交通闭塞，语文隔阂，产业幼稚，宝藏未启，财用拮据"这句话来概括。但真正最迫切需要解决的问题还不是这些，而是西康疆域该如何划分，因为这涉及西康的现实生存和未来发展。

由于历史原因，过去的西康并没有清晰的划界，变迁频繁，实际的西康境域只是个大地理概念。一直以来，它的西北方向与西藏毗连，但绵延的藏康接壤地纠纷不断，边界的扩张与收缩受战争冲突影响很大，各方势力时有拉锯，从无固定的分界线。而东北方向与四川如何划界也势必带来新的地理空间分配，而附属其上的自然资源与政区利益都会出现新的格局，所以存在诸多矛盾和争议。

要想把一块未开发的贫瘠之地在短时间之内变成富饶之地，无异于天方夜谭。建省需要必要的条件，但过去的西康经济非常落后，"地居僻寒，内地商人，罕有至者"。此时的刘文辉考虑得最多的是要为西康多争取一些有利条件，而宁（西昌地方简称）、雅（雅安地方简称）二属是他最为看重的，因为这两个地方一个是安宁河流域的天然粮仓，一个是四川内陆的交通枢纽，对西康而言极其重要。西康建省委员会在《西康建省委员会实施工作计划书》中说："据经济上言之，西康非宁远不足以自存，非雅属不足以发煌。"如果没有此二地，西康的发展将寸步难行，所以对于此膏腴之地必须据理力争。

但宁、雅二属涉及多方利益，建省委员会的报告交上去却得不到回音，让刘文辉颇费周折。当年，在他当四川省主席的时候，西康每年能够得到四川 200 万元的经费，而他主政西康后仅仅得到中央政府每年 1 万元的经费，财政非常困难，行事颇受掣肘。实际上，蒋介石对刘文辉是另眼相待，在经济上不予支持，政治上有戒心，于是把问题推给刘湘，说是按照"以川济康"的旧例办，而刘湘哪里肯把肥肉拱手送给刘文辉，导致事情没有丝毫进展。

但是，当时的国内形势已在发生剧烈的变化，抗战爆发，西南成为大后方，西康的战略意义高度凸显。1938年1月，刘湘意外去世，张群接任四川省主席，宁、雅二属划归问题出现重大转机。1938年4月，刘文辉到汉口见蒋介石，再次表明"复兴中国之基地既群属意于四川，则拱卫四川之康区即为复兴中国之后劲"的主张，阐述经略边疆、支援抗战的重要性，这时蒋才同意了刘文辉关于西康"疆域之调整，财政之援助，交通之改进"的意见，将宁属的越西、冕宁、西昌、会理、宁南、昭觉、盐源、盐边8县，雅属的雅安、芦县、天全、荥经、汉源、宝兴6县划给了西康，至此西康省地域得以明确划定，全貌浮现。

接下来的几个月中，西康建省委员会紧锣密鼓，加快节奏，终于等来了西康宣布成立的时候。他们在给中央政府的电告中这样写道："西康奉令筹备建省，已历三年，本年又奉令调整疆域，准将四川宁雅两属十四县及金汤、宁东两设治局划入西康管理，现接受事务，业已完毕，建省一切事宜，已经筹备告竣，请由中央明令建省，即于二十八年一月一日正式组府。"

1939年1月1日，西康省政府正式成立，省会设在康定，刘文辉任主席，一个新的省份正式出现在了中国的版图上。

1939 年，刘文辉与夫人杨蕴光在康定视察营官寨机场　庄学本摄

建设新西康：躬耕于横断山中

赵尔丰之后的川滇边务大臣傅嵩炑认为西康有"守康境，卫四川，援西藏"的意义，守、卫、援，这三个字每一个都分量不轻，而这就是嗷嗷待哺的西康面临的严峻现实。作为一省之长的刘文辉深感责任重大，但他在西康省的成立大会上热情洋溢地表示："我希望一齐决心，自今日从头做起，领导本省三百万的同胞，集中心力创造出一个新西康！"然而，建设新西康需要经济的后盾，新西康面临的最大问题就是经济发展问题。

实际上，从1934年刘文辉入主西康以后，他就已经全身心地进入了前期的筹划之中，而对经济的思考也最多。1935年1月22日，刘文辉曾经给一个叫李继先的人写过一封信，投信地址是"上海法租界辣斐德路菜市口路冠华里十三号"，信是由谢复初转交的。谢复初是上海工商界的名流，1918年曾经当过中华武术会会长，这个武术会在当时很有影响力，组织者多为学界和商界的知名人士。1922年9月孙中山避居上海，认为中华武术会"亦为革命基础"，并为筹建中的会所题写了"尚武楼"三字。谢复初后来又担任过华侨实业协进总会会长，在"一·二八"淞沪抗战爆发后，曾经上书南京政府，提出由华侨捐款备枪，组织华侨救国义勇军，应该说谢复初是一位非常有影响力的爱国人士。李继先的生平不详，笔者没有查阅到相关的资料，但以其时任上海市参议员的身份而言，李继先应该是上海政商界的重要人物。刘文辉将信由谢复初转交，可能有两种情况：一是刘文辉与李继先没有直接的交道，联络皆由他人铺垫，而请谢转交以示郑重；二是此信就是写给两人同看的，不然不必多此一举。

信的全文如下：

继先参议鉴：

项阅致久恒函，各情缕悉。

本军自南移，以还负有巩固边围、保卫人民、开发富源三大使命，尤于开发富源积极筹划。年来选派农矿地质专门人员驰赴康、定、雅各属实地勘查，因知康属偏产沙金，瞻、理、九、雅、道、炉等县产金面积不下六万余方里，唯以淘采之法未精，遗弃太多。非金属矿产亦复不少，如大渡河流域盛产铜铅，惜均未予开采。宁属则五金俱产，铁锌尤丰。雅属铜、铁、锑、铅并富，亦未开采，内中更宜注意者，康、宁、雅三属赤铁矿床，露头之高大奇伟，全国实鲜比伦，例如荥经春天沟之牛背山及齐家河、鱼通河之铜陵沟，由道赴瞻支路之菜子山，冕宁县之泸沽山，以上五大赤铁矿埋藏之富，直可与吾国湖北大冶、奉天本溪湖诸大赤铁矿相颉颃。

综合本部军，数年派员勘查结果，则四川向称天府者，其地下富源固不在川之内地，而川边康、宁、雅三属，天府宝藏之所也！至康、宁、雅等地，山川固护，足避国际战争之侵毁，诚一天然重工业之区。兹特由航寄来四川矿产勘查纪实一书，以资参考。是书为本军刘委员丹梧良著，其内容侧重事实，力避理论，将来侨胞组织之考察团到康时，尚可随时复勘以证不谬。其他康、宁两属之矿产详细记载，刘委员正在整理图稿中，一俟编印成册，再行寄沪也！

执事对于旅沪侨胞及外商接洽情形，俱属妥善。所有华侨实业考察团，谢苏诸君商榷各节，均表示赞同，无不各拟照办。若荷早日惠然西来，本部极为企盼，即由执事代表欢迎并致诚意，如能偕行返川尤为周到。至美侨彭君商询之件毫无问题，将来旅康开办一切税捐征取亦当如拟施行，本军戍边有责，尤应力予扶维，俾资发展。其余未尽，拳拳统希代达。此复顺询！

旅祉

刘文辉启

一月二十二日

这封信是四川建川博物馆在 2011 年新增收藏的文物，后来由刘世昭先生将此信翻拍后转给我的。无疑，这是一封刘文辉在西康建设初期非常重要的信。"本军自南移，以还负有巩固边围、保卫人民、开发富源三大使命，尤于开发富源积极筹

　　　　　　　　　　　西迁东还

划。"正是刘文辉广结善缘，整合各方资源，以图赢得各方支持的时期，这封信正体现了这样的意图。

刘文辉在信中还谈及了他在西康发展经济方面的一些工作计划，特别介绍了西康在自然资源方面的优势，并着重提到了几个前景看好的开发项目。刘文辉还同时给对方寄去了《四川矿产勘查纪实》一书，以便对方详细了解西康的矿产情况，并希望对方组织"华侨实业考察团"到西康，并表示"将来旅康开办一切税捐征取亦当如拟施行，本军戍边有责，尤应力予扶维，俾资发展"。从信中所谈及的内容涉及华侨来看，刘文辉去信给谢复初、李继先是有明显之目的性的，也符合两人的身份。

其实，刘文辉不仅四处联络推进招商引资，也广泛地邀请各方科研机构到西康考察，想让更多的人了解、认识西康，并在国内形成了一种积极的宣传效应。1939 年 6 月，"川康考察团"的 40 多位学者专家一道抵达雅安，用了近半年时间入康进行科考工作，其中年轻的摄影师孙明经记录了这一全过程，留下了珍贵的影像资料。1944 年 6 月，刘文辉在成都金陵大学看了孙明经 5 年前拍摄的《西康》系列影片，兴奋之至，当即邀请他重返西康。两个月后，孙明经带领人马上路，第二次来到了西康，更为详细地考察了西康地区的地理环境、经济状况、民俗活动和人文景观。而时隔 70 年后，孙明经这两次的摄影成就以《孙明经西康手记》之名得以出版，记录他与西康的那段奇缘。

建省之初，刘文辉非常重视全面摸清省情的基础性工作。

1935 年 3 月，刘文辉专门找到了对康藏历史地理文化有深入研究的著名学者任乃强先生，请他草拟《川康边政施行计划书》和《条陈经康大计》两份报告，先后送交南京政府，引起了强烈的反响，对西康建省有很大的帮助。任乃强曾经在 1930 年花了一年时间对康区诸县进行实地勘察，编撰了《西康图经》一书，凡西康的地质、土壤、气候、物产、交通、民族、宗教、城镇等都详加考察分析。由于任乃强的学术建树和社会声望，后来在西康建省委员会成立时，刘文辉力排众议，将任乃强纳入七人委员之中，这也体现了刘文辉在当时用人上更倚重于有真才实学之士。

关于任乃强入康有一个插曲。1929 年，任川康边防总指挥部边务处长、任乃强在北京高等农业学堂时的校友胡子昂，无意中看到了任乃强写的一个小册子《四川史地》，就想到请任乃强去考察西康。于是他们在西昌做了一次彻夜长谈后，任乃强"一袭长衫，一匹白马，两个随从"就去了西康。从西康归来时，他带回了"五十余本笔记，近千万字的资料以及他亲手绘成的西康各县地图，也带回了一位极富才情的妻子——罗哲情措"。这两段具有文学色彩的文字来自台湾新锐文创公司出版的《消失的西康》一书，相信任新建先生又不会同意这样的叙述，因为以当时的情况而言，路途的艰难、语言的隔阂、环境的险恶等种种障碍都没有一丝一毫浪漫可言。1949 年，罗哲情措病逝，任乃强道出了心中的一个秘密："余娶此妇，非为色也。当时决心研究边事，欲借此妇力，详知番中风俗语

西迁东还

言，及其他一切情况。"（《悼罗哲情措》）

客观地讲，任乃强与罗哲情措的结合确实是西康土地上的一个爱情传奇。值得一提的是，对本文有建言的任新建先生正是他们的儿子，他的藏名叫泽旺夺吉，1939年生于康定，正是任乃强在刘文辉政府中做事的那一时期。

西康在刘文辉的治理下，呈现出来一种从未有过的开放态势，得到的回报在当时未必马上见效，但却是惠及后人。1939年6月，地质学家汤克成在宁属的攀枝花村第一次发现了铁矿，回去后就写出了《西康省盐边县攀枝花及倒马坎铁矿地质报告》，为后来攀枝花这个大型能源城市的出现埋下了伏笔，应该说也是当时勘测和开发西康的成就之一。

治理西康新理念：德化、同化、进化

刘文辉躬耕西康的成效是有目共睹的，最能体现他治理西康理念和措施的是《建设新西康十讲》。赵尔丰认为西康人"畏威而不怀德"，而刘文辉却打算以德服人。他推行三化政策——德化、同化、进化，提出不患边民"不怀德"，而患我之"无德可怀"。

在民生方面，他改革乌拉制度（运输差徭制度），废除滥用苦力，提高乌拉脚价，兴办运输公司，设立"官运乌拉事务所"，此举也对改变西康的交通大有裨益。在教育方面，刘文辉一直主张勤俭为政、倾囊兴教，可以看到宽敞明亮的学校，却看不到像样的政府办公场所。刘文辉在此期间还经办有西康通俗图书馆、文辉图书馆、巴安图书馆、泸定县立图书馆等，还设有体育场、阅报室、平民教育工厂等，让西康的教育有了很大的改观。原刘氏庄园博物馆馆长吴宏远告诉笔者，刘文辉对教育非常看重，不仅从外地引进教师到西康，而且还大力培养本土教师。1948年还到四川大学去跟他们谈合作办学的事情，每年都会保送学生到川大读书，刘文辉当时确实是在为西康的未来着想。

在实业方面，刘文辉除了利用当地传统资源大力兴办茶叶公司，加大茶叶贸易外，又先后开办了美明电动公司、启康印刷厂、康裕实业股份公司、盐源盐厂、西昌肥皂厂、巴塘制革厂等，这些企业不仅推动了当地经济的发展，也对西康现代性的输入起到了关键作用。为了配合发展经济，金融业的改变也是新西康的一部分，当时在康定不仅成立了西康银行，还在雅安、西昌、会理、荥经四地设立支行，又前后把中央银行、农业央行、交通银行等国内其他金融机构纷纷引入康区。

偏远边地也呈纷纭之境，西康的经济出现了一种混沌而深刻的躁动。20世纪40年代前，邢肃芝（洛桑珍珠）在刘文辉经略西康的那段时间曾由康入藏，他在《雪域求法记》中记录了在康定看到的经济活跃景象："西康出产的兽皮、鹿茸、麝香、虫草等药材及黄金等重要土产，均由康定销到外省各地。康定汉族商人中有川帮、滇帮、陕西帮、山西帮等，川帮以经营茶叶为主，陕西帮以山货药材为主要业务，山西帮专做金银汇兑的生意……"

但客观来看，刘文辉治康最大的功绩是改善了与当地藏族人民的关系，而他这是以尊重康藏人民宗教信仰为前提的。当时，刘文辉除经常赞助修建寺庙、铸造铜佛、刻印经文外，还给喇嘛做鞋，每年还派人前往拉萨布施；同时他本人也非常笃信藏传佛教，后来在康定安觉寺皈依佛门，拜寺庙的高僧为师，这些都为团结僧俗大众、创造和谐发展环境打下了基础。

虽然刘文辉具有战略眼光，也看到了西康的边防作用以及巩固藏区的重要性，但他面临的社会现实问题依然严峻。任新建先生对我说："刘文辉最大的功绩是在短短的时间内维护了西康的稳定，发挥了抗战后方基地的作用，也看到了西康经济开发的潜力。但当时康区的社会结构非常复杂，刘文辉不敢轻易触动，只有小心维护人心和局面，而这已属不易。刘文辉虽然在经营西康期间有所建树，但以他当时的综合实力，对西康的建设并没有带来大的改善。"

2018 年 10 月初，我在成都街头买到了新出刊的《中国国家地理》，我写的文章以《刘文辉的西康岁月》为题发表在上面，洋洋洒洒 14 个页码，并配了大量的图片，其中多为刘世昭先生提供。巧的是，10 月底刘世昭先生就来到了成都，我同他见面吃饭时又谈起了这篇文章。他告诉我一个细节，在配图中有一张刘文辉与夫人杨蕴光抱着刚出生不久的刘元彦（刘世昭的父亲）的老照片，杨蕴光穿着夏装，露着臂膀，她的手上戴着一块精致的手表。但刘先生说他奶奶手上的那块表是画上去的。回家后我拿出杂志看，果然如此，不细看还真看不出来，估计没有几个读者会注意到。其实刘世昭也是在扫描图片时偶然发现的，之前他也没有注意到。而画这只表的人是不是为后人刻意留下了一个什么秘密呢？

席间，刘世昭先生还告诉我，前些年他曾到康定去寻访过爷爷刘文辉留下的遗迹。他曾在河边发现过一截三四十厘米长的水管，是当年康定水力发电厂的遗物。那座工厂曾是西康地区最早开发的水电资源工程项目，通过这座跑马山下最为宏伟的工厂可以看到刘文辉当年的雄心。但没有想到的是历史再一次发生了大的转折，1955 年，西康在建省十六年后被撤销，金沙江以东并入四川省，金沙江以西的昌都地区并入西藏，西康地图再一次重新标注。而那个曾经轰轰烈烈的西康省，就像那截锈迹斑斑的水管一样埋在了横断山脉的深处。

秋园遗梦

缪秋杰

秋园往事

1940 年初春，缪秋杰刚上任国民政府盐务总局总办不久，就来到了小城五通桥。这个地方是他的福地，当年缪秋杰当川康盐务局局长的时候，为了实行"统制自由"，推动盐运，却触动了运商利益，又苦于资金短缺，因而被盐商要挟。在万般无奈之下，缪秋杰将应解库款七十万元的短缺以五通桥盐税作为抵押，向银行借款，顺利渡过了难关。而这次来到这里又有不同的意义，他的身份已变，坐上了民国盐业的头把交椅，但抗战形势不容乐观，他能否坐稳这个位置还难说，他的前任就是因为无能而被调走。所以，五通桥这个小地方能否助他顺利任职施政呢？缪秋杰在心里对五通桥寄托了很大的希望。

缪秋杰，字剑霜，号青霞，江苏江阴人。光绪十五年

（1889）生于上海，51岁前曾先后在汉口、两淮、云南、四川、桂林等地出任地方盐务管理机构的经理、盐运使、局长、特派员等职，52岁任盐务总局总办。缪秋杰中等身材，略显清瘦，国字脸，老道干练，偶尔也手持一把别致的黑色拐杖。后来他的同事曾经评价过他，说他是"官吏型"的官员，当然是相对于"文人型"的官员而言。他"在盐务三十多年，办事有识见，有魄力，精明练达，老成稳健，且长于肆应；累赝繁剧，皆能应付裕如，且有建树，为旧时全国盐务'四大金刚'之一"（《自贡文史资料选辑》第三辑）。

1938年，抗战军兴，原在南京的盐务总局辗转迁到了位于岷江边的一座小城——五通桥。他们一到那里就开始大兴土木，建造环翠新村。而这个环翠新村，里面颇有些故事，也会勾起缪秋杰的许多回忆来。

1930年，缪秋杰主政两淮盐务，当时的两淮盐运使公署设在板浦（现属江苏连云港市海州区）。板浦是当时灌云县下的一个盐业小镇，当年19岁的李汝珍随兄李汝璜来板浦任盐官，他就居住在板浦场盐保司大使衙门里，后来写成了名著《镜花缘》。

板浦地名的由来与盐有关，也与海有关。据板浦相关文史资料介绍，"板浦有一块新淤的滩地，中间有一条南北向流淌的小河。煎盐的灶户为了便利东西交通，在河上架桥，低洼之处以'苍梧板'铺垫以利通行，因而人们把这个地方称为'板铺'，后来人们就把它改叫板浦。"但是，这条小河完全是个脏、乱、差的景象，缪秋杰到了板浦后就决心整治它。

整治的结果是填了那条臭河，修建了一个园林，这就是后来的秋园。秋园是陆陆续续建起来的，"从1930年始建，历年扩建，至1937年初具规模，但尚未完成全部建造计划，作为一座人工园林，其构造之工巧，占地之广阔，布局之繁复，在淮北地区首屈一指。在盐业界，它与天津塘沽盐业巨子查日坤建造的水西庄园林并称南北双璧"（《灌云文史资料》）。

百亩秋园名义是为盐务职工修建的园林，经过多年精心培育，成了淮北第一名园。但秋园的秋，有人猜度是缪秋杰暗暗烙上了个人的印记，因为为了修秋园，他在盐税里按每包盐又多加收两分公益捐，这曾经还引来了诸多非议。

秋园只存在了短短几年时间，"1938年5月，板浦开始遭到日机轰炸。1939年，在日军侵占板浦前夕，盐务局撤逃，灌云县政府奉行'焦土抗战'政策，在国民党第八军军长李守维的直接指挥下，由自卫团连长陈少山带人将秋园内遍浇汽油，后点燃炸药，使这一名园毁于一旦"（《灌云文史资料》）。

那么，秋园究竟是怎样的一个园林呢？据当年北京林业大学硕士研究生胡小凯的实地考察和复原，秋园昔日的轮廓又呈现在了人们的眼前：

此园虽已被毁，只余部分残迹，但通过文献考证、现场踏勘和当地老人的回忆，依然可以相对准确地廓清其基本格局。

秋园占地共一百余亩，近方形。《园冶》中有云："三分匠意，七分主人。"缪秋杰建园，模拟其所辖盐区的自然地理形势造山理水，且无自然山水作为依托，而是在平地上大量凿池堆山。规划时依照当时淮北地区的盐河、云台山、海州山和大伊山等地理形势进行总体布局。据《灌云文史资料》中记载和现场调研可推测，当时园南部开挖有"潮指河"，河东南侧模仿"如意山"（今伊芦山）堆山，"潮指河"向西汇入"盐河"，并有"大伊山"挺立于南侧。"盐河"水面宽阔，视野开朗，向西北延伸，与"半边河"汇流，西北侧有"海州山"横亘。"半边河"蜿蜒如带，绕园而行，横贯"北云台山"与"南云台山"，后又与"潮指河"相汇。园内山环水抱，水面开合有致，空间层次丰富多变，暗合自然之态。其造山理水虽不如江南私家园林之精巧细致，但整体效果却更为大气。

秋园正门位于园东侧，为木柱草顶。周围不设围墙，而是以人工河道与园外分隔开来，并在沿岸种植垂柳，河面上横跨几座石拱桥，人工与自然融合，浑然一体。全园由一条主路横贯东西，两侧有修剪成型的植物造型和花篱，植物景观丰富。园北部为模仿江南园林风格而建的花圃，有曲径通幽的木栏花廊相连接，并有景亭点缀于花木之中。园东南为一大草坪，坪中心以双色的草栽培装饰成两淮盐务局的"卤"字局

西迁东还

微，视野开阔。沿草坪向南为一莲池，池中以小花石堆叠成一座小山。花石形状各异，千姿百态。依山砌石为岸，其上间植松柏花木，成"小花山"与"红莲池"之景。莲池北端建一礼堂，为秋园内规模最大的建筑物。园西北为淮北各盐区位置示意实体模型，占地约二百九十平方米。整个模型微缩了当时淮北板浦、中正、济南、涛青四场盐区滩池的景观，且每一盐区均标有地名。园内还规划有一个露天球场和一个小型动物园，但现以无资料和遗迹可推测两者的规模和位置。

——胡小凯《江苏近代名园板浦秋园》

通过胡小凯的描述，可以看出当年的秋园是何等壮观、气派，可惜都灰飞烟灭了。缪秋杰没有想到他苦心经营了七年的秋园，竟然是这样一个结果。但是抗战来临，国家利益高于一切，秋园不能成为日本人的休养之地，而它无疑成了牺牲品，但这也成了缪秋杰心中的痛。

缪秋杰随盐务总局搬迁到五通桥后，孙立人带着税警总团中的一个团也随之驻扎下来，人马会聚，首要的事情是要解决办公和住宿的问题。盐务总局是一个庞大的机构，在国民政府中也是非常重要的部门，担负着全国军供民食的重任，特别是在战时经济中具有举足轻重的地位。而盐务总局的到来，让小小的五通桥为世人瞩目，抬高了它的地位，并迅速成了"抗战盐都"。而这个偏于川西南一隅的小城跟板浦居然非常相似，因盐而生，因盐成邑，秋园能不能在此重现呢？抗战中的盐务职工难道就不能有一个秋园吗？

关于五通桥这座小城颇值得一说。五通桥旧称犍乐盐场，地理位置处在四川犍为县和乐山之间，距乐山十公里，凿井制盐始于秦代，时间非常久远。到了清朝乾隆时期，凿井制盐成风，桥盐大盛，"四川货殖最巨者为盐。……大盐厂如犍、富等县，灶户、佣作、商贩各项，每厂之人以数十万计"（严如煜《三省边防备览》卷十）。清代诗人杜任之的《题五通桥盐场》描写了当时的盐业盛景："波撼长堤万灶烟，轻舟双桨水中天。架影高低筒络绎，车声辘轳井相连。"

桥盐在道光年间达到极盛，已经形成了百里盐场的规模。那时它的井盐产量已经居全川之冠，号称"川省第一场"，民间曾有"百猪千羊万担米，当不了桥滩一早起"的说法。犍乐盐场也成了四川最主要的盐供给区之一，桥盐主要行销府（成都一带）、南（新津一带）、雅（雅安一带）、叙（宜宾一带）等计岸（计口授食之意），同时还远销滇、黔、楚、陕、藏等边岸，据民国三年（1914）记载，五通桥就有"盐井5 224眼，煎锅2 404口，年产盐76万担"（《五通桥区志》）。盐井星罗棋布，桥盐之盛可见一斑。

盐务总局迁到五通桥主要考虑了两个条件：一是它地处川西南大后方，紧邻岷江水道，背靠雷（波）、马（边）、屏（山）、峨（边），再后面就是广阔的彝区了，是最后的安全防线，后来蒋介石败退台湾之前就曾经想把这一带作为回旋之地；二是五通桥是古盐场，从明朝后到清咸丰前一直是四川最大的盐场，历朝以来形成的层层盐业管理、稽查、运销等体系非常健全，其在内陆井盐历史上，规模、地位、影响等都堪与川南的自贡比肩。实际上，在四川就数这两个盐场比较大，占据了川盐五分之三以上的产额。当年宋美龄在游历了西南地区后曾说："川西平原有极大盐井，一处名自流井，一处名五通桥，这两处尤大。"（《宋美龄自传》）

盐务总局到了五通桥后，修建环翠新村的构想开始酝酿。这是因为此地有一块空地竟然有三百亩之大，依山傍水，比板浦的条件还好。但在抗战之中纯粹复建一个秋园未免太奢华，也容易被人诟病，但可不可以把实用性与观赏性融为一体，也就是说既可解决住宿、办公问题，也能够将娱乐、锻炼、休闲、观赏等功能考虑进去呢？就这样，环翠新村的想法逐渐成形，并进入到规划设计蓝图中，总体思路是融园林于建筑群落之中，建设一个园林似的盐务基地。

但还有一个问题，谁来出钱修建？盐务总局毕竟只是暂时迁到这里，抗战一旦结束就要搬走，兴建这么大一堆东西也说不过去，缪秋杰也不愿为此被人诟病。于是有人就出主意，钱由五通桥盐务分局垫资，总局划拨、补贴，总局迁回南京后资产归还五通桥盐务分局，这样就两全其美了。

从 1938 年开始，环翠新村开始修建，也许只有缪秋杰心里知道，那个一直萦绕在他梦里、已经消失了的秋园又要回来了。

1938年，在上任盐务总局局长之前，时任四川省盐务管理局局长的缪秋杰　孙明经摄

缪秋杰传奇

缪秋杰走马上任盐务总局总办这一职务时，可谓正值乱世之秋。他是个颇具传奇性的人物：1938 年 10 月，因为拨款扩建自贡蜀光中学而被人告状；缪秋杰还是一个被免了职的四川盐务管理局局长，"中央公务员惩戒委员会"为他罗列的是贻误增产、滥支公款、任用私人、巧取名目、抽取公益捐等十二项罪名，那时大家都觉得他已经穷途末路，那是 1939 年 12 月；但不曾想到，缪秋杰刚被免职几天就被任命为江南六省盐务特派员去了桂林，而 1940 年 4 月 11 日，他就被神秘地任命为盐务总局总办，主持全国盐政，一跃成了中国盐务的一号人物。

当然，挽狂澜于既倒，缪秋杰显然是道行深厚。但他最需要感谢的还是苏格兰人丁恩，因为是丁恩把他引进了门，让他逐渐成了一个中国盐务西化管理的接班人。关于丁恩，缪秋杰在《近四十年中国盐政之变迁》中有段回忆：

> （丁恩）曾主持印度盐政多年，年届六十照章退休，返英伦养老。民国二年大借款交涉重点在用人监督问题几濒破裂。旋由中国总统府顾问英人莫礼逊氏的介绍与推荐，遂由中国驻英公使签订三年合同聘请丁恩氏为中国盐政顾问。年薪三千镑公费一千镑。中国政府与五国银行团认可后命他兼任兼

盐务稽核总所会办。丁恩氏遂于 1913 年 6 月 24 日
来华就职。

　　1913 年 6 月，缪秋杰不过是个刚刚从税务学堂毕业不久
到盐务稽核总所工作的普通科员，因为英语好，被专门派去负
责管理英文档案。后来丁恩非常赏识他，让缪秋杰做自己的秘
书。缪秋杰有个长处，就是记忆力超强，过目不忘。他能够在
很短的时间里，把中国所有复杂的盐场分布、法律条款、税制
设置以及盐政变迁等装进脑袋里，并能如数家珍地随时道出。
丁恩就看上了缪秋杰的这个神功，有缪秋杰在身边，相当于有
了活字典，缪秋杰为丁恩在中国的盐务施政提供了工作方便。
　　而缪秋杰跟随丁恩的那段时间，耳濡目染，不知不觉学习
了不少东西。丁恩是个优秀的盐务管理专家，曾经在印度就取
得过很好的成绩。1918 年丁恩离开中国，在中国六年时间，他
有一半的时间都行进在通往各地盐场的路上，其敬业精神让人
叹服。丁恩后来把各盐区的实地调查情况汇总后写出了《改革
中国盐务报告书》，成了中国第一本完备的盐业调查报告，可以
说是他把现代盐业治理的理念带到了中国，亲手开启了中国现
代盐业的大门。但在他回到英国老家安度晚年后，在后面的近
三十年时间里，中国的盐政又发生了巨大的变化，而就是当年
跟随他的那个小小科员缪秋杰，成了民国盐务最为重要的人物
之一。
　　民国十二年（1923），缪秋杰 34 岁，已经是盐务稽核总

　　　　　　　　　　　　　　　　　西迁东还

所的巡视员，这是他人生中显露个人才干与魄力最重要的时期。可以说，缪秋杰后来的发迹跟这个时期的历练有非常大的关系，而当年的一起武汉的盐务舞弊大案把缪秋杰推上了中国盐务的风口浪尖。

1925 年，缪秋杰正在湖北巡视，无意间看到《申报》上爆出了一条消息，说盐务人员鲍骧告发鄂岸盐务机构合伙徇私舞弊。他当即把报纸一裹，便决定马上到汉口亲自看看。也不知道从哪里打探出的消息，缪秋杰要到汉口的消息在报纸上曝了光，当时鲍骧的手里掌握着大量的证据，像一颗重磅炸弹随时可能引爆，而此时的鲍骧已经躲进了日租界，就等着把那些罪证面呈那个据说"有些胆大"的巡视员。鲍骧把缪秋杰当作了自己唯一的救命稻草。

缪秋杰一到汉口，鄂岸榷运局和稽核处的人员马上把他接到了一旁安顿，行踪全部被秘密监视。鲍骧没有可能见到缪秋杰，便只有通过邮局给缪秋杰送信，但信还没有到缪秋杰手里就被全部挡获。而就在这个过程中，鲍骧最终还是暴露了行踪，被鄂岸盐务缉私队抓获，从此下落不明。

一切风平浪静，像什么事情也没有发生一样。但缪秋杰心中颇为不平，回到北平后，他做出了一个惊人的举动：自告奋勇要到汉口任职。总局同意他为鄂岸稽核处稽核员，负责彻查鄂岸的腐败盐务。

当缪秋杰第二次来到汉口的时候，鲍骧案已经烟消云散了，前任汉口稽核所处长严家驹已经平安调任。而缪秋杰一到汉口，就受到了非同寻常的款待：淮盐公所按照惯例送给他余盐税款的三分之一，这可是一笔三四万之巨的重金！有人告诉他，坐上这个位置的人，每年都会收到这样一笔润赏。但缪秋杰知道，这正是鲍骧检举告发资料中的一项。

缪秋杰不动声色，平静笑纳。但下来后，他便悄悄把这笔款全数汇到了北平的盐务稽核总所，并写了一封信，陈述了营私舞弊之猖獗，并下定了改革现状的雄心："……鄙人赋性戆直，责任所在，劳怨勿辞。时艰虽棘，人格尚存，在鄂一日，即尽一日之责；宗旨既定，非武力金钱所能左右，亦非利害毁誉所能动摇，自当坚持到底。"（缪秋杰《鄂岸盐务改革意见商榷书》）

缪秋杰在武汉短短三个月，基本摸清了鄂岸盐务舞弊的情况，得出十六个字：上下勾结，层层盘剥，中饱私囊，触目惊心。

接下来，缪秋杰开始着手整顿鄂岸盐务，大搞新政，但新政出台不到一个月，缪秋杰的麻烦就来了。从民国十三年（1924）开始，吴佩孚为了筹措军费，就一直在强行截留盐税，当时缪秋杰所处的武汉正是吴佩孚提款的关节所在，所有的盐税期票都掌握在他的手里。缪秋杰成了吴佩孚的眼中钉，1925年10月，吴佩孚逼他交出盐税款，但缪秋杰坚决不肯，一怒之下，吴佩孚下令萧湘南将他逮捕，将他扔进了大牢。

但当时的盐税不是中国人能够说了算的，吴佩孚此举也动了洋人的利益。四国银行团迅速照会国民政府外交部，发出强烈抗议，声称只要敢动盐税款，他们的炮舰就要开进扬子江，封锁沿岸盐仓。吴佩孚看到形势不妙，被迫释放了缪秋杰。缪秋杰从此名声大震，"金刚"之名由此而来。

但是，他的强硬也付出了代价。缪秋杰后来在 1929 年任川南盐务稽核分所经理时，因为反对刘湘截留盐税，被刘湘排挤出川。1932 年就任两淮盐运使时，其亲哥缪光在淮北被盐枭绑架杀害。可以说他每到一处，都触及了少数人的利益，有人对他恨之入骨。作为一个老牌的民国盐吏，他的功成名就是用自己的伤痕累累换来的。

小城里的大醝使

缪秋杰对五通桥这座小城并不陌生，中国的盐场他基本都跑遍了。1914 年，他曾经随丁恩到过犍乐盐场调查，亲眼所见，对四川盐业格局有亲身的体验和直接的认识："全省盐井据称不下十一万三千余口。自贡盐场位在纳江、泸江上游，犍乐盐场位在岷江上游为最重要。其故有二，一因近临河道，运输便利；一因有火井，以供煎制。"（缪秋杰《近四十年中国盐政之变迁》）

这段话说明了四川盐井数量庞大，而最重要的两大盐场是自贡盐场和犍乐盐场，这也说明了后来为什么要把盐务总局迁到小小的五通桥。一个国家行政机构迁到这里有缪秋杰的主张，当然，他对这座小城的好感还有一段旧缘。

但如今盐务总局搬迁到了五通桥后，情况又不一样了。可以这样说，是把一个浑水塘搬到了这个地方，缪秋杰能否施展他的理政才能还有待后瞻。他一上任就对人员、机构做了一些调整，说是盐务总局为了适应战时状态，但缪秋杰认为这是个机会，他要把不利的势力排挤出去，重新洗牌。盐务总局人事关系历来复杂，因为里面涉及的利益太多，内外争斗都非常激烈。所以，除了在1940年新设的官运处以外，缪秋杰又搞了个视察处，把重点放在了削弱"中统"的钳制上。

当时，缉私督察处虽然编制和办公都随盐务总局，但直接上司却是陈立夫，它的任务是"严密巡查，切实纠举，遇有弊窦，立予惩处"（《三十年盐务视察制度之沿革》，见《盐务月报》第24期）。这是一个相对独立的制衡权力，中统特务像影子一样潜伏在盐务系统中，搅得人心惶惶。他们凭着双重身份，以监督盐务的名义大肆争夺财权。督察长顾建中不是一般的人，人称"顾先生"，这个先生曾在早年参与谋杀过汪精卫，做事冷血决绝，而副督察长李熙元也非善辈，在火车上查出过共产党的电台，号称"东方福尔摩斯"，邓演达就死在他的手上，顾、李都是中统的得力干将。怎样才能削弱这股特务势力的威胁，除掉心头大患？缪秋杰颇费思量。

当时日军封锁海盐，抢运食盐成了最为重要的事情之一。盐务总局搬到五通桥后，缪秋杰突然心生一计，乘机将两人派到广东、广西去组织督运机构，而一批督察员也安排到两地监

　　　　　　　　　　　西迁东还

督抢运食盐，由此，中统在盐务总局的势力被"名正言顺"地分散、消减。1942年，缪秋杰又将缉私督察处与总视察处合并，改组为视察处，由"老盐务"刘宗翼担任处长，顾建中担任副处长，而"原来的缉私督察员的编制和称号被撤销，使中统特务不能成为一个独立的系统，削弱了中统对盐务系统的控制力量"（李涵等著《缪秋杰与民国盐务》）。从这点上来看，缪秋杰确实深具政治智慧，是个深谋远虑的铁腕人物。

缪秋杰做事谨慎，每次到五通桥都会携带家眷，并住进乐山盐场（简称乐场，位于五通桥牛华溪，与犍为盐场合称犍乐盐场，两场均在五通桥区域内）石泉山下的大宅院——吴景让堂。吴家非一般人家，乃犍乐盐场首富，在成都、重庆、宜宾、乐山等地都办有企业，坐拥巨资，是岷江流域有名的大户人家。"吴景让堂"堂主吴梓春排行第五，被当地人称为"吴五爷"。郭沫若的六妹郭蕙贞就嫁进了吴家，当然，郭、吴两家的联姻有其深厚的家族渊源。其时，缪秋杰与吴梓春私交甚笃，又因为盐务总局招待所就设在不远的石泉山上，且乐场的场长金竟恒过去是盐务总局的老职员，实为缪秋杰的心腹，听其指使。他这样的安排其实大有玄机，也有刻意与盐务总局的各派势力保持一定距离的意思。

也就是这一时期，缪秋杰有不少故事流传于坊间。盐业专家李从周先生在《回忆筹办震华中学的经过》中讲到过一件事：1939年秋，任乐场评议公所评议长的李从周专程到石泉山去找缪秋杰，事因当地盐场要办一所像自贡的蜀光中学一样的中学，而蜀光中学就曾得到当时还是川康盐务管理局局长缪秋杰的鼎力支持，动用了节余下的五十万楚盐津贴，所以李从周等人也想效仿蜀光的先例来办学。于是，他先找了金竟恒先行代言，又请吴梓春一同陈情，李从周想的是不看佛面看僧面，想方设法来促成此事。结果一见缪秋杰后，缪慷慨答应，嘱托要高质量办学，并请教育家张伯苓先生派人来主持学校。从这一点上来看，缪秋杰是古道热肠，对教育的支持是不遗余力。不到一月，李从周就得到通知，说蜀光中学校长喻传鉴已经到了牛华溪，亲自来考察校址，这让李从周大感意外，没有想到缪秋杰办事如此爽快，言而有信。

从这件事上也看出缪秋杰身处官场中却有侠义本色，他热衷于公益事业，扶助地方基础教育，做了不少好事。在前文《濠上一髯翁》中也曾写到1943年复性书院为刻书而鬻字，缪秋杰当即给了一万元的赞助，后来马一浮专门写诗一首感谢缪秋杰，"剑霜醵使赠资书院助剞劂，赋此致谢"。诗中写道：

> 石仓寄札已殷勤，竹垞传诗意更真。
> 见说熬霜连蜀井，不教坠简委胡尘。
> 客来霞外分端绮，经出龙宫识片鳞。
> 他日兰台征古刻，儒风应数艺风淳。

其中，"见说熬霜连蜀井，不教坠简委胡尘"是褒奖缪秋杰在盐业方面的杰出贡献的。抗战以来，四川盐业产销两旺，支撑了百业凋敝的国民经济，缪公确实是厥功至伟。当然，缪秋杰的好善乐施也同盐业在当时中国经济中的地位相关，天下货殖盐为巨，盐毕竟是国家岁入之大宗。

就在盐务总局迁到五通桥之前，实际上国内一大批企业、机构都已经先后迁到了五通桥。其中，范旭东的永利化学公司从天津迁到了五通桥老龙坝，黄海化学工业研究社也随之迁来，这里面汇集了中国当时最顶尖的化工科学家；电力专家鲍国宝在五通桥大力建设岷江电厂，让四川有了第一家火电厂；"丝绸大王"蔡声白把当时中国最大的纺织企业——美亚绸厂也搬到了五通桥；银行巨头杨粲三也在五通桥兴建川康毛纺厂……始于1938年的一场内迁潮流已经涌向后方的这座偏远小城，几年之后，五通桥从一个单纯的盐镇，变成了一个大后方在科技、经济、文化等方面日益重要的小城，并在抗战时期内迁史上画上了浓墨重彩的一笔。

当然，其中最值得一说的是天津永利。这个当时号称远东第一的化工企业落址五通桥老龙坝，要雄心勃勃地重建一个"新塘沽"，这在当时是抗战大后方最为宏伟的建设计划，而牵线人就是缪秋杰，他亲自陪同范旭东一行到五通桥考察，并最后定下了迁址该地。永利的到来对小城五通桥的影响是深远的，对四川实业界的影响也是巨大的，甚至可以说对当时远远落后于天津沿海的整个西南科技业都有十分重要的推动作用。

缪秋杰对五通桥盐业的贡献还在具体的政策扶持上。抗战结束后的1947年元月，盐务总局已经迁回南京，但缪秋杰出人意料地来到了五通桥，他这次远道而来是专门为当地盐商解决一些实际问题的，这也可以看出他对这个小城有独特的感情。

到底是怎么一回事呢？原来在抗战中实行专卖限价政策，销售由国家定价，不能随行就市，让犍、乐两场出现"差价"损失，所以他想通过这次巡察来解决场商的实际困难，通过补贴、调整、减免、贷款等方式给当地盐业一些补偿。这天，缪秋杰在五通桥公园中山堂摆了三十多桌鱼翅宴，场面阔绰。他面对当地三百多名盐商说："犍、乐两场的盐商在抗战中对国计民生的贡献是巨大的，今天我来给大家解决十个问题，请及时提出，我当场答复……"这次宴席后，当地盐商迅速获得了不少实际利益，皆大欢喜。

为了感激缪秋杰的慷慨支持，他们决定用 200 吨盐的钱来为缪秋杰修建一座生祠"剑霜堂"，以表彰其对桥盐的贡献。其实，在四川自贡也有一个"剑霜堂"，是自贡盐商为感谢他对旭川中学的办学支持而修建的。类似的事情还有，1937 年缪秋杰在离开板浦时，盐商在秋园内立了一块"去思碑"，上书"泽被淮醝"四个大字，这些都充分说明缪秋杰确为一代杰出盐吏。

2006 年夏，笔者曾到牛华溪去寻找"剑霜堂"，没有想到居然还在。那是一座中西结合的民国建筑，坐落在石泉山下、流花溪旁，经历了近六十年的风雨依然保存完整，只是被当作住宅分给了当地人居住。建筑的边角处搭建了一些棚房，看起来极不协调，就像是在一件西装上打了几个补丁。但十年后我再去时，"剑霜堂"不在了，已被拆掉，这个非常有纪念价值的盐业建筑竟然毁之不惜。好在缪秋杰并没有亲眼见过这座建筑，人们在将"剑霜堂"建好后只给他寄去了几张照片，他后来再也没有到过那个小城，对"剑霜堂"的命运全然不知。世事如云飘散，如此而已。

环翠新村今昔

小的时候，环翠新村是笔者经常去的地方，当地人不叫它环翠新村，而是叫盐厂新村。因为在 1949 年之后，五通桥通过公私合营的改造，犍乐盐场实际就变为了一家国营单位，所有的私人盐灶几乎全部变为国有，而这里就变为了五通桥盐厂的总部。

20 世纪 70 年代，五通桥盐厂是个很红火的单位，效益好，福利多，那是很多年轻人梦想去工作的地方。盐厂新村里经常放坝坝电影，也经常组织各种体育比赛和文娱活动，外面的人也会去看，那时住在新村真的是让人羡慕的事情。我的同学中不少是盐厂子弟，我有时也会到他们家中去玩，他们的父母常常会给我一点零食，糖呀花生呀什么的，甚至还给我煮上一碗醪糟汤圆，那都是非常美好的回忆。

其实，在那个时候，我就发现新村的房子很漂亮洋气，整整齐齐的有很多幢，样式美观，不像外面破破烂烂的民房。新村里有一幢大礼堂，常常放映一些电影，我们就会挤去看，但大门关着进不去，就在两边的窗子缝隙中看，还觉得过瘾，那是我们那个年代孩子的故事。2016年，我找到了四川京剧名家蒋叔岩，她在抗战时期就在这里唱过戏，而其中最重要的一场就是为迎接缪秋杰而唱的，可谓是一唱惊四座。

盐务总局刚来五通桥的时候，职员居住分散，有的住禹王宫，有的住晏公祠，有的住四望关，有的住瓦窑沱，相距达十里之遥，上下班靠木船运送。五通桥不过是个小镇，突然来了那么多人，确实无法安放。于是就有人出主意，抗战形势漫长，盐务总局不如自己修房子，这就有了前面所说的情况，缪秋杰也极力推动此事，让这一想法成了现实。

当时，五通桥茫溪河畔有块被当地人称为"田坝儿"的地，非常平敞，大概有300多亩，过去一直是农田，除了几户茅舍之外，没有其他建筑。关键在于这块地三面环水，呈半岛状，茫溪河蜿蜒流过，是一个天然的风水宝地。其实，之前盐务稽核总所五通桥支所的官邸也在离半岛不远的臂弯处，是洋协理们出入的地方。鳌草滩、金山寺、花盐街一带的盐商要运盐出去，盐船必经这个地方，古代就是设卡验秤之处，所以把盐务管理机构放在此处也有利于盐务税收的稽查。

环翠新村的整体规划设计由盐务总局总工程师姚颂鑫负责，具体跑腿的是成兆震，这个年轻人曾经在念书时深入地调查过成都的社会各阶层，人很精灵活络，有人说他是个"江湖通"。所以有了成兆震这个有朝气的年轻人，购买材料、监督施工、记账报销等琐碎之事全由他承揽了下来，他是具体修建环翠新村的功臣。巧的是2011年，笔者到五通桥档案馆查询资料，居然就发现了成兆震的一张照片，人很清秀俊朗，留着当时流行的大背头，一袭长衫，意气风发的样子。照片上流露的那种气息让人想象得出他的精明能干。

1938年开始，"田坝儿"这个曾经的农田上就出现了整齐的林荫道和十多幢洋房，附带着廊亭、水池、大礼堂、运动场、医院、停车场、小卖部等设施，配套齐全，环境优美，像个大花园，这不能不让人想起板浦的秋园来。记得在进大门不远处里面有块不小的藕塘，像是新村的一张脸面，莲藕一熟，碧叶红花，分外妖娆。这个藕塘在我小的时候还在，里面还养有鱼，我那时还在里面钓过红鲤鱼，装在一个玻璃瓶中，放在窗台上，美了好几天。

盐务总局在抗战初期，主要的任务是"增产与抢运"。当时缪秋杰定下了川盐增加到1 200万担的目标，但全川盐场实际的产量只有770万担，远远不能满足增产济销的要求。于是盐务总局对川盐的场产、运务、销岸等给以优厚待遇，并动员各方面的人力、物力、财力，千方百计改善生产条件和管理方法，大力促进了内地盐场大规模增产，收效甚佳。按缪秋杰的评价是"年有增加，尤以川康区成绩为最佳"，这里面有五通桥盐区的巨大贡献。

另外，盐务总局在五通桥时期做过一个重要的决策，影响深远。1940 年，经过反复调查、提案、修改，盐务总局推出了"民制、官收、官运、商销"的专卖制度，成为新的战时盐法。这是战时经济中非常重要的一部分，有力地支持了抗战的需要。后来缪秋杰在《十年来之盐政》中写道："1937—1938年间，沿海盐场相继沦陷，海盐来源基本断绝。军需民食的供给，不得不仰赖后方盐区，川盐地位顿显重要。其时国民党政府战时首部撤到重庆，中国政治经济的重心移向西南；盐务总局也随之迁川，先后驻于五通桥、重庆，成了全国盐务管理的中心。"环翠新村在这一时期耀眼于世，它就是曾经的全国盐务管理中心，被罩上了一层浓厚的政治色彩，而这样的局面总能让人想到当年穿梭于环翠新村里的那些身影、那些故事。

盐务总局在五通桥只住了三年时间，就搬回了重庆上清寺，抗战胜利后又复员南京。但这三年中故事不少，其中最值得一提的是"业余昆曲组"。其发起人是"南京甘家"的甘贡三先生，他吹得一把好笛子，被誉为"江南笛王"。除他之外，"业余昆曲组"还有"四大名旦"，他们分别是杨畹侬、汪剑耘、王振祖、王丽雯，这在当年都是京剧界有名的票友。不仅如此，王慧芳也辗转从北平跑到了五通桥为"业余昆曲组"教戏，他与梅兰芳同出一师门，曾有"兰慧齐芳"之谓，陈凯歌的电影《梅兰芳》中朱慧芳的原型就是他。而这些人都曾经住在环翠新村，唱过《游园惊梦》《汾河湾》《打渔杀家》《四郎探母》，为小城那段特殊的岁月带来了袅袅的清越之音。

环翠新村在建成之后的 60 年中，整体格局没有大的变化。

这块地一直是盐厂办公地和盐业职工的居住地，见证了桥盐发展的最盛时期。20 世纪 90 年代初，盐厂总部突然门庭若市，在环翠新村里穿梭的是各地涌来的炒原始股的人们。1993 年，五通桥盐厂的股票在深交所上市，成了"四川第一股"。这在四川企业股份制改革历史中具有标志性意义，而从环翠新村里诞生的胆识和雄心，不能不说是依托了深厚的历史积淀。然而，在股民中没有几个人知道环翠新村过去发生的事情，他们仅仅趋利而来，利尽则散。他们也许永远都不会去想，四川的第一只股票为什么会诞生在这里？

但这个时期很快就昙花一现，了无踪迹。2000 年后，笔者曾先后几次到盐厂新村，但这时的五通桥盐厂已经重组改制，企业举步维艰，昔日的辉煌不再。而环翠新村因为多年没有维修管理，房屋显得破烂不堪，老居民们搬的搬、走的走，剩下的都是老弱病残。最让人感叹的是那个大礼堂，已经改建为一个幼儿园，面目全非，这个过程不过 20 年时间。

作为一种历史存在，秋园早成焦土，变成了昨日的记忆。相对于秋园，环翠新村或许还是幸运的。但这样的幸运还会持续多久，我不敢去想象。因为我知道，被忘却的历史不再是历史，它最多只能算是遗梦一场。

梦断『新塘沽』 范旭东

"保全吾国唯一化学命脉"

　　1953 年，公私合营如火如荼，永利化学工业公司也面临这一国家体制的重大变化。在对永利化学工业公司的调查中，是这样概述这个当时中国最大的化工企业的："私营永利化学工业公司为一九一七年范旭东创办久大精盐公司成功后，以所得利润在天津市塘沽设厂创办永利碱厂，主要产品为纯碱。一九三四年，又取得国民政府与银行团的支持，在南京卸甲甸创办硫酸铔厂。一九三七年七七事变后，碱铔两厂俱被日寇占领，乃将部分资财与全部技术人员撤至大后方，在四川五通桥筹设川厂。"（重工业部化工局《关于公私合营永利化学工业公司公私关系问题的调查报告》）

　　这里要讲的就是永利 1937 年在四川五通桥筹设川厂的

故事。

1937年8月19日，位于天津的永利化学工业公司秘书处给上海经理处发去一封函件：

> 卢沟桥事件，已演成中日全面战争，各业停顿，公司沽厂适在战区，与本月七日久永两厂被迫全停；华北、上海均在战时状态，无营业可言……自八月份起，所有在沪职员薪资，除五十元以下者照常发给外，其余皆减成发给，兹决议各支店因营业关系八月份职员薪资暂照常开支，一切店支务须极力紧缩，如时局到下月仍无澄清之望，则各支店职员薪资自亦应在战区之同人采取同样措置。

这则减薪的消息迅速在永利公司上下传遍，一时间人心惶惶，本来欣欣向荣的永利形势突变，作为当时中国最大的化工企业，永利的前途命运已经成了所有人关心的焦点。

1937年12月15日，形势更加危急，工厂已经停工，工人无法复工，永利化学工业公司总管理处再次发出通知：

> 现在工厂停工，各董事星散四方，一时无法开会，公司将来计划，亟待股东会开会议决进行。唯公司全部资产，早经指定作为银行募债担保，而尤以塘沽工厂财产为重要，凡我同人均有妥善保管以待将来

股东会议处置之责任，故凡我在厂职员均应勉尽此项职责，对于厂内全部财产慎重保管，非有总公司命令，不得随意处置，更不得交付任何人代管。

——《"永久黄"团体档案汇编》日敌侵占前后等卷

1938年3月24日一大早，两辆小车快速从重庆行驶在去五通桥的路上。出发地点是重庆南渝中学，车上坐着四川省盐务局局长缪秋杰，另外同行的还有范旭东、侯德榜、张克忠、黄汉瑞等四人。他们的目的是去五通桥考察一个重大的内迁项目。而缪秋杰与范旭东是刚刚才在重庆认识的，也是由于这次偶然的相识，缪秋杰主动陪同范旭东去做一次深入的调查活动，让他们对四川的盐业状况有个详细的了解。

范旭东1883年生于长沙，从学于梁启超，1900年随其兄范源濂东渡日本，1910年毕业于日本帝国大学化学系，1911年回国，经梁启超介绍入财政部造币厂工作，1913年奉派赴德考察，1914年经美返国。中日战争爆发时，范旭东通过二十年的艰难创业，已经构筑起了他"永久黄"（即永利化工、久大盐业、黄海化学研究社）的企业集团，核心企业永利被认为是"华北三大宝"（永利、南开、《大公报》）之一。但这时永利被日本人强占，改名为"永礼化学株式会社"。实际上从1938年初开始，在天津的范氏永利企业已不复存在。

从五通桥返回的时候，范旭东心中已经有了数，又通过多方的最后论证，他决定把永利搬到五通桥。正是初春时节，在路上他的心情是喜悦的，他在一篇随笔中写道："宿雨初晴，沿途的风景分外鲜明，到处花黄豆紫，鹭白松青，真是幅好画面。这里木架连云，竹管交错，又是一番情景，嗅着含盐味的空气，唤起了我们新的记忆。"（《我们初到华西》）

而此时的情况是，范旭东的庞大企业为躲避日本人的侵占，已经从天津全面撤退，很多带不走的设备已沦入敌手，只有部分设备抢运到了长沙、重庆等地，而一千多名员工及家属正背井离乡地行进在通往四川的路上。

永利化学公司从1917年在天津建设永利制碱厂开始，到1937年已经发展到了有工人1 000多人、年产纯碱55 000多吨、烧碱4 500多吨的大型化工企业，其"红三角"纯碱产品已获得国际金奖，销路大畅，声誉卓著。特别是1937年在南京建成的永利硫酸铔厂（简称永利铔厂），在国防与生产中占有重要地位，是中国唯一、东亚第一的化工企业。永利碱厂和永利铔厂被认为是当时"中国化学之基本""中国化学工业将来能否独立，当决于公司两厂之成败"（1935年10月永利化学工业公司密呈蒋介石函件档案，《永利企业档案》）。而有了这两家厂，范旭东曾感慨地说："基本化工之两翼——酸和碱——已成长，听凭中国化工翱翔矣！"（李金沂《范公旭东事略》）

1937年2月，耗时三年多、投资1 200万元的永利铔厂在南京建成试车，并正式出货面市。正是初春季节，广大的农村对永利的新化肥产品盼望已久，呈产销两旺的形势，而这对永利来说，是"事业实辟一新纪元"（永利化学工业公司第三届

范旭东

股东会议事录，《永利企业档案》）。5月的时候，永利碱厂也传来振奋人心的消息，永利与英国卜内门公司通过长期较量后，终于坐下来签订协议，重新划分在内地和香港的市场销售份额，纯碱、烧碱、洁碱三种产品，永利占55%，卜内门公司占45%，打破了外国公司长期垄断中国市场的格局，为民族工业争了光。不仅如此，6月，国民政府实业部特许永利公司发债1 500万元，主要用于备建煤焦厂、炼磺厂及扩建永利碱厂与补充永利铔厂的设备，让企业有更充裕的流动资金，前景一片光明……

就在永利羽翼渐丰，准备"翱翔"的时候，1937年7月7日，中日战争爆发；7月29日，日军占领天津，永利碱厂沦陷！12月，日军占领南京，永利铔厂沦陷！

没有资料反映范旭东在这些噩耗传来时的心情，但可以想象得到他的锥心之痛。面对辛辛苦苦二十年创建的企业落入敌手，大宗资产被侵占，他实际已经到了走投无路的绝境。

但范旭东依然是镇定的，他在电报中慰问广大职工："诸君立于国防工业第一线，悲壮胸怀可歌可泣！祖国复兴在望，切祝致力不虚，全团体同人当为诸兄后盾，谨电慰问，幸为国珍重！"（《永利企业档案》）此时全面抗战刚爆发不久，范旭东坚信日本人的嚣张是暂时的，虽然工厂沦陷，但仍然感到"祖国复兴在望"。但他没有想到的是战争形势急转直下，漫长的全面抗战才刚刚开始。

1938年1月，范旭东在国民参政会上痛陈日本人的侵略，积极主张在四川恢复化学工业，"以保全吾国唯一化学命脉"。倡议获得一致赞成，永利得到了政府补助金 300 万元。

1938 年 3 月，永利领到财政部拨付的第一次补助金 40 万元，但这笔钱只是杯水车薪，仅能应对迁徙和安置，要想实现复兴计划还差得很远，但这笔钱让永利看到了希望。此时，永利南北两厂的大批人员和部分设备正在内迁当中，而日本人的炸弹已经落到了重庆。永利董事会经过对战争形势的判断和对内地化工资源的调查，在慎重决策后，决定将永利化学公司和黄海化学工业研究社迁往五通桥，久大精盐公司迁往自贡。

1938 年元月，范旭东在汉口主持召开了"永久黄"团体会议，推举李烛尘为西迁总负责人，因为他不仅是永利老臣，同时也对四川非常熟悉，他早在 1919 年就曾去自贡、五通桥一带专门调查过钾盐资源，正是负责西迁的不二人选。西迁首先由侯德榜带队入川，"所有两厂技术人员，由范先生号召，统行于 1938 年春随我入四川五通桥，准备在大后方创立近代化学工业基础，此为永利第三期在西南地区的艰巨工作"（侯德榜《公私合营永利化学工业公司三十六年来完成碱酸工业之经过》）。

战争局势仍在急变之中，溯江而上的一千多永利员工及家属到达汉口后，又继续迁往重庆。3 月 28 日，范旭东对内迁工作进行了先期安排，"久大、永利事业因国难暂受阻碍，亟当力谋复兴，俾战时增加生产，并为将来事业之进展树立根基。川省为吾国后防重地，尤宜聚全国之力从事经营，公司本

西迁东还

此宗旨，现决在自流井、五通桥各建工厂一所。唯虑各厂深处内地，交通不便，事务进行不免濡滞，耽误时日，难以应目前战局所需，兹决在重庆、自贡各设办事处，俾资联络。调任傅冰芝、李烛尘先生为永利、久大驻渝办事处主任，并聘钟履坚先生为久大驻自贡办事处主任。各处印章奉寄，请分别启用是幸"（《永利企业档案》）。

战争仍然在进行，日军的狂轰滥炸已经降临到了重庆，永利出于安全考虑，要求所有人员在 1938 年底之前必须移往五通桥；而之前靠抢救出的部分设备临时组装的重庆铁工厂，才生产了几个月，永利便决定停止接受外来订货，等待江里的大水来临，河道上升，将所有设备运往五通桥。

远在五通桥的工厂正处在筹划初期，在一个当地人叫老龙坝的地方，永利决定落址此地。当时的老龙坝临岷江，周边还是一片荒野，交通闭塞，时有野兽出没，附近仅有一座名叫"道士观"的破旧寺庙，先期到达的永利人只能靠此落脚，别无他处，这里也就成了永利新厂最早的办公地。

此时，永利总工程师侯德榜正带着寿乐、张克忠、林文彪、侯虞簌四人远赴德国设计新厂的工程图纸。他们深知责任重大，但没想到一到德国就碰了壁，希特勒统治下的德国排斥穷国家，他们不提供任何技术上的支持。无奈之下，侯德榜一行只好转赴美国，在纽约重新进行新厂设计和机器设备定制。所有工作都在艰难地进行中。

其时，从永利南北两厂沦陷到如今已经有一年多时间，天津的碱厂早已被日本人占领，黄海化学工业研究社变成了日本运输司令部，工厂则被一个叫作"兴中"的日伪公司强行接管，日本军部派三菱公司技术人员入驻。不久，《满洲日日新闻》上竟然出现了大肆宣传永利重新开工的消息，让远在川西的永利人大为震惊；而南京的永利铔厂被占领后，日本人把大批设备撤运回了日本九州，安装在大牟田东洋高压株式会社横须工厂，他们知道这些化学机器设备只需在程序上稍做修改，就能造出大量弹药来。

西迁中的永利实际处于三无境地：无产销业务、无机构组织、无职务安排，人员全都在流亡中遭受着饥饿与跋涉的痛苦煎熬。考虑到西迁的风险和员工的个人利益，范旭东在《告同人书》中说："如同人中对此次华西之壮举，有虑其危险性特大，不愿轻易尝试者……坦白相示，俾有纠正之机会。"但永利员工们只有一个信念，永利到哪里，他们就到哪里。范旭东的人格魅力也在企业最艰难的时候展现了出来，他要求留用所有的职工，不使一人失业，保证发给员工一定的薪水和补贴。他勉励职工在新工厂创建之初，"趁工作稍暇，多于身心修养上用功"（《永利企业档案》）。

1938年12月，永利、久大驻渝办事处改为"华西办事处"，办事处主任由范旭东的胞弟范鸿畴担任。但不久就遭到日机轰炸，当日，重庆武库街火光熊熊、爆炸声四起，华西办事处的人惊恐万分，在黑夜中仓皇逃离，躲到了一个偏僻的乡下，所有的联络和疏散工作一度中断。

这时的范旭东对十四年抗战还没有充分的认识，"战事推移，不可究极，现在姑以三年为期，完成此番新负之任务"（范旭东《告同人书》）。战争犹如茫茫黑夜，让人看不到一丝亮光，中国只有用幅员辽阔的优势来以空间换取时间，这是一场漫长的持久战。为实现"保全吾国唯一化学命脉"的目的，永利在五通桥最艰苦的创业开始了。

建设"新塘沽"

过去，五通桥一带流传着这样一首民谣：

嘉定下来一条江，抬头望见西坝场；
双旋坝船儿直箭放，道士观漩涡像箩筐……

1908 年 5 月，英国植物学家亨利·威尔逊为收集植物标本来到了五通桥这个叫"道士观漩涡像箩筐"的地方。他在来到这里之前，就听说这里有很多神奇的传说，听说道士观下的江底藏有无数的金银财宝。

"道士观"是岷江上的一座庙观，"舟临道士观，群山一壁峙"（清·余光祖《由嘉州泛舟过道士观漫作诗》）。道士观下的景观很奇特，仿佛是一只龙头长长地伸到了岷江里，所以当地人称这一地带叫老龙坝。由于突然飞出的这一块洲坝，河距变得局促，河面变窄形成瓶颈，在水流加速之后，也就有了"道士观漩涡像箩筐"的景象，所以"道士观"历来被视为险恶之地，"夏秋水盛极险"（《嘉定府志》），所以过往船只到此都会提心吊胆，有不少人葬身浪底，翻船之中自然遗落了不少金银财宝。

1938年底，老龙坝这个偏僻、险峻的土地上突然出现了一片热火朝天的景象，成千上万的人在这里凿石挖土，建房筑屋。是的，天津的永利化学工业公司已经正式搬到了老龙坝，称为"永利川厂"，永利剩下的大部分家当悉数西迁到了川西南岷江边这个过去不为人知的地方。

1939年3月，永利创始人范旭东亲笔写下"新塘沽"三字刻在老龙坝的一块石壁上。他们对这个"新塘沽"寄的希望很大，永利要重建中国化学工业的基础，将之视作神圣而伟大的川中复兴事业。"国难突发，公司匆促西迁，只为不甘心为暴力所劫持，且承朝野热心同志之维护，始得在川重整旗鼓，其志至壮，其情堪悯！"（《永利企业档案》）

但他们为什么要选道士观这个地方呢？在1939年7月的《海王》期刊上，范旭东在《我们初到华西》一文中讲出其中的原因：

> 到初秋选定了犍为、叙府、泸州三处做最后的比较。因为食盐是我们必需原料之一，产地是有限制的，运往别处应用，在中国现行盐制下，也有许多不方便。

犍为一带是产盐区，此外的条件也不比其余两处差很多，因此决定在犍为县属之道士观地方，圈购厂址，在这里奠定华西的化工中心。二十八年三月一日，公司特废去道士观旧名，改称"新塘沽"，纪念中国基本化工的摇篮地。"新塘沽"在岷江东岸，附近食盐、烟煤、磺铁、灰石、耐火土料等，都有出产。据地质学家调查，甚至煤气、石油，尽有发现的可能，堪称齐备。产量现在还不能确定，要再勘测，但比在别处，多少已有把握。这一带江水深湛，地势宽敞，上距嘉定二十余公里，下至叙府二百余公里，直达长江……利用岷江，可与成渝、叙昆两路直接联系，将来货品转运西南西北各省，亦甚便利，与我们选择厂址之原则，极相符合。

厂址定下来后，负责内迁的是李烛尘。他是永利企业的创始人之一，足智多谋，如果说范旭东是刘备，他就是诸葛亮。李烛尘早年同范旭东一起创业，造出了中国的第一公斤纯碱，并在与英国卜内门公司的竞争中显出了很高的智慧，打破了外国人的垄断，把永利推到了国际舞台上。当然，这时的李烛尘也没有落伍，他从前期的调查选址到协调地方关系等都身先士卒，后来留守天津亲自坐镇指挥千名技术人员和员工西迁的也是他。在李烛尘的精心策划下，将很多设备和物资顺利运到了四川，保住了永利不少重要的家当。

肆 困厄求生

251

在厂址购地过程中，本来是比较顺利的，永利当时想的是尽快建厂投入生产，但因为老龙坝地面上涉及道士观庙产，与所在地金粟乡发生了民事纠纷，"田产虽已购成，然庙产尚悬，催促敝厂早日解决"（1939年永利川厂致金粟乡救济院信函）。后来经过多方斡旋，1939年12月14日，经济部部长翁文灏亲自下文，责成地方办好这件事："除呈请行政院令四川省政府转饬犍为县政府晓喻刘侣皋等，对于变卖庙产，勿再别生争议外。"最后的解决办法是："县府以四产半属学产，核加正价七千一百零二元七角六分，呈报省府核准，奉令通知敝厂备价办理手续。"

当时任永利川厂厂长的是傅冰芝（1886—1948），他是江西南昌人，人称"东圣"（黄海化学研究社社长孙学悟被称为"西圣"，两人均为永利企业集团的核心人物）。傅冰芝早年毕业于日本帝国大学，后在哈佛大学求学期间，美国正在制造世界上最大的航空母舰，他通过竞争入选为设计工程师，成为航空母舰设计绘图人员之一。但当时他把不菲的酬金寄给了正在筹办永利碱厂的范旭东，两人的情谊由此可见一斑。永利川厂一开建，重任就落在了傅冰芝的肩上，当时他已年满五十，身体多病。但他一到五通桥就迅速在当地招收了五千个民工开山辟岭、修路筑屋，拉开了"新塘沽"的建设序幕。

对于工程的建设，范旭东有清醒的认识，他不想把这里作为临时的落脚点，而是要有长远眼光来建设一个具有一流水准的工业基地，所以"切望华西这个新天地的设施，至少不比世界水平线太低，并且立志要发挥各自的效能，以补环境的不利，将来这个工业才能不被淘汰……因此，抱定宗旨，宁肯不做，做就做好，做就做成，一定不惜代价，力求上进"。虽有这样的想法，做起来却是非常困难的，要在一块荒地上找到办企业需要的生产元素，样样都得靠自己解决。比如没有煤，他们就自己办煤矿；没有卤水，他们就自己打盐井；没有电，他们就自己发电，所有的一切都是从头做起，其艰辛不言而喻。

办厂之初，举步维艰，而最大的困难是资金。当时的永利在天津的企业工厂全部被破坏和占据，资产损失不下两千万元，在1939年11月召开的国民参政会上，永利提交了一个募集资金的提案，总经理范旭东连同28位社会各界名流倡议政府借款两千万，完成永利川中复兴事业。他们在提案中说到："永利虽为商办，其为国兴业之精神与过去之成绩夙为同胞所共鉴，复兴该公司事业之重任似应由国人分负之。"

这次大会通过了永利的提案，并交送国防最高委员会讨论，很快就得到两点决议："（一）此项基本化学工业在战时于战后皆属急切需要，其选择之地点矮为亦颇适宜，应赶速办理。（二）交行政院转财政、经济两部向中央、中国、交通、中国农业银行及其他银行分头接洽，请其投资，由政府予以保证。"（《永利企业档案》）就这样，永利公司在各方的支持下，拿到了两千万的银行贷款，这在当时是一笔巨大的资金。但政府给永利大笔的钱也出于战争的迫切需要，所以在决议条款中明确"公司制品应尽先供给军工，军用之外，应充分供给农业"。同时，条款中也规定，"公司为购置工厂设备需要外汇约美金二百五十万元，由政府代向国外接洽赊购，包括在借款总数两千万元以内。"

有了资金的保障，永利的形势再度呈现出积极的局面。总经理范旭东在 1939 年 9 月 1 日给孔祥熙的函中写道："今幸于颠沛流离之中，蒙朝野各方不弃，以实力相扶持，开辟一新局面，以继续其已断之事业生命，试使如期成功，将债务分年偿清，旧债权者与股东，皆可分享其利。"但另一方面，范旭东也深感责任重大，复兴之路坎坷不平，"公司川厂建造工程浩大，绝非短期所能完成，其间一切开支依借债而来，危险孰甚。补救之法唯有从开源着手，为此特指定志伟、文达、鸿畴、仲孚四位赶紧详商战时营业办法，提出具体方案，俾便施行。"（《永利企业档案》）

一切都在有条不紊地推进，永利川厂的建设进度是迅速的。1939 年，嵌刻有"红三角"标志的现场指挥部、大型回廊式建筑办公室和试验室，以及被称为"开化楼""进步楼"的十六幢住宅楼正式建成；这年他们又凿造"百亩湖"，这个湖长达 200 米，宽 50 米，深达 6 米，可储水 6 万立方米，湖边植树，湖内养鱼，解决了生产、生活用水；1940 年，用凿湖时打出的石头建造了总面积 8 000 平方米的"石头房子"，其中最重要的制碱厂和发电厂均用坚硬的石头筑成；1941 年，南北纵向总长 221 米被誉为亚洲第一跨的机械厂房、总长 830 米的地下隧道和上万平方米的山洞车间全部建成……

这些建筑造型别致优美、规划合理，远看像是具有西式风格的洋楼别墅。其建筑质量也堪称上乘，七十年风雨不变，巍然而立，是中国近代极为少见的工业遗存。建成后的永利川厂包括"十大单位"：路布兰法碱厂、炼油厂、翻砂厂、机械厂、耐火材料厂、土木工程处、日产40吨半机械化煤矿、500千瓦发电厂、侯氏制碱法试验厂、探井工程处。到1941年底前，永利川厂全部建成，一座新兴的化工基地已经蔚为壮观。为了纪念这个"新塘沽"的诞生，同时表达"燕云在望，以志不忘耳"的意愿，他们又将厂区道路分别取名为四省路、河北路、青岛路、唐山路、塘沽路、汉沽路、卸甲甸路、大浦路等。1940年10月，永利川厂基本建成之际，"同人于困难中努力建设，备历艰辛，极属劳苦。为鼓励工作起见，业经呈奉总经理核准，各职员不论职级一律每人加津贴三十元"（《永利企业档案》）。

在建造厂房的同时，机器装备的采购和原材料的运输也是拦在永利面前的一大难题。没有机器装备和原材料，建成的工厂仍然只是一个空壳。1940年2月，中国海岸线上的港口基本上被日本人控制，永利只好在昆明设立运输部，转运从越南海防港进口的物资。但不到半年时间，海防港落入日军手里，永利被迫绕道缅甸仰光，经滇缅公路运送物资到四川。但这条路全长3 000多公里，沿途险阻重重，没有任何机构愿意承担这项危险的运输任务。无奈之下，范旭东只好亲自赴美国买下了200辆福特牌载重汽车，自办运输，他深知运输线就是永利的生命线。

但自办运输也是困难重重。除了自然条件的险恶外，关卡林立，匪患猖獗；当时实行的是战时统制，政府的腐败也是遍地横行，让车队寸步难行。1941年春，范旭东除了晋见蒋介石，面陈永利运输的重要性以赢得政府支持以外，又亲赴仰光实地考察，并制订了周密的运输计划。5月30日，永利的第一辆货车从仰光出发，几十辆一组的永利运输车队在漫长的山地林间穿梭，直驶五通桥。在一张老照片中，有这样的一段说明文字，记录了当时的真实情况："长蛇阵似的车队满载建造国防化工的器材，从缅境腊戌东开，全程不下三千公里，中途要突破海拔两千六百米的天险，要穿过滇川两省无数的峻岭崇山，进抵泸州，或舍车登船溯江上驶转入岷江，或原车直放本厂，我们战时运输的任务始告卸肩……"

但不到一年时间，形势急转直下。1942年3月8日，仰光被日军占领；4月19日，范旭东赶赴畹町处理从仰光抢救出的几百吨器材和3 500桶汽油，但没有得到政府运输统制局的回应，抢运申请迟迟得不到回复。就在他返回昆明的途中，腊戌失陷，他得到了政府发来的一条密令："自行销毁畹町物资，以免资敌。"5月4日再传噩耗，日军轰炸保山，正在滇缅公路行驶的永利运输车队遭受重创，80多辆汽车被炸毁，车上辎重全数沦入敌手，永利的海外运输通道被全部切断。

抗战进入了最艰巨的时期，永利再度陷入困境。惨痛的损失打乱了"新塘沽"的建设计划，由于国外的装备运不进来，碱厂的建设一度停止，而惨淡经营下的永利甚至到了每人每月只发给白米三斗（1斗=10升）的地步。这时，范旭东清醒地意识到，企业要发展，必须另辟蹊径，而自力更生、因地制宜的发展思路才是永利生存之计。在十分艰苦的条件下，永利开始组织职工千方百计搞生产，从凿井采盐卤，到用吕布兰法小规模生产纯碱，以及用植物油裂解生产汽油等，艰难地维系企业的生存，而世界闻名的"侯氏碱法"也正是这一时期的产物。

"侯氏碱法"

侯德榜，福建省闽侯人，从小读书聪明过人，曾在清华园以十门功课 1 000 分的成绩保送到美国麻省理工学院学习。他著的《纯碱制造》一书，是影响世界化工界的权威读本。作为中国当时最优秀的年轻科学家，侯德榜一回国就加入到了永利的团体中，成了永利的灵魂人物。

当时在筹建永利川厂纯碱装置之初，由于四川井盐昂贵，"从前苏维尔（制碱法）之特长，一到华西，皆难应用。塘沽盐价，等同沙土，其他灰石、煤焦，无不取携自如，殆无限制。加以市场宽泛，远及国外，大量生产，不虞滞销，皆非目前华西所能想象者"（《永利企业档案》）。所以，侯德榜认为不能沿用苏维尔碱法，只能选用察安制碱法。1939 年春，他到德国洽购察安制碱法专利，但遭到拒绝。当时世界上这两种主流的制碱法都无法在五通桥生根，所以在回国的途中，侯德榜下决心要自己研制一种新的制碱法。两年过去，他们通过艰苦奋斗，在五通桥、香港、上海三地进行数百次试验，新法制碱在1941年初终获初步成功。当时永利川厂同人欣喜万分，决定将新法命名为"侯氏碱法"，这时侯德榜正在纽约，他接到了一封从五通桥发去的祝贺电报：

> 本公司在华西复兴化工首创碱业，先生抱负恢宏，积二十年深邃学理之研究与献身苦干之结果，设计适合华西环境之新法制碱，为世界制碱技术辟一新纪元，其荣幸孰有过之？民国三十年三月十五日全厂同人集会，决定本厂新法制碱命名为"侯氏碱法"，译称"HOS PROCESS"，聊表崇德报功之忱，藉为本公司永久之纪念。

确立了"侯氏碱法"后，侯德榜进一步扩大试验规模，成立了半工业试验厂。工厂于1943年秋开工，负责试验的总负责人是谢为杰博士，其姐是著名作家冰心，他当时担任永利川厂的技师长（后任厂长），是发明"侯氏碱法"的主要参与人之一。通过大量试验证明"侯氏碱法"的优异特点：食盐利用率达98%以上，较苏维尔的75%高很多，投资和产品成本比可大幅度降低。谢为杰的贡献在于"永利为中国蕴藏的特殊材料，为改良苏维尔制碱法的缺点，设法将碱铵两工业联合起来，辟改革化学工业之创例"（侯德榜《公私合营永利化学工业公司三十六年来完成碱酸工业之经过》）。

PROOF ONLY
TED PHOTO-CONWAY STUDIO
MADISON AVE., N. Y. C.

侯德榜

侯氏制碱试验

20世纪40年代初，冰心与谢为杰（右2）和黄海化学工业研究社研究员赵汝
晏（右1）合影。谢为杰是冰心的二弟，留美化学博士，其时在五通桥任永利
川厂技师长，后又当过厂长，前后时间达十年之久，他也是"侯氏碱法"的
发明人之一

这年 12 月，中国化学会特将第十一届年会安排在永利川厂举行。参会者听取报告和参观了试验车间，对"侯氏碱法"给予高度评价，侯德榜"制碱大王"的称号，当之无愧。1943年 12 月 8 日，在五通桥，科学界人士和永利川厂职工聚在一起庆祝"侯氏碱法"研制成功，每人分柑橘一颗，共分 2 828颗。范旭东现场慷慨激昂致辞："中国化工能够登上国际舞台，侯先生之贡献，实当首屈一指！"

"道士观"是"嘉定下来一条江"的第一个大险滩，在古代的诗文中对此段岷江多有描述，如"汗流出鸟道，胆碎窥鱼窝""江路险复永，梦魂愁更多"等。永利西迁落址这里之初，也为它的命运注上了一层悲壮的色彩，但通过在五通桥的艰苦奋战，华西化工复兴事业有声有色，已然勾勒出了清晰的发展蓝图。抗战胜利前夕，1945 年 6 月 30 日，范旭东在给金粟乡（道士观所属乡镇）乡长秦昌瑗等人的信中写道：

> 民二七年在本乡建厂以来，蒙各级政府长官之督导，复承我犍为父老昆季之赞助，倏忽七年，虽建厂工作，因海防与仰光沦陷，器材损失，未克如期完成，而职工众多得能安居于岗位苦撑，实拜诸君子直接间接有形无形维护周至之惠，此则弟虽因猥务丛身，疏于诣候，然对于诸君子之诚挚合作，实深铭感。

西迁东还

1943 年 6 月，中英科技合作馆馆长李约瑟为考察战争时期的中国科技事业来到了五通桥，陪同他的是乐山武汉大学的石声汉教授。他们坐小船去了道士观，上岸后即到永利川厂参观了各个正在忙碌生产的工厂。这天，李约瑟一行边走边看边拍照，天上突然下起了小雨，他们兴致不减，撑着伞继续参观，其间石声汉突发奇想，戏称是"雨中蘑菇人"。后来李约瑟在《中国科学技术史》中提到了这段愉快的经历。这时的永利正在建设最为关键的时期，"侯氏碱法"即将告成，"新塘沽"复兴在望，而李约瑟看到的永利，正是在艰苦环境中冒出的希望的蘑菇。

小城里的黄海社

永利迁到五通桥后，黄海化学工业研究社也一起迁到了这里。

"黄海"是什么？范旭东说"我们深信中国未来的命运在海洋"，故名"黄海"。"黄海"也可以说是中国的一批精英知识分子在民族复兴理想下的学术自由和科学追求。

在 20 世纪初，我国所需要的纯碱全靠进口。为改变这一状况，振兴民族工业，范旭东在兴办精盐公司的基础上，于 1917 年在塘沽创办了永利制碱公司。制碱在当时是高级化学工业，为打破欧美国家的技术封锁，范旭东专门成立了久大精盐公司化验室，"民国九年，特于工厂左近辟地数亩，营造现在之化学工业研究室，并附设图书馆，选择购各国专门书籍杂志以供参考，综计所费不下十万元之巨"（《黄海化学工业研究社之概况》）。虽然规模略备，但研究室仍然是工厂的附设物，在学术研究上没有发挥出应有的效用，所以范旭东决定在它的基础上，成立一个名为"黄海"的化学工业研究社，其宗旨在于"于国内化学工业中心地之塘沽创设黄海化学工业研究社，仿欧美先进诸国之成规作有系统之研究，于本地则为工业学术之枢纽，并为国内树工业学术"（范旭东《创办黄海化学工业研究社缘起》）。

1922 年 8 月，黄海化学工业研究社（以下简称"黄海社"）在塘沽正式成立，范旭东把开滦煤矿的总化学师孙学悟博士请来当社长；1932 年，黄海社重定章程，扩大组织，延聘社外专家，成立董事会，永利每年还给予黄海社委托研究费四万元，"基础愈益巩固"。当时的黄海社借鉴了美国的梅隆研究所模式，办社基金靠私人募捐，其研究课题也是非营利性的，这是工业研究奖助基金制度在中国的开端。

但是，黄海社正要进入黄金时期时，却因战争的来临打断了其发展的步伐。"七七国难，塘沽社址沦陷敌手，图书、仪器丧失殆尽。"黄海化学工业研究社被日本人强占，成了日军运输司令部，所有研究人员被迫迁至五通桥，"西入夔门，一切重新缔造，艰苦备尝"（《永利企业档案》）。

西迁的黄海社设在五通桥四望关，这是一个临时租用的民屋，"稍加修葺，先行恢复"。后来又购置了一个地主的院子，这才算重新有了家，但比在天津时的条件差得很远，过去是一幢漂亮的小洋楼，被日本人占领后当作运输司令部使用。值得一提的是，黄海社在五通桥的办公地正是笔者童年时经常去玩耍的地方，我的一个小学同学就住在里面，可惜在 2000 年左右被拆了。后来我到北京拜访著名漫画家方成先生，他曾经就在这小院里待了 4 年，并在此有过一段刻骨铭心的恋爱经历。当天，方成先生把当年在这里画的一幅素描让我翻拍，这应该是黄海社在五通桥时期极为稀缺的影像资料了。

到五通桥后，黄海社社长仍是孙学悟（1888—1952，山东威海人），他是宋子文在美国哈佛大学时的同学，中国基础化学的奠基人，曾经当过开滦煤矿总化学师，后被范旭东请到永利，但他在永利的薪水不足开滦的一半，是范旭东的精神打动了他。副社长是张承隆博士，早年当过北京大学地质系讲师，是中国早期耐火、耐酸材料方面的专家。黄海社下面有三个研究室：菌学室、有机室、分析室。菌学室主任是方心芳，有机室主任是魏文德，分析室主任是赵博泉，这些人当时在化学领域中都是非常优秀的人才。这时黄海社的规模已不如在天津时大，每个室下只有几个研究人员，而研究人员也不是都坐在工作室里，日常留守的工作人员只有十多个人，更多的研究人员都去了生产一线。

黄海社虽是民营研究机构，但在 20 世纪 40 年代，它几乎就是中国化工研究的先锋。黄海社有强烈的民族使命感，哪怕是在百不如意的境况下，他们都不会放弃科学研究，而是不断承担新的使命，"华西化工急待开发，学术研究尤应重视，以本社之夙愿，不当因播迁而稍存观望，故特在五通桥购地建屋，以冀树立华西化工学术研究之重心"（《黄海化学工业研究社二十周年纪念册》）。正是黄海社有如此的抱负，才在最为艰苦的环境下为中国的化工业留下了一批堪称栋梁的人才。

范旭东曾说："中国如没有一班人，肯沉下心来，不趁热，不惮其烦，不为当世功名富贵所惑，至心皈命为中国创造新的学术技艺，中国决产不出新的生命来。唯有邀集几个志同道合的人关起门来，静悄悄地自己去干，以期岁月，果能有些成果，一切归之国家，决不自私，否则也唯力是视，决不气馁。"后来周恩来称"黄海"是"技术篓子"是有道理的。1952年成立的中国科学院工业化学研究所，就是以这个"技术篓子"作为班底，"任孙学悟先生为该所所长，张承隆先生（黄海社副社长）为副所长，所有人员待遇照旧"（1952年3月3日中国科学院《同意黄海社改为本院工业化学研究所函》）。

进入抗战时期后，特别是处在西南大后方，黄海社的研究方针做了相应的调整，也更加务实。"决定研究方针，尤其在我国当时的情况下，殊非易事，然追根溯源，以为最重要者，仍应在国计民生上寻求。"（孙学悟《黄海化学工业研究社入川后工作报告》）1939年，在孙学悟主持下，再度修改了黄海社章程，决议以协助化工建设为宗旨，从事西南资源的调查、分析与研究，并根据西南地区的实际情况，重新安排了重点科研领域及课题。

　　黄海社同永利是孪生的关系，所以对永利的技术支持也属分内之事。在五通桥时期，最值得一提的成果是协助永利勘查深井。凿办深井是五通桥盐业的一块心病，因为过去这一地区的井都比较浅，打出的盐卤浓度不如自流井，熬出的盐成本高，在运销中优势尽失，这是咸丰、同治年间被自流井超越的真正原因。到民国初期，五通桥凿办深井的愿望越来越强烈，"厂人如欲维持久远，非从开办深井减轻成本不为功，且稽核总所常常以物美价廉破岸均税为标题，注重大厂消减小厂，以减少开支增加收入为目的。数年后破岸均税之法如果实行，而犍岸深井又未成功，眼见盐业消亡，劳工星散，影响犍人生计实非浅鲜，是有望于盐业者及早为之所焉"（《犍为县志》）。

　　永利、黄海社来了后开始寻找深井，1942 年 9 月 11 日永利的第一口深井在五通桥杨柳湾朝峨寺开凿成功，陈歆文、周嘉华在《永利与黄海》中写道：

　　　　那浓厚的黑卤和火焰猛烈的瓦斯，象征着未来中国化工的光明，实为抗战以来中国化工界、地质界的一大成就。井的深度不仅远远超过当地和自流井已有的盐井，而且超过了甘肃玉门油矿深井，成为当时中国第一口深井，它为五通桥地区的盐有丰富的储量提供了有力的证据。

其实，除了重大项目的研究开发外，黄海社的研究最深入的是在菌学方面，也是成果最多的。黄海社先后开展了糖蜜、饴糖、茶叶、白菜和豆腐等发酵制柠檬酸、丙酮、丁醇、砖茶、泡菜、豆腐乳等的研究，五通桥人至今受用。"德昌源"的豆腐乳多年来饮誉巴蜀内外，是四川有名的美食品牌，老百姓对之很熟悉。这块小小的豆腐乳，跟"黄海"有千丝万缕的关系，对它的化学成分的研究就来自"黄海"，并产生了一个重要的研究成果。当时，在方心芳、肖永澜等生物化学专家的精心研究下，他们将在"德昌源"豆腐乳中发现的毛霉命名为"中国五通桥毛霉"，并成了教学和科研的标准发酵霉。实际上，这正是黄海社的研究落地生根的证明。

1939 年，竺可桢到五通桥参观了黄海社后很有感触，他在日记中写道："由颖川（孙学悟）指导参观，其研究室特点在于能物物事事自己利用国货制造。玻璃管也在嘉定附近制，最著成效者为由五倍子中以霉菌及酵母菌提没食子酸，以制造染料，代碘酒等消毒品、墨水照相药品等。"（《竺可桢日记》第一卷）

1943 年夏，李约瑟参观了黄海社后，在英国《自然》杂志发表了《科学在川西》的文章，其中盛赞"黄海"的两项工作：一是对盐井卤液的分析并找出提炼重要盐类钡镁锂的方法；二是用人尿做糖蜜发酵制造酒精时的氮源。李约瑟感叹"黄海"在筚路蓝缕中对中国化学工业的卓越贡献。

虽然黄海社的研究方向有了调整，但黄海社的学风和作风是一贯的。"黄海学风，崇尚自由研究，启个人之睿智，探宇宙之奥藏，鱼跃鸢飞，心地十分活泼。""黄海作风，着重脚踏实地，虽汪洋如千顷之波，而溯源探本，不弃细流。故筑基甚坚，堪负重载。"（李烛尘《我的黄海观》）

黄海社的学风和作风来自它纯正的办社思想，因为在办社之初，就认定它是私立性质的纯学术机构，不带营利性质。在五通桥期间，黄海社"在四川用简陋的设备工作了八年，对抗战颇多贡献。如改良自贡市、五通桥盐质，提取胆巴内所含钾盐肥料，提炼苦卤内所含硼酸、硼砂、溴素、碘素等为医药之用，发明枝条架晒卤，节省用煤，在抗战后方起了相当的作用。凡此发明及制法，均贡献于国家为抗日之用，不索任何代价，盖本其以学术保国本旨，不事营利也"（1952年黄海社《本社接受国民党反动政府补助费的经过》）。

由于黄海社的巨大贡献，1945年11月，宋子文批准给予黄海社5 400万元法币的补助，以助其扩充。但在补助时，加了五条所谓的"倡导"办法，其中一条是要求黄海社"得在首都附近设立事务所，以资联络"。但黄海社对此事持有异议，一直没有在南京设立事务所，他们不把这笔钱当成投资或者官股，因为黄海社并非营业团体，既无投资人，也没有股东。其实，他们就不想与政府靠得太近，他们认为"基于创办以来的信念，黄海社在政治混乱的时代，决定是保持其纯粹的独立学术机构的立场"（1952年黄海社《本社接受国民党反动政府补助费的经过》），所以1940年黄海社西迁五通桥后，处在环境最艰难的时候，社长李烛尘在《我的黄海观》中写道：

> 大海茫茫，孤舟奋斗，而把持舵柄之人，以冷静
> 之头脑及纯洁之理智，稳撑快航，既不为狂风暴浪所
> 憾摇，亦不为龙女水魅所诱惑，为求真理而牺牲，愿
> 为航海者作一活动之灯塔。

关于黄海社的成就，陈调甫（1889—1961，江苏苏州人，中国纯碱工业和涂料工业奠基人，永利碱业公司早期创办人之一）曾说："大家埋头苦干，在四川七八年中的成绩，竟远远超过在塘沽十五年的成绩，抗日救国的雄心壮志，是巨大的推动力量。"（《范旭东于黄海化学研究社》）当时任国民政府资源委员会副主任的钱昌照也认为"除'中央研究院'外，私人企业举办颇有规模的研究机关，实为少见"（《钱昌照回忆录》）。

"十厂计划"

抗战进入1943年后，形势逐渐发生变化，在战争的相持状态中人们已经看到了一点胜利的曙光。永利人也不例外，他们敏锐地看到了战争一旦结束，重建工作将大规模启动，他们不能失去这个先机。永利在1943年9月26日给国民政府军事委员会的函中写道："为争取时间，必当及早准备，尤以国外设计

采购部分为最重要，一旦停战，各国势必倾全力于复兴，彼时器材之迫切需要或甚于现金。"(《"永久黄"团体档案汇编》)

永利的认识是有前瞻性的，作为中国化工的领头企业，它不仅要为自身的发展考虑，也担负着推动中国工业发展的重任，永利有强烈的民族振兴意识。所以，他们在布局未来的蓝图中已经有了创办"十厂计划"的清晰规划：

> 公司计划停战后五年之内，拟择西南、西北原料丰富，农工业急待开发区域添设硫酸铔厂四所，每年产量共五十万吨；纯碱厂二所，每年产量共十二万吨；炼焦厂四所，每年产量共二十四万吨。所产焦炭专供铔、碱厂自用，而以其副产品制成炸药、染料及药品，以树立中国煤膏工业之始基。三种工业互相联系作用，是为基本化工。
>
> ——《"永久黄"团体档案汇编》

要建设的 10 个工厂项目包括扩充塘沽碱厂、修复南京铔厂、完成川厂工程、建设南京塑形厂、建设株洲水泥厂、建设青岛电解厂、修建株洲硫酸铔厂、建设南京新法碱厂、建设上海玻璃厂、建设株洲煤焦厂等，而这些厂就是为中国化工做基础性工作的。

永利毕竟是当时中国最大的化工企业，没有谁有它这样的雄心和气魄，它是独一无二的。而当时中国的化学工业还处于非常落后的阶段，也需要永利这样的企业来改变和引领。想当年，日本人占领塘沽之后，曾经想同范旭东谈判合作的事，把技术和人才留下来，但被他断然拒绝，几乎把他前二十年创下的所有财富全部抛弃，而带着一千人到四川重新创业。他是有民族气节的实业家，商之大者必有不计私利的雄魂和胆略。

但是，要建10个工厂，不是一句空话，这是一个巨大的投资。那么，到底要花多少钱？永利有个比较详细的预算，10个工厂共需资金1 427万美元。但钱是分期来投入的，工厂分两期建设，第一期要建设的有7个厂，其中就有"五通桥深井与新法硝酸肥料厂"，也就是在"新塘沽"扩大生产和继续发展。而这个厂的投入有本明细账，他们准备在1946—1948年期间在美购买设备，其中购买深井机件及套管总机价、运输费、保险费等需30万美元，购买新法硝酸肥料厂设备等需50万美元，总共80万美元，占"十厂计划"总投资5%多一点。但四川的这个项目还只是设想，在当时的情况下，战争仍在继续，"华西局面，虽不惜排除战时万难，力求展开，乃一扼于越南，再困于缅甸，至今大宗器材存积美国未动，国内工程停顿，欲进无从"。不过，从"十厂计划"可以看到，永利布局的眼光是全国性的，范旭东的梦想是把永利做成中国的托拉斯，既要守住"新塘沽"，继续深耕，也要在天津、南京、上海、株洲、青岛等地开花结果。

那么，钱从哪里来？靠永利自身肯定不行。在抗战前期的四五年中，永利筚路蓝缕、艰难创业，保住了企业的根基，企业的运转基本能够维持。但在抗战的艰苦环境下并没有积累多少钱财，虽然永利在人才的聚集、科研的延续、西南地区化工基地的建设、支援抗战的生产供应等上收获是巨大的。范旭东非常清醒，没有钱做不成事，而这么大笔的投入非政府而不能为之，向政府借债兴办是唯一的出路。所以，永利要做的工作就是努力说服政府，他们甚至把企业的主权都置之度外，为了寻求发展，他们可以放弃财权，只要能够促成此事，"此举（十厂计划）关系确定中国化工基础，百年长策，此其起点。……公司同人于世俗荣利无所萦怀，仅为办事便利，故主张借债兴办。出货之后，将来财产谁属，经营谁来，一凭政府主持，绝无成见"（《"永久黄"团体档案汇编》）。

　　永利这样做也是形势所逼，因为他们已经感到危机四伏。如永利就考虑到了币值的不稳定性，因为战争中货币的急剧变化是最大的威胁，"预计所需资金因战时物价高涨，为数至巨，若能赶急着手，与美国厂商预商收买战后彼方不用之现成器材，加以本公司自有之图样设备，较之重新设计制造至少可省五分之二，有一千万美金可够，务恳准援民国廿七年十一月最高国防会议决议公司创建四川各厂成例，转请财政部由美国借款项下借给，指由纽约世界贸易公司或中国国防供应公司随时拨付，以利进行"。

　　从 1943 年开始，范旭东就开始调动各种社会关系，在重要人物中走动游说，进行项目公关。9 月 26 日，他甚至亲自给蒋介石发了一封电函，将"十厂计划"报呈，并希望得到最高决策者的支持。不到半月时间，1943 年 10 月 7 日，"中正西虞伺秘"回电："所拟筹设化学工厂十所请由政府资助经费一节原则可行，希先与孔副院长及翁部长磋商具体办法呈核可也。"

这一回函让范旭东感到希望大增，并迅速于 11 月 11 日将"创建化工工厂十所办法大纲"送呈翁文灏、孔祥熙。其实，就在这一时期，范旭东想到的更远，不仅是资金问题，人才问题他也考虑到了。因为厂一旦建起来，还需要大量的技术人才，而培养高级人才是范旭东一直非常重视的，所以从 1945 年开始，"永久黄"团体中刘福远、高钧、张燕刚、刘嘉树、郭炳瑜、赵博泉、章维中等人被派到美国学习技术。1946 年 10 月，吴丙炎、魏文德、孙继商等人又坐上了去美国的"美琪将军号"轮船。

1944 年 3 月 1 日，事情在不断推进，政府基本同意借资，虽仍留有余地，但不管怎样，事情已经有了新的进展。当时翁文灏在给范旭东的信中提出了三条意见："一、所拟新设各厂中先核准株洲铔厂及硫酸铔厂，请由政府拨借一部分资金，原则上可予通过，但该厂建设之计划必须先呈政府核定，政府所允借之资金亦必须于购置器材有需要时方得动用。二、永利公司所办川西各厂，希能至适当期间，依照原定办法建设完成。三、如与外人商定合作办法均须先行呈请政府核办。"

第二条实际是要求永利保证"新塘沽"的建设不能半途而废，四川之前打下的基础要守住，政府显然担心永利顾此失彼。

西迁东还

最重要的是第三条，也就是说既然与政府发生了关系，就不能与外面的人再去合作，此事具有排他性。这句话导致了后来问题的出现。

1944年3月15日，永利想已到瓜熟蒂落的时候了，事不宜缓，马上给国民政府军事委员会去函："拟恳代请财政部准许公司以川厂全部资产作抵向四行息借六千万元，其中四千万元完成国内工程，二千万元准购美金一百万元，汇去纽约补够越缅境内所损失之器材，以备海道开通时内运。"同时，永利还想到了下一步的工作，"在国际路线未畅通以前，国内筹备重在训练人才，收购厂地，估计各厂所需地基共一万六千亩，所需专门技术员一百名"。

但向政府借钱的过程并没有想象的那么快，事情变得缓慢而曲折。就在此间，范旭东想不如趁此到国外去考察一番。1944年7月，范旭东带着矿冶工程师解寿绲赴美国、英国、苏联实地考察。他的打算是："先赴美国，一面料理公司所制购之大宗器材，一面视察国防化工，拟在美勾留三个月，再经由英国、苏联实地考察，预计年内当可回来。"

这一趟考察之旅，范旭东竟然有意外之获。1945年初，范旭东从美国回来，带来了一个好消息，他与美国银行界经过多次磋商后找到了"长期放款办法"："允许出进口银行对敝公司放款一千六百万美金，俾恢复及新建各厂之用。年息四厘，陆续支用，分十五年摊还，即以所购器材作抵，条件至优。"

显然，范旭东觉得从美国融资比找政府借钱要更好一些，美国银行的信用度更高，借贷的额度更大，利息也低，还少了中间复杂的人际关系。何乐而不为呢？范旭东信心百倍，势在必得，雄心勃勃。但是，这么大的贷款，外国银行必须要中国政府来担保，这是前提。

1945年2月9日，范旭东又给蒋介石发了一封电报，说明这一机会来之不易，并辩解说美国人对中国工业建设的急迫情况并不是很清楚，在谈判的时候，对方还推诿说不要急，等战后再议。但经过极力地周旋、说服，美方才勉强同意，所以机不可失。同时，范旭东还强调了向美国银行贷款的重大意义："战后此举成功不啻为吾国工业建设利用外资开其先河。"其实他真正急的是怕事情有变，因为当时正是国民党准备进行总统选举，外面传说各部的人员有变动，"深虑前功尽弃，焦灼不堪"。

先拴紧一头。永利于1945年5月1日在华盛顿顺利与美国银行签署了借款协议，"在交涉期中，复荷驻美大使遵照政府旨意对该行加以鼓励，卒底于成，合同于本年五月一日在华盛顿该行签字，即于当日摘要提前电报钧部"。事至此，就等政府担保了，只要再把政府拴牢，就大功告成。

1945年6月29日，范旭东专门给翁文灏致了一封函，附上了借款合同原文及译本，报告了向美借款一事，其中就谈到与美方银行的借款过程颇费周折，希望经济部尽快备案和予以担保。

这时离日本投降仅仅只剩下两个月时间了，抗战胜利在即，而借款之事也仿佛看到了水到渠成的结局。然而，就在这时，永利得到消息，与美国银行的贷款协议不予通过。政府突然翻脸，不同意永利向美国银行贷款，此事事先无任何预兆，突然来临，让精心运作了近两年的"十厂计划"化为泡影。而关键是，战争一旦结束，全国复兴形势必将顷刻而至，金融贷款势必困难重重，永利虽有远见卓识，但终不敌时运左右，一番创业苦心全都付诸流水。

范旭东之死

1945 年 10 月 4 日，范旭东在重庆沙坪坝南园去世的消息传遍了整个中国，举世皆惊。陶行知说："中国新兴工业之一颗光辉的巨星落下来了。"

范旭东死于急性胆化脓症，但有人始终不相信，坊间流传着是因为没有贷到 1 600 万美元的事情给气死的。在 1952 年黄海化学工业研究社《本社接受国民党反动政府补助费的经过》中就是这样写的："当 1945 年抗战胜利的前夜，范旭东在美国借成了一千六百万美金，打算实现他的'十厂'计划，抱着兴奋无比的精神，赶回祖国。可是反动政府不予批准，抑郁而死。"

何熙曾是范旭东的留日同学，交谊甚笃，他在《"永久团体"杂忆》中写道："1945 年 10 月 3 日，我在成都处理峨眉酒精厂的事情，忽见报载范旭东在渝病重，我急乘美式小吉普车，日行四百公里赶到沙坪坝，孰知旭东已于三日晨溘然长逝。他是急性黄疸病，而当时留德初回国的青年萧医生不知急性黄疸的厉害，治疗欠当，致病急变，三日三夜即死去。"何熙曾应该是为范旭东最后送行的人之一，对当时的情况比较清楚，以当时的情况，范旭东固然郁闷，但直接导致他去世的原因还真是胆化脓症，实属意外。

范旭东之死，引发了社会的广泛关注和思考。1945年10月9日的《中国日报》在社论《顾念民族工业，悼范旭东先生》一文中写道："我们不知道范先生突然弃世是否由于忧虑前途，但我们只知胜利来到，人人高兴，然而先天不足的民族工业此时正遇到极度的困难，不容我们不加注视。"

许涤新在10月21日的《新华日报》发表的《悼范旭东先生》一文中也写道："范先生的半生坎坷，象征了数十年来中国的民族工业的坎坷！中国如果不能独立自主，中国的政治如果不能走上民主大道，则民族工业，是没法发展，甚至没法存在的。"

1945年10月13日，陶行知在《民主星期刊》上发表了《范旭东先生之死——追思死去的范先生，爱护活着的范先生》的文章，非常尖锐地指出了范旭东的死不仅仅是身体生病的原因，也是现实的极度压抑和精神的崩溃导致的：

据医生说，他是死于"胆化脓"，但是根据"社会的医生"的诊断，他是害了血压高——"精神的血压高"。在不合理的经济管制之高压下，他从美国带来的新计划被压得不能抬头，他还缺少他所需要的"甲种维他命"。民主第一！整个中华民族需要民主来救命。他和他的伟业同样需要民主，需要这"政治的经济的甲种维他命"来滋养，支持发挥他的生命。这个救命的万灵丹他没有得着，于是闷在肚里的天才燃烧自己，精神的血管破裂，于是胆化脓，生变死，一代的创业天才被迫关进棺材。

1945年10月21日下午，范旭东追悼会在重庆南开中学午晴堂进行。蒋介石题写四字挽联：力行致用。毛泽东是八字挽联：工业先导，功在中华。周恩来和王若飞联名写的挽联是：奋斗垂卅载，独创永利久大，遗恨渤海留残业；和平正开始，方期协力建设，深痛中国失先生。那一天，会场的花圈挽联堆积如山，《新华日报》的记者却在现场看到了一副不显眼的挽联，深深被震撼：

已矣失却建国家之豪杰，起来不愿做奴隶的人们！

在范旭东死后的10月15日，孙学悟、萧豹文、范鸿畴、余啸秋、侯德榜等五个永利最核心的人物坐在一起，共同商量范先生的后事。他们定下了两个最重要的共识：一、范先生对中国化工致力四十年，其手创"永久黄"三事业，应维持完整不堕；二、范先生对本团体各事业已领导步入国际路上，同人应本其遗志，继续努力。

10月22日，永利董事会在重庆举行会议，公推侯德榜为继任总经理。11月5日，久大董事会又推范旭东的胞弟范鸿畴为代总经理。永利、久大暂时有了新的领导人，这也意味着"后范旭东时代"开始了。

抗战结束以后，人心惶惶，"新塘沽"的人马大都复员回了天津，永利又要奔新的前程了。当时永利面临两大工作：一是接收当年被日本人侵占的碱厂，一是"完成扩充""增加生产"。但当时国内经济形势并没有像人们所期望的出现好转，反而是在继续恶化，市场凋敝，通货膨胀更严重，永利生产很快陷入停顿状态。到1949年，永利不得不采取非正常的谋生手段来维持基本的生存，如当时美国对中国进行棉花、粮食、化肥援助，永利利用完善的销售渠道帮助销售化肥，提取2.5%的佣金，赚了十万港币，"亦陆续由香港调沪应用矣"。应用什么呢？此时的永利"基本上靠在上海搞投机（黄金、美钞买卖）为主要业务"（1951年1月《永利化学公司调查报告》）。

在范旭东去世后，永利的情况未见任何改善，但面对困难的局面永利还在努力支撑和积极寻求改变中。1946年3月20日，永利召开了一次董事会，决定重启范旭东与美国出进口银行1 600万美元贷款合作协议，并报请政府由中国银行担保。这件事其实跟范旭东的死有很大的关联，当时社会反响非常大，批评之声非常尖锐，国民党政府迫于民意压力只好改口同

　　　　　　　　　　　　　　西迁东还

意永利的向外贷款要求。会后，侯德榜即赴美国完成一系列的手续，一个月后回国，事情还算顺利，贷款基本落实，就只剩下把"去年度资产负债表及各厂状况从详呈报即可动用"了。

又过了半年，即 1946 年 11 月 9 日，国民政府经济部通知永利，称上报的函件已经"盖印转送并批复在案"。在这份通知的原始档案上还附写有一句话，明显是永利负责人在阅后的签复，"保证单已由周孟庵先生赴京取得，并备文送外交部签转。十二，十四"。这说明时隔一年半后，永利才终于取得了向美国银行借资的合法手续。

永利到底向美国银行借了多少钱呢？1956 年，永利公司致函中国银行总管理处，要求偿还美国出进口银行剩余借款本息。上面显示借款总额是 170 万美元，实际动用了 143 万多美元。1947 年 5 月正式签订协议，按合同于 1952 年开始还本付息，要求 1958 年清偿完毕，而永利在 1956 年 9 月 14 日提前全部还清。这也说明，永利实际向美国银行贷款仅仅用了计划的十分之一多一点，距离 1 600 万美元还差很远，当然，"十厂计划"也由于国内国际形势的急剧变化而告终。

范旭东死后，为了纪念他，永利董事会决定设立范旭东先生纪念荣誉奖章及奖金，成立了评议委员会，每年由永利提供 40 吨硫酸铔的货值来奖励。另外又决定在塘沽为范旭东立一块纪念碑，碑文由李烛尘撰写，全文三百字，中有"不意竟为反动政府的官僚资本家所阻挠"一句，但侯德榜觉得不妥，他认为"此碑遗留千古，为一长久之纪念碑，吾人办工业谈工业，不必提及政治问题，不宜有使与政治相起伏之可能"。所以，后来这句话改为了"不意因辛勤操作，积劳成疾"。当时侯德榜没有通知李烛尘，而是直接让人刻在了碑上。这是一个插曲，时间是 1950 年 8 月。

最后的"新塘沽"

1948 年 6 月，傅冰芝去世，这又是永利的一大损失。傅冰芝一直是永利川厂厂长，集川厂建设、生产、发展重任于一身，在建设"新塘沽"中他算得上是最大的功臣。后来永利复员天津时，他从五通桥道士观永利码头出发，带领人马出川江，回到天津他又任永利𬭩厂厂长，并于 1946 年 8 月让𬭩厂开工生产。他有身先士卒的精神与魄力，被视为永利的"完人"，声誉很高。

傅冰芝一走，要找到能够替代他的人不易。侯德榜当时正在美国，也在为此事焦心，那段时间他认识了湖南长沙人李承干（1888—1959），此人早年留学日本，曾经当过金陵兵工厂厂长、兵工署二十一兵工厂厂长等，有丰富的企业管理经验。侯德榜便邀请他一同回国，加盟永利，并与之在 7 月同船抵达天津，李承干被任命为永利协理兼永利𬭩厂厂长。但对于这个"空降兵"，永利内部议论纷纷，也颇为抵触，激化了永利原有的帮派暗斗。在范旭东之后，永利管理高层的变动已经影响到了原有的格局，而随着时代的急剧变化，永利这只大船更加摇晃不安起来。

李承干刚到永利，就遇到强劲的阻力，有人寻机闹事，让他颇不开心，在1948年8月和12月两次拂袖而去。主要原因是"李是公司新进人物，有很强的个人事业心，受湖南派暗中抵拒，不能掌握实权"（1951年重工业部化工局合营处《永利公司调查报告》）。所以，李承干一直想借助政府的力量来革新永利事业，在他看来永利也是个帮派林立的堡垒，外人无法轻易撼动，他对后来永利公私合营起到了关键作用。不过，李承干在离开永利后就加入到了政府中工作，成了第一任国家计量局局长。

1946年后，永利的状况越来越艰难，特别是从内战开始后，交通阻塞，销售停滞，资金断裂，让永利濒于倒闭的境地。如何才能挽救永利？在当时可能是谁也无法回答这个问题。这是一个不可能打开的锁，而唯一的钥匙好像在政府那里。1950年5月16日，侯德榜曾在给重工业部部长何工的信中写道："永利今日流动资金业已赔光，只有存货与继续生产而无法出售，又无周转资金，使其不倒闭、不停工殆不可能。现情势万分严重，两厂职工因为工薪无着，枵腹从公，已在叫嚣，包围索欠，所欠银行各债，亦已届无可再展，而供给我原料、燃料各公司，自月初起，即已临门坐索，不予立决，势即关门。"

永利成了一个危重病人，"急需动用手术，藉（同'借'）以保全生命"。

天津永利情况如此严峻,远在川南的五通桥川厂情况如何呢?实际上,永利复员天津后,五通桥"新塘沽"陷入了一个真空期。1947年5月的金城银行(永利股东)第五次董监联席会上,侯德榜就谈到了五通桥的困境:"川厂自战事停止后,以川中工业多已东迁,碱之用途顿减,不得已于1946年年终停顿,唯鼎锅山煤矿则继续开采,但亦因井盐难与海盐竞销,灶户停业者甚多,煤之销路更受影响,至发电厂、铁工厂、翻砂厂虽未停工,然亦不过小规模工作而已。"

永利高层对经营了长达八年之久的"新塘沽"有很深的感情,因为在抗战时期,它几乎是永利全部的希望。现实处境却让人困惑,那么大一块地方,虽然人员经过紧缩和裁撤,但仍然留有800多工人在那里。如果让其自生自灭,那无异于否定了永利抗战中的全部成果,而且让人怀疑"新塘沽"不过是一条渡舟,登陆后就完成了它的历史使命,可以任其废弃。实际上,在1951年1月重工业部秘密调查完成的《永利化学公司调查报告》中就是这样认为的:"抗战初期,永利退入后方经营川厂,其资金则系四联总处贷予一千万元,并以其中大部分结为美汇,永利在四川建厂及抗战期间员工维持悉靠斯项贷款,在币值跌落以后,仍按金额还钱,自然取巧不少。"这段话实际就否定了"新塘沽"在抗战中的积极贡献。

所以,在范旭东的"十厂计划"中是考虑到了这点的,其中"五通桥深井与新法硝酸肥料厂"就是为"新塘沽"的未来发展而设计的,"新塘沽"不能放弃,它仍然是华西化工的希望。关于深井，永利从1939年开始就一直在五通桥寻找（相关故事请参见本书《黄汲清：寻找黑卤》一文），并于1942年凿出第一口深井，而且在1946年都还在聘请国外的井师来继续协助开凿第二口。当时著名作家冰心的弟弟谢为杰曾当过永利川厂的技师长，他跟着复员大队人马也回到了天津，但因为深井工作他又被侯德榜派回了五通桥，任永利川厂厂长。在1946年9月30日召开的永利碱厂第六次厂务会议上，主持人佟绩唐就重申了谢为杰回五通桥的意义，就是为了"新塘沽"继续发展："侯先生电内所称，请谢为杰先生回四川工作，因井师哈蒙君不久即来中国，须赶急预备深井机件，俾哈君到后即可开始工作，由此可知侯先生并不放弃建设永利川厂，也就是不放弃建设华西化工的中心。"

1948年，永利川厂第二口深井还在等国外的器材，处于半停顿状态中，第一口深井却发现了石油。这本来是一个让人振奋的消息，但因为永利总部感到世局不定，在等待"划时代的演进"，而让继续开发的信心和热情变为了漫长的等待。不过，就在这种情况下，永利的深井工作并没有完全停止，李承干在给侯德榜的信中就说道："公司素不计利益，如五通桥之深井公司已花美金四五十万元去研究，乃为其他私人公司所不为者，而我公司为之，是其明证也。"

但深井工程一直磕磕碰碰，难有推进，川厂一直等不来器材设备。尴尬也在这里，按照范旭东先生的遗志，"新塘沽"是不能放弃的，它让永利在抗战中保存了实力，为中国化学工业留下了火苗，功莫大焉；侯德榜也非常重视"新塘沽"，永利的创业史中少不了五通桥这一章，而它也绝对是浓墨重彩的一章。但事与愿违，深井工程对外国设备的依赖性太大，所有先进器材几乎都得从国外进口。本来永利给美国银行的贷款已经办好，按合同在发放，永利拿到钱后也抢在1948年购买设备。但到1949年后，时代发生巨大变迁，中美关系发生断裂，政府限制购买，已买的部分抢运回国，但未运的如深井钻杆、管子等全部滞留美国。新中国成立后，由于运回国的设备配件不齐，不能使用，只好折价转让给了中国石油公司，深井工程从此搁浅。

1948年到1950年，这是永利川厂最为困难的时期。远离总部千里之遥，生产销售一落千丈，信息隔绝，也基本无外援，犹如被遗弃的孤儿，这同当年热火朝天的建设生产场面有天壤之别。1949年，永利川厂竟然与总部失去了联络，在1949年2月12日召开的永利第十三届董监联席会上，就说"该处与总处隔绝已久，现时尚未解放，消息不通，情况不明，无从报告"。1950年2月，永利派范鸿畴到五通桥了解情况，他去之后才知道川厂与总部失去联系达8个月之久，工厂困难重重，基本陷于停产，留守员工生活艰苦，欠薪未发，"新塘沽"实际变成了一个孤岛。

怎么办呢？在1951年6月19日召开的永利第十五届董监联席会上，就提出了在五通桥利用永利川厂原有设备改建硝酸铵厂，因为这样可以解决西南肥料困难的问题，政府比较支持，也可生产炸药，军委也同意。实际上永利此时已经决定与政府搞公私合营，1952年1月，永利总管理处由天津迁到北京，并与重工业部化学工业管理局签订公私合营协议。6月23日，成立合营委员会，川厂由董新山担任厂长。

公私合营后，川厂决定改建硝酸铔厂，计划投资1 700亿元，分三年期，第一期投资163亿元。从1951年9月到12月，政府给永利川厂拨付了108亿的款，用于硝酸铔厂前期的修建和调查、设计等费用，其中50亿是用于永利南京铔厂（宁厂）多余的机器搬往五通桥的运输费。而此时的川厂由于得到了政府的资金支持，仿佛又重新恢复了活力，凡是国内能够做的设备就交国内定做，而无法做的便开始向国外订购，前期工作逐步开展。在1952年7月19日召开的永利第十九届董监联席会上，硝酸铔厂的建厂计划放在了1954年，后来因为国外设备拖延改为了1956年，但"新塘沽"的故事仍然在延续。

我们再来说说黄海化学研究社的情况。离开五通桥后，1949年10月，黄海社全体职员在几经周折之后迁入北京芳嘉园，不久将所有人马、财产全部归入中国科学院，后来经过调整，重新划归重工业部化学工业管理局，改名化学工业综合试验所。黄海社的人才和技术成为了中国化学工业发展初期的底子，但可惜的是黄海社社长孙学悟于1952年6月因患胃癌去世，不可不谓一大损失。

1953年1月，"新塘沽"的冬天格外灰冷，枯草遍野，这里已经很久没有生产了。就在这时，永利决定将川厂原有基建暂停进行，重新调查研究、勘察新厂址。这是因为永利董事会认为"原址地点偏僻，交通不便，原料供应、成品运输均欠适宜"。而这时的永利川厂基本处于停工状态，与在株洲拟建的湘厂情况差不多，"川湘两厂现在一则停顿，一则建设未成，成为两个消费机关，其每月开支约4亿元，亦属营业上之负担，应予处理或利用"（《永利化学公司调查报告》）。

一年后，1954年1月26日，在北京金鱼胡同召开的永利第二十届董监联席会上宣布了一个重大决定：原定在五通桥"新塘沽"改建的硝酸铔厂改在四川巴县西彭乡建设，而原来的"新塘沽"永利川厂改为留守处。当时厂里还有职工800多人，"大部分组织学习技术、文化和政治，为新厂建设准备力量，其余除行政人员外，一小部分进行农场生产"。而永利川厂留下的全部房屋、部分深井及附属设备都无偿交给五通桥盐务局定期使用两年。实际上从这时开始，"新塘沽"就已经不存在了。

也就是在这个会议上，还有一项决定，同意范旭东的堂弟范鸿畴辞去永利董事和副总经理职务，回家安心调养，当时他的年龄仅仅53岁。其实，在会上陈调甫董事提议"范鸿畴先生服务公司多年，不无劳绩，现因病退休，迄未恢复，境况艰难，拟请酌给补助作为养病贴补"。但此项提议没有通过，"容再考虑"。不仅如此，在1954年12月6日召开的第二十一届董监联席会上，作为公司创始人的范旭东家属也不能再享受原有的待遇，会议决定：因公司性质改变，停发范旭东遗属生活费。

西迁东还

1955 年 1 月 1 日，永利、久大合并。1955 年 12 月 27 日，公私合营后的永利久大第一届董事会召开，选举了新的董事长，讨论了新的公司章程。也就从这天开始，永利就被划以"新"和"旧"的界限了。

1954 年，准备在巴县西彭乡兴建的新川厂迁到了成都东郊。1955 年，又由成都东郊迁回西彭乡，转了一圈。这样一折腾就到了 1956 年，也才有了最终的方案，拟组建四川化工厂并迁往四川金堂，后改为四川肥料厂，但这已经同"新塘沽"没有太大关系了，虽然永利也有不少高级技术人员参与援助了这个项目。

也就在这年，在五通桥的永利川厂留守处宣告结束，人员疏散，厂房空置，昔日繁忙的生产场面再也不见，临江的永利码头冷冷清清……永利彻底告别了"新塘沽"时代，在接下来近十年的时间中，这里又重新成了一片荒芜之地。

寻找黑卤

黄汲清

必须找到黑卤

1949 年以前永利化学工业公司是中国最大的化工企业，地处天津塘沽，由我国著名实业家范旭东先生创办。但抗战枪声打响，塘沽危在旦夕，1938 年，为了保住这个"吾国唯一的化学命脉"，永利艰难西迁到了四川乐山五通桥，重新开始生产，并按照范旭东的设想努力建成一个"新塘沽"。

但永利西迁到了四川五通桥后，面临着两大难题：一是要寻找煤、石膏、耐火材料、黄铁矿等矿产资源；二是需要找到高浓度的盐卤，这两样东西都是跟永利化工密切相关的。可以说没这两样，永利在华西的复兴大业就是无米之炊。

过去永利在天津用的是海盐，取之不尽，但到了四川后必须就地取材。其实在最初考察五通桥作为西迁地的时候，就考虑到了这里是盐区，从地质上存在很大的盐储存量。桥盐虽然有量，但盐质却并不让永利满意，永利公司在地质考察报告中就查明五通桥一带"属白垩纪下部，白垩地层尚残余二三四百公尺（1 公尺 =1 米），其下侏罗纪地层约厚五百公尺，故所有盐井深度不及七八百公尺者，均汲取侏罗纪地层中盐水，系黄色淡卤，从未有汲取黑色浓卤者"。

其实，早在北洋时期，英国人丁恩在担任盐务稽核总所会办时就亲自考察过五通桥盐场，五通桥地区的盐卤多为黄卤，他在调查报告中写道，"乐厂之卤最浓者每斤煎盐一两四钱，犍厂之卤最浓者每斤煎盐一两八钱"（丁恩《中国改革盐务报告书》），可见盐卤很淡，而黑卤能每斤煎盐达三两六钱，五通桥的盐作为食盐没有问题，但还达不到永利的生产要求。

1939 年 1 月，黄海化学工业研究社（以下简称"黄海社"）研究员赵如晏、永利技师章怀西又对五通桥的盐质进行了熬盐试验，得出的结论是："五通桥盐井较浅，卤水浓度较低，杂质多，普通卤中所含纯盐仅占全固形质之八十左右，其余杂质为钙、钡、镁等氯化物，钙最多，钡、镁次之。为此情形，非加相当处理，似难应用。"（赵如晏、章怀西《五通桥盐卤熬盐试验》）但从成本和工艺上，永利的生产需要高浓度的盐卤，那么五通桥到底有没有黑卤或者岩盐呢？这就得通过专业的地质勘查来探定。

抗战之后，当时中国主要的地质勘查机构都迁到了重庆，要调查五通桥的地质情况就必须与重庆联系，以寻求帮助。正好永利公司在重庆设有华西办事处。湖南长沙人杨运珊是办事处一个精明能干的年轻人，1925年进永利工作，曾任永利碱厂值班技师、副技师长等，又曾在1934年到美国协助侯德榜采购永利铔厂的设备，有丰富的办事经验。回国后他被派到重庆专门负责联络地质钻探相关机构、考察国内钻井水平、打探矿产资源分布等事项。

1939年到1940年是杨运珊最为忙碌的一年，永利在五通桥所有的建设陆续启动，特别是原材料和深井的探采成了重要的先头工作。单从1939年4月的书信来往中，就能看出他的任务是非常繁重的。如4月7日，杨运珊去了油井沟，资源委员会四川油矿钻探处正在那里打井，他的目的就是去了解该处的人员、技术与装备水平。他在给永利川厂厂长傅冰芝的信中写道："该处人事方面颇为融洽，上自处长，下自小工，均能和平处事。工作为每日八小时，每月有例假两天，工资最高者为一领班，月薪九十余元，此领班须明了钻井、动力及一切机件之原理及修理。此外尚有钻井工头、机器工头等名目。机器工头月支八十元，钻井工头仅月支六十九元，此人年龄约五十岁，且在俄国打井多年，经历极为丰富，然月支不过六十九元，深为抱屈，但颇安之若素，工作亦大卖力气，除当工头外，尚负值班之责，此为不常见之事，吾厂将来或须采用此制也。"这封信看起来有些琐碎，但杨运珊事无巨细地把所见所闻汇报给上司，这样的信息正是永利川厂所需要的。

从油井沟回来，4月11日，杨运珊赶紧去了位于重庆小龙坎的四川地质调查所。他见到了技正苏小孟，专门洽谈硫铁矿和耐火土的事情。在这次谈话中，他们也谈到了盐井问题。苏小孟告诉杨运珊，他过去曾经陪同一个德国人到五通桥去勘定过盐井位置。其中以青龙嘴、杨柳湾、牛华溪三处最有希望打出深井。苏小孟个人主张在青龙嘴的低处开凿，他认为用深井机打至一千三百米以内，必得岩盐或黑卤。虽然两人的谈话是非正式的闲聊，但杨运珊认为这是一个重要的信息，所以当天就将此事写信告诉了傅冰芝。而实际上，苏小孟所说的这三个地点中的一个，后来确实成了永利的第一个深井地址。

这件事情让杨运珊很兴奋，但他还有些不踏实，毕竟苏小孟只是个技正，还算不上真正的权威人士。第二天，4月12日，杨运珊再度去了四川地质调查所，这次他见到了所长李春昱。李春昱是毕业于德国柏林大学的地质学博士，也是优秀的地质专家，但此人较为审慎，其说法与苏小孟大相径庭。当日晚上，杨运珊赶紧又给傅冰芝写了封信，他在信中写道："彼（李春昱）对于盐井之位置，与苏君又有不同，伊谓五通桥三叠纪是否有岩盐？大有疑问。自贡三叠纪虽有岩盐但范围甚小。彼主张吾人应在磨子场离江边较远之处所，或金山寺等地掘井，以汲取白垩纪底部之黑水较为可靠。谁是谁非，莫衷一是。幸黄所长不日可以到桥，以彼之所学与经历，当能指出更为可靠之所在也。"

黄汲清亲临考察

杨运珊在信中提到的黄所长，就是时任经济部中央地质调查所所长黄汲清，此人是瑞士浓霞台大学理学博士，是中国早期最为顶尖的地质学家之一，后来发现大庆油田的就是他，有"中国石油之父"之称。其实，当时永利一直想得到黄汲清的支持，毕竟打井是投资大、耗时长的一件事情，而打出的井也决定着永利在华西的事业发展。黄汲清在地质界的权威是永利公司所看重的，所以他们多次邀请黄汲清去五通桥，想让他亲自为永利的盐井勘探定点。

1939 年 5 月，黄汲清在百忙之中终于到了五通桥。这时赶去的还有经济部中央地质调查所技士李悦言、丁子俊两人，他们是从其他地方的地质考察工作中脱身而来的。5 月 5 日，人一齐，永利公司在五通桥隆重设宴招待他们。从 5 月 6 日开始，黄汲清就代表经济部中央地质调查所对五通桥的地质状况进行了为期四天的考察，永利川厂派出章怀西、江国栋二人陪同查勘。在永利技术人员刘声达的记录中，详细地记下了这四天的考察行程：

> 六日，黄、丁、李诸君同到"新塘沽"视察厂址一周。早餐后，黄、李二君由章、江二君陪导，巡视川厂南、东、北三面地层，经由磨子场、英合山、毛家冲、辉山井而回五通桥。丁君留厂与刘声达君接洽

前此沙湾及福禄镇等处已经调查之记录及图说，并检查测量应用各仪器。

七日，江君陪同黄、李二君赴顺河街、金山寺一带，考察各处现有盐井情形。

八日，江君陪同黄、李二君考察杨柳湾、牛华溪一带盐井及地层情形。章君赴沙湾迎候丁君。

九日，由江君陪同黄君勘查西坝、石麟、打石坳以及"新塘沽"西北两面，岷江西岸一带地层，李君留桥研究五通桥一带打井记录。

5月10日这天，考察告一个段落，黄汲清召集永利川厂相关人员开会，宣布初勘之意见，在座的有傅冰芝、李悦言、鲁波、江国栋、杨春澄、刘声达等管理和技术人员。就在这个会上，黄汲清初步勘定永利川厂要打的第一口深井位置可以定在"新塘沽"附近，也即老龙坝区域内。黄汲清的谈话很全面，但主要包括了以下两个方面：

一、自流井、五通桥、牛华溪一带盐井现状。自流井、五通桥、金山寺、顺河街一带属白垩纪下部，白垩地层尚残余二三四百公尺，其下侏罗纪地层约厚五百公尺，故所有盐井深度不及七八百公尺者，均汲取侏罗纪地层中盐水，系黄色淡卤，从未有汲取黑色浓卤者。自流井之深井深度，在一千公尺以外者均已打穿侏罗纪地层，而如三叠纪石灰岩层，其所取得之盐水或系黑卤，或系岩卤。牛华溪一带属白垩纪中部，白垩纪地层之残余当在一千公尺左右，而该处之盐井未有超过七八百公尺者，故其所汲之盐水均系……亦尚有白垩层之残余，但因切近河流，侏罗层之在老龙坝者最上部已融削百余公尺。又老龙坝煤层不深，其附近各煤矿如石火盆、磨子场、英合山、二岩子、桥沟、龙桥等均采取侏罗层上部之煤，惜煤炭均不厚耳。此背斜之轴西面，大致经打石坳向泉水场展去，已派定李悦言君跟踪追寻并寻背斜之中轴，测量一剖面图，俾明形状，俟得结果再为提出书面报告。

二、川厂深井位置之选择。老龙坝之白垩层已不存在侏罗层，并已融削一部。依渗滤之说则其下层不应用深厚之盐卤，若专为取卤或只希望得黄卤，当然不如五通桥辉山井或磨子场，白垩层尚存在甚厚或已有盐井者之稳定可靠；若意在取得黑卤或岩卤或火气或石油，则老龙坝比较优越，火气石油均趋向背斜中轴处聚集一也。老龙坝地面距三叠层较成打井易达二也。姑无论渗滤或原生二说孰是，唯黑卤或岩盐均存于三叠层中，已有自流井之深井证明。故欲求黑卤岩盐打井非深达三叠层不可者，老龙坝地层厚度大致如下：侏罗层剩余四百公尺，三叠上部石灰岩五百公

西迁东还

尺，下部红砂岩三百公尺另加两百公尺作倾斜，总共一千四百公尺，约合四千五六百英尺。就公司所购之打井机器能力论，正合打穿三叠层。若在五通桥或辉山井或磨子场……故决定第一试探点以老龙坝为最宜，又背斜地段宽阔，凡在老龙坝范围内者均无大区别，故即决定以川厂原拟用之三号井作为第一深井，至于第二深井之位置应候测量完毕及第一深井竣工后再为酌定。

黄汲清的一席话，让永利人大为振奋。这说明五通桥完全可能存在黑卤或岩盐，而且准备要打的第一口深井就在厂的附近，可谓上天眷顾。所以会一完，永利的技术人员已经有点按捺不住，他们认为深井位置既已决定，凡关于打井需要之各项预备工作，如平地基、盖工棚、锅炉用水等前期工作就应该依次开展了。

在黄汲清得出初步结论的同时，永利川厂为了稳妥起见，确保深井工程成功的可靠性，又派人在其他地方进行勘探。1939 年 10 月，黄海社研究员鲁波就对顺河街盐卤情况进行了勘查，并拟出了制盐的成本概算。当时顺河街为犍乐盐场"最咸之区"，所以他们把目光锁定在了那里，但鲁波了解到顺河街一带的盐产量偏低，每日只能产 50 吨左右，而永利的用量是每日 150 吨，那么就必须在此地打出三口深井来保证供应。所以他建议在金山寺设厂，"利用现有枧路运煤就煮，或者在老龙坝蒸制，将卤经由金山寺、鳌草滩、柑子桥至青龙嘴厂"（鲁波《利用犍场顺河街区盐卤制盐概算》）。1939年11月下旬，江国栋和刘声达两人在鲁波考察报告的基础上，深入对金山寺深井地址进行了考察，他们建议在三个地点打深井，这三口井距离"金山寺街市约三公里，金山寺至桥盐厂署八公里，桥盐厂署至'新塘沽"七公里，共计十八公里"（刘声达《勘查金山寺深井地址报告》），并初步选出在"四望溪边金桥马路"附近一块百亩土地上建一个制盐厂。

除了顺河街的勘查以外，另一路人马也在寻找深井的位置。他们在对过去不为人注意的舞雩场进行勘查，因为从地理位置上他们认为舞雩场跟顺河街相似，极有可能有浓卤出现。1939年11月下旬，章怀西等人在考察后建议"在舞雩场附近之熊家硗罗氏祠堂旁，石马河之东岸，以吾公司之现有手摇钻井机，先在该地开一试探眼……如结果良好，再于所指定地点——开凿盐井"（章怀西《犍为县舞雩场拟钻盐井位置报告》）。

这期间，侯德榜已经在美国花费了25万美元选购深井钻机，同时还准备在美国聘请钻井技师来五通桥。永利不仅在努力寻找深井，同时他们也在寻求深井的开钻办法，因为他们之前对盐井的钻探完全没有经验，要购买什么样的钻机还得经过论证。早在1939年4月，刘声达就同杨运珊去了重庆油井沟，专门查看了油井柱状图，以分析推断永利川厂的深井打钻办法，因为"两地页岩颜色不同，地质年纪或异，但就打井技术而论，则无差异"。他们通过油井沟获得了一些比较重要的情

西迁东还

况，比如什么岩层易磨损钻头，什么钻杆耐用，需要购买多大的钻头、套管，等等。

到了 1940 年初，就在永利深井工程前期工作紧锣密鼓进行的时候，却发生了一件让人尴尬的事情，而主因就是经济部中央地质调查所技士李悦言。李悦言是山东莒县人，1935 年从北京大学地质系毕业就到了经济部中央地质调查所。黄汲清对这个年轻人一直很器重，觉得他的技术能力可堪大用。

缓慢推进

当时永利的制碱事业离不开盐，而李悦言是盐矿专业人才，所以永利就想借用李悦言来为公司效力，因为除了盐井勘查以外，对周边矿产资源的调查也非常重要而迫切。于是，永利川厂就开口向地质调查所借用李悦言。本来这件事并不是什么难事，中央地质调查所的前任所长翁文灏是黄海社董事，自然是一家人，他历来很支持永利的事业，在任行政院院长时还给永利川厂巨额的政府补助和银行贷款。但地质调查所的工作也很繁忙，抗战以来，国内一些工厂迁到了西南一带，大后方的地质资源调查工作尤为重要；同时地质调查所的人手也紧，没有闲余人员，包括这时的李悦言也还在自贡进行盐井的勘探工作。

李悦言在 1939 年期间陆续挤出时间到过五通桥几次，虽然时间零碎，但他详细、扎实的勘查和复勘为黄汲清准确勘定深井位置打下了很好的基础。应该说，黄汲清对永利深井是很支持的，"对五通桥盐卤工作始终感浓厚之兴趣"，并多次在信中告诫孙学悟和傅冰芝："所有石样饬主管人妥为保存，详细标明地位以便将来查考。井中除卤水自应详为化验外，如有火瘁及石油也请取样分析，以明究竟。此种深井工作在中国做得不多而花费尤大，故在进行之时即应一步一步加以注意与研究所得结果，对于实用与理论两方均有裨益也。"

1939 年 9 月 23 日，永利川厂厂长傅冰芝在给黄汲清的信中写道：

> 顷读十八日致范旭东先生大函及五通桥钻探深井意见书一通，简要精当，如获琼浆。兹特致书范先生，请其嘱敝华西办事处购备飞机票，邀李悦言先生赶日飞乐山转桥，一面勘定杨柳湾确址，一面指定他处，为后日开凿之需。当此抗战建国紧要关头，吾人力所能及，自当缩短时间，加紧工作，愿先生加意协助，幸甚幸甚！

也在这个过程中，永利发现李悦言是个非常难得的实用人才，但他每次都是匆匆而来，匆匆而去，远水解不了近渴，于是永利便决定长时间借用李悦言。1940 年 2 月 28 日，傅冰芝给黄汲清写了一封长信，表达了求贤如渴的心情，并希望得到

西迁东还

黄汲清的大力支持：

> 敝厂视盐井地质诚为主要工作，弟等为驾轻就熟
> 计，颇望李君能于亲来监视凿井之余暇，兼为指导复
> 勘石膏、耐火材料、黄铁矿之工作……

> 敝公司负建立基本化学工业之重任，事之成否，
> 关系于原料之探查至钜。盐井地点自经先生亲为指
> 定，料当有解决之望；唯煤、黄铁矿、耐火土、石膏
> 同属重要，而诸项来源是否可靠至今尚属渺茫，非有
> 地质专家再为协助，则至少石膏、耐火土漫无着落，
> 因之钢骨、水泥建筑难期完成，各项炉窑以无火砖衬
> 壁不能燃烧，虽有盐卤亦莫能举开工之实，事之严重
> 何以逾是。贵所既为国家地质调查之领袖，而先生又
> 对于敝公司事业致深厚之同情，则敝厂成败荣枯，所
> 关至钜之问题焉敢不诉之于先生而一求援助。甚愿先
> 生以远大为念，既于原料之主干之盐卤问题求得解
> 决，复与原料之全部，如煤等更奠定稳固之基础，斯
> 范、侯二先生为国修力之苦衷方有成功之希望，先生
> 但以一举手一投足之劳所繁，于敝公司之前途乃竟重
> 且大若是……

黄汲清在收到傅冰芝的信后，基本同意李悦言到永利川厂
借用，但并不想马上就派他去，他觉得地质工作要用人的地方

很多，要合理安排人力和时间。所以黄汲清在回傅冰芝的信中说道："承嘱电李君调用，贵厂事自可遵命，唯李君目前研究工作与贵厂五通桥深井钻探关系至钜，谓之仍为贵厂工作亦可。在自贡工作未了之前，不便令其他去。好在钻机到川尚需时日，五通桥交通亦便，最好候钻机到川时，再由尊处通知，以便令李君再去或酌派他人亦可。此时如令彼去，则实亦无许多事可做也。"

但永利是等米下锅，没有专家指导工作简直无法开展。1940 年 2 月 21 日，傅冰芝也给正在自贡勘查地质工作的李悦言写了封信。信中，他把深井工程的进展情况及重要性、迫切性跟李悦言做了交代，恳请他早日去五通桥：

> 深井地购买无问题，现未决之点只在于三年后吾厂盐卤能否足以自给，及机器与人力届时是否足以协助场商；深井工程师 Hammond 君下月一日可偕严君志伟到乐（乐山），深井机锅炉已到重庆，全部开工恐尚在三四月间，究竟吾兄何日可以离自井及能否为川厂奔走数月，解决耐火土、石膏等项问题，唯有请吾兄善自审度。弟意兄来厂并不须长久，在外勘查有余暇，兄尽可随意绘图编报告，有必要可随时飞重庆与黄所长面商，并参考图籍，以期不背于调查所连续合作之意。最要者请兄勿忘始终黄所长之委托，一面兼为永利解决困难，此不仅弟等数人之私幸，亦川厂

整个成败攸关也。

不仅如此，永利也考虑到了给予李悦言一定的工作报酬，当然更希望他借用到五通桥后的时间更长一些，同时，他们认为黄汲清已经同意了永利的想法，所以就给经济部中央地质调查所发去一正式调函。不料这个想法让黄汲清大为不满，他认为永利又是调函，又是支薪，其真实想法是想把李悦言挖走。这样一来，双方本来是友好合作的，出此状况顿生不谐，弄得大家心里不痛快。1940年3月9日，黄汲清给傅冰芝写了封郑重其事的信，以阐明他们的立场，并约法三章：

> 先生以为并无令李悦言君脱离敝所之意，殊不知贵厂既任彼为正式职员且正式支薪，则李君焉能尚在敝所支薪及为敝所职员乎？其必脱离所方无疑也。敝所对此等事一向甚严，不准兼差兼薪，否则必受处分，此在贵公司谅亦然也。即说用调用办法亦须于任命之前，两方函件往返接洽妥当后再为正式任命，再为通知被调之人，否则必生麻烦，使多方面多生枝节。且调用之办法清思之又久亦觉不妥。因敝所人员调用在外者全为经济部下面之机关，其关系与贵公司自有不同，故此事经弟长久考虑后，做以下之决定并敬请先生之谅解：（一）请贵公司收回正式任命李君为职员之命令，但如暂时给李君以顾问或相似名义，弟亦可

同意；（二）李君不得在贵公司支薪，但旅费当由贵公司支付；（三）李君应收自流井工作结束后（何时结束不日当可专函奉告）再赴五通桥；（四）李君在贵公司工作时间暂定三四个月，过期则放行调回予以他项工作，但届时贵公司认为李君尚有留桥之必要，谈敝所承认时当可延期；（五）李君在桥期中得编制其四川盐矿研究报告，至贵厂之工作与敝所之工作并无轻重之分，弟过去及现在均认贵厂之地质工作为敝所正式工作之一部分，此弟之所以数次亲赴五通桥之原因也……

3月12日，傅冰芝接到信后，感到误会很深，当即复函，解释之前的做法并非要李悦言脱离地质调查所，而是当前永利建设的求才心切，借此通融一下对方的情绪。

汲清先生大鉴：

顷奉九日惠教，语重心长。公私拜感敝处欲邀李悦言兄帮忙，诚有致送薪金之意。此不过尽其在我倘格于贵所定章。敝又何敢唐突大教所提诸点，敝处均欣然同意李君名义一层。愚意拟称为顾问技师，俟得先生赞同再奉公函，请为李君促驾。李君迄未领薪，敝厂尚不足称为敝厂中之一员。上月虽曾寄李君通知书一份，因敝公司规定该项通知书（调整职务时所用

西迁东还

今年新版）是由厂内寄与受者，个人并不公开；公开者当用正式公函，此本欲商得先生同意后再行寄奉者，弟以为必如此方算对李君正式任命。敝处既未正式寄贵处公函，是尚未正式任命李君为职员之时也，承先生仍令李君拨冗前来敝厂帮忙，尤足铭泐。旅费谨当由敝厂担任，期限暂定为三四个月，谅无不數，如有延期之必要，容再恳求先生热心协助，敝公司事业数度惠临指导，获益尤多，兹宜略为奉报者……

这期间，深井的勘查在几经曲折后，已经有了眉目。通过周密认真的调查分析后，永利公司已经决定在五通桥杨柳湾打第一口深井，放弃了在老龙坝打井的最初想法。而有意思的是，这正是之前四川地质调查所技正苏小孟最早提出的深井地址之一。

争取李悦言

此时，杨柳湾井址周边土地已购收完竣，只有深井机重件滞留在昆明。永利已派杨运珊偕同从美国聘来的钻井技师哈蒙一起飞往泸县，再乘公司的卡车前往昆明，设法将重机拆运来泸，然后装船西上，预计全机能于五月内到齐。所有一切都准备完全，可谓万事齐备，只欠东风了，李悦言的到来对永利的后期工作非常关键。

在多次协商之下，永利同经济部中央地质调查所达成协议，李悦言以顾问的名义到永利川厂工作三四个月。

1940 年 4 月 1 日，李悦言到了五通桥，这一年他正好三十岁。其实，从李悦言个人来说他是非常想到永利川厂来工作的，之前的那个误会并非空穴来风。他在给傅冰芝的信中多次表达这层意思："自此得长期追随先进及先生之后，饱聆教益，实不胜欣快之至"（1939 年 12 月 30 日信）、"晚学当供所知以资进行，由此更多深入试验之机会，诚可庆幸"（1940 年 1 月 14 日信）、"晚学到贵厂，纯抱前来学习之心，绝不敢望高位厚禄，所完之薪额已经过高"（1940 年 2 月 16 日信）。

就在李悦言在五通桥工作期间，发生了一件意外的事，黄汲清突然辞职到中央大学任教，中央地质调查所所长一职暂由尹赞勋代理。1940 年 9 月，李悦言在桥工作时间到期，永利川厂便致经济部地质调查委员会一函："承贵前所长黄汲清先生派李悦言先生前来从事川西南一带地质之探查，以资采用。李君不避艰阻，裨我良多。刻三四个月之期已过，而所事未尽完毕，不得不恳将李君调查期限，展长数月，俾竟全功。"黄汲清在辞职之前态度发生了很大的变化，不像之前那么强硬："李悦言君事弟已转与代理所长尹君，尹君之意李之去贵公司前既有三个月之约，最好由公司方面来文请继续借用，以便所方有所根据，此种办法清也认为较为妥也。"（1940 年 7 月 31 日黄汲清致傅冰芝信）

到了 1940 年年底，李悦言在五通桥所待时间已超过大半年，他在中央地质调查所的多次催促下回到了重庆。但一翻过年，李悦言就不想在所里待了，他认为自己在川厂的工作远远没有结束，"贵公司之原料，诚如先生所言，前途茫茫，尚无头绪。晚学在世经年，获得如此结果，实深为惭愧。详察致此之由，固由环境之困难，个人才力之不足"（1941 年 1 月 6 日李悦言致傅冰芝信）。其实这时的李悦言的思想已经发生了彻底的变化，他感到永利的事业是远大的，非一般的私营企业能企及，而永利人也让他感到了前途的可靠，所以他在给傅冰芝的信中写道：

> ……年来在桥得能追随先生，作解决公司原料之工作，实感庆幸，而深欲能继续之永久者。所询来桥手续一事，望即与敝所通信，叙述公司原料之需要，及解决之现况，而并须继续工作者等情形，再商讨借用可也。一经决定当即依与孙（孙学悟）先生前所商讨之办法，前来工作不谈。设有曲折，容后再议可也。

1941 年 2 月，李悦言重新回到了永利。对这件事，已不担任所长的黄汲清也是顺水推舟，"李悦言兄再度赴贵处协助，据尹所长言不成问题，推时间长短似应由所方自由决定，弟已将贵公司工作重要性及进行现况，与彼此两方面合作关系详细转告尹先生"。（黄汲清致傅冰芝信）而代所长尹赞勋最开始也很支持永利，他并不知道李悦言已在想脱离地质调查所，"协助贵公司从事资源之搜寻问题之解决，凡能为力处当竭尽绵薄，助成福国利民之大事业。川省为抗建期中之中心根据地，事业齐兴，敝所为人力所限，有时有心有余而力不足之惑，贵厂尚待决待勘之处，自当遵命。仍请李悦言先生前往继续协助，以免功亏一篑。亟盼贵厂将应解事项交李先生从速完成，以便于事毕后担任其他重要工作。李先生日内首途前往五通桥，到后即可开始工作……"（1941 年 2 月 7 日尹赞勋致傅冰芝信）

转眼三个月就过去，到了 1941 年 5 月，尹赞勋感到情况不妙，便有些急了，他致信傅冰芝厂长："拟请李技士于五月底返所，以便派遣工作而解人事之恐慌。"（1941 年 5 月 15 日尹赞勋致傅冰芝信）

但傅冰芝没有理会，在回信中再请延期，"慨允悦兄展期二三星期再回贵所，为敝厂先作天全之行……"（1941 年 5 月 26 日傅冰芝致尹赞勋信）

永利深井开凿成功

实际上，李悦言已经定下留在永利，而永利川厂已经任命李悦言为探采部部长。此后李悦言从 1941 年到解放初期一直在五通桥为永利效力，时间长达十年之久，他先后任原料部长、调查室主任等，直到 1950 年李悦言才去了新中国的地质部。1995 年李悦言在北京去世。其在地质领域上成果卓著，被认为是中国化工地质工作的奠基人之一。

永利川厂的杨柳湾深井工程是从 1941 年 1 月 20 日启钻开工的，并举行了隆重的"开幕典礼"。深井工程部部长佟翕然是李悦言山东莒县的同乡，此人时任永利碱厂技师长，1946 年后回到天津任永利沽厂副厂长，应该说李悦言留在永利跟佟翕然的照应也有一定的关系。

在美国购买的深井装备由豌町内运，但情况并不顺利。从 1941 年 7 月开始日机轰炸川滇边界，永利公司再一次感到了前途未卜，"深井工程师二月三日可到港，深井机则为滇越被炸，仍陷中途。真闷气！奈何！"（范旭东《致阎幼甫信》）几经周折，直到这年的 11 月深井机才运抵五通桥。通过艰苦的奋战，1942 年 9 月 28 日打井成功，如愿发现煤气和黑卤。当时范旭东喜不自禁，以"旁人"的笔名在《海王》杂志上写下了这样的话："两年多来，不知道费了多少人的气力与心血，九月二十八日下午消息传来，居然如愿以偿了。那浓厚的黑卤和火焰猛烈的瓦斯，象征着未来中国化工的光明，的确是抗建期中一副兴奋剂！"（范旭东《永利深井卒至成功了》）

此后，永利决定成立专门的深井公司继续勘探钻采，1948 年五通桥深井发现石油。这期间，李悦言专门写成了《四川犍为五通桥三叠系黑卤水的研究和发现》的论文，这篇文章成了抗战时期中国地质界和永利在华西建设的一个见证。

故宫文物南迁北线遗事

峨眉客

文物入陕

"七七事变之后，紧接着，是八一三事变。南京情势，一天比一天紧急，存京的文物，不能不向后方疏散，以策安全。"（那志良《故宫博物院三十年之经过》）从 1937 年 11 月 20 日开始，故宫文物分水陆两路向内地疏散，以免落入日军之手。水路是由两艘轮船载着 9 369 件文物从长江经重庆入川，陆路是搭乘三列火车，抢运出了 7 286 件文物，经过西安抵达陇海线的尽头宝鸡。

但疏散只有大方向，并没有确切的落脚点，"当时，只是以陕西为目的地而已，究竟存放在什么地方，只有到了陕西再说"（那志良《故宫博物院三十年之经过》）。说是疏散，其实就是逃难，汇聚了中国文化精粹的故宫文物就这样开始了它长达八年的漂泊。

此时，故宫博物院院长马衡正在南迁途中。期间，"成都五老"之一的方鹤斋先生给他写了一首诗以道珍重，其中有一句是"宝器不教沦异域，劳君跋涉万重山"。北路文物到了宝鸡之后，马衡在回复的诗中写道："多感殷勤珍护意，举杯相嘱看岷山。"（《答方鹤老》）

文物虽然通过火车跨越数省到了宝鸡，其间也只用了十天时间，但要安放它们却是个很大的问题。文物在宝鸡待了两个多月，他们很快就感到此地不安全，必须向更安全的地方迁移，于是在1939年2月22日开始再迁汉中。显然，马衡之前设想的南迁北路不是"看岷山"，而是很快就深入到了岷山中，要在一片大山中寻找藏身之地。

故宫文物南迁北线最艰难的时期才刚刚到来。

1937年12月到达宝鸡后，文物存放在宝鸡关帝庙和城隍庙。1938年4月11日运往汉中，存放在汉中文庙、褒城县宗营的马家祠堂、范家祠堂和张寨大庙。

从宝鸡到汉中，"没有火车，须用汽车载运，每车只能装二十多箱，需要三百多辆车次"。不仅如此，当时正是冬季，要翻秦岭，上山时有积雪，山路溜滑，非常危险。好在有西安行营的帮助，用了48天时间把故宫文物运到了汉中。

"我们刚刚安定下来，行政院又来了命令，把所有文物运到成都储存。"（那志良《抚今忆往话国宝——故宫五十年》）是年5月，故宫博物院院长马衡与古物馆馆长徐鸿宝先期到成都落实储存之地，在得到四川省政府的帮助下，决定落点在蜀中千年古刹大慈寺。

1938 年 4 月，马衡到成都拜会了川康绥靖公署主任邓锡侯，那时他才刚上任一个多月，就接到了这样一个特殊的任务，要求他派人保护故宫文物入川。4 月 30 日，邓锡侯写信给当时的四川省政府代理主席邓汉祥（字鸣阶），希望予以支持。原信如下：

> 鸣阶主席勋鉴：顷准故宫博物院马院长来署，谈商现将运输故宫古物到蓉存储，所有沿途警戒责任须由沿途各县保安队负担，嘱为转函查照办理等由，正函达间复奉。
>
> 大函嘱派部队协同保安队、成华县府（指当时的成都县和华阳县）共同负责保护运蓉存储之古物过署，自应照办，兹拟由本署暨贵政府会同饬令成都警备司令部，派队协同保安队及成华县府负责保护。

在落实了地点之后，故宫博物院又与四川公路局和新绥汽车公司（当时四川只有这两家汽车运输公司）签订了运输合约。当时从汉中到成都有近六百公里的路程，道路上常有险恶之处，损失难以避免，所以在这个合约中，新绥汽车公司坚持要对方支付回程空车的费用，而当时的情况是故宫博物院根本没有更多的选择，虽耗费沉重，但他们也只能无奈接受。不过他们也在想一些办法来弥补，既然运输公司不让步，那么还有其他解决办法没有呢？就在故宫的人先期探路到成都的途中，他们突然想到了一个办法："我们知道西北一带缺少盐，如果能接洽四川盐务局运盐到汉中，岂不是一举两得？"（那志良《我与故宫五十年》）

有了这个妙想，故宫博物院决定不妨一试。

文物入川

负责接洽联络的是故宫博物院古物馆馆长徐鸿宝，他找到了当时的四川盐务管理局局长缪秋杰，缪秋杰当即表示愿意从自贡到成都一见。5月上旬的一天，马衡院长与缪秋杰在成都会面，再度谈起了这个想法，希望能够以运盐到陕来弥补一点运费。缪秋杰非常支持，爽快答应，实际上就在一年后他还冒着生命危险亲自到上海组织抢运过淮盐。马衡没有想到这个难题竟然瞬间就解决了，想起在路途中遭遇的种种艰难，不禁有些感慨。

其实，缪秋杰能够解决这个问题，还有个特殊原因。就在不久前，他收到了犍乐盐场的一纸申请函，请求四川盐务管理局对五通桥的积盐进行疏销。当时的四川盐区采取的是"统治自由政策"，即由盐务局每月核定盐价，盐商领引，在政府的监管下进行销售。由于乐场每月官定的盐引额度为303引

（一引为一万斤），而实际生产已经超过 350 引，这多出的盐卖不出去，便急切请求增加每月盐的销售额度，消减积盐带来的经营负担。所以当故宫博物院提出运输的要求时，缪秋杰就想何不把五通桥的存盐卖到陕西去，既解决了产销问题，又帮助了文物的运输，可谓一举两得。

欧阳道达（故宫文物南迁押运负责人之一，后任故宫博物院驻乐山办事处主任，1954 年任故宫博物院档案馆主任）后来在《故宫文物避寇记》一书中也曾提到这件事：

> 本院与四川省政府建设厅所订运输文物合约：其回程车辆，由建设厅代揽商货交运，本院不付回程车费；倘商货招揽不足时，本院仍当缴付之。本院初为减少回空车辆，除经建设厅代揽商货外，复由新绥汽车公司与乐山盐场运商办事处订约，利用本院回空车辆载运销盐。

欧阳道达文中只有两句，但实际上这件事却比较曲折，这中间还有一段故事。而这段故事的讲述人是当时乐山盐场评议公所评议长李从周先生。

李从周是犍乐盐场近现代历史上的一位重要人物，新中国成立后曾经当过五通桥盐厂（犍乐盐场的前身，包括犍为盐场和乐山盐场，1949 年后两场的大多数盐坊通过公私合营基本收编在内，曾经是四川最大的国有盐业企业）副厂长，他同时也是一位盐业专家。六七年前，我去五通桥查找盐业档案资料，偶然发现了李从周先生一篇从未公开发表的手稿，这个被埋没的故事才得以呈现。应该说，这是故宫文物南迁中非常重要的一段历史，有补遗之用，也真实地再现了当年国宝南迁运输中不为人知的诸多细节。

1938 年 5 月 20 日，缪秋杰派陈炜崇专程到五通桥落实运陕之盐。陈炜崇是府岸督销委员，一到五通桥，就让盐务分局马上召集乐场的场运两商开会。在会上，他宣布了四川盐务局的决定，即从 5 月底开始，五通桥的积盐可向陕南输销，场价运本暂不计算，到陕西卖了盐后，得价若干，再行分配。

五通桥的盐商当然知道新的市场意味着什么，当年川盐济黔、川盐济滇，桥盐都得到了不少好处，而咸丰年间的川盐济楚时却不比人家富荣盐场，让自贡拔得了头筹。如今这个陕西是个盐食供应不足的省份，会不会成为一个新的销售市场？川盐济陕会不会由这样一个偶然的事情而揭开？所以这件事对盐商们多少还是有着不小的诱惑。

但会议下来，盐商是忧喜参半，而更多是疑虑。经过盐商的私下合议，决定给缪秋杰发去一封电报，电中拟提出两个具体的问题：一是运到陕南的盐由谁来接收，款项由谁支付？二是五通桥的巴盐是否适合陕南市场？

其实，这回盐商们下来是认真算了回账的：从成都到汉中有 566 公里的路程，汽车每辆可载盐 36 担，每公里每吨需油费 4 角 5 分，折合每担运费 7 元 7 分，又陕南附加每担 3 元，这还不包括从五通桥到成都的运费，以及在蓉陕两头的上下货费用，而且陕南市场的盐到底卖多少，也茫然不知。这样一来，他们就感到此行实际上得不到什么好处，还可能血本无归。

商人喻于利，如此一算，就没有人愿意做这件事了。于是有人就出主意说发一封电文，婉言拒绝这件事。电文很快拟好，态度非常明确，一推了之："（运盐之事）不知财力是否胜任，徘徊揣测，遵命无从，希另行推销陕南有效办法。"实际上，他们已打定主意在5月27日这天把电报一发出去，就不再理会这件事情。但是，这封电报终究没有发出去，因为盐商中又出现了不同的声音，有人提出不能光算经济账，还应该从支持抗战的角度考虑问题，何况故宫文物疏散后方是件大事，商人不能只重利，在国家危难之际，此事可当义举。

支持的盐商最后占了上风，首批一千担盐准备起运。在起运之前，乐场的场商和运商召开了一次联席会议，经过讨论做出了三项决定：一是此次运陕的盐在运费及盈亏上各自承担一半；二是为争取时间，首批盐从成都拨借岸盐一千担，不从乐场转运；三是场商处派曾俊渊、运商处派叶文恭作为代表随车押运。

1938年6月7日，五通桥盐区乐场又与新绥公司签订了合约，并请四川盐务管理局及故宫博物院作为介绍人在合约上共同签字证明。这份合约的完整内容如下：

一、乐场运商办事处（以下简称甲方）经四川盐

　　　　　　　　　　　　　　　　西迁东还

务管理局及故宫博物院介绍，与新绥公司（以下简称乙方）订立由成都运至汉中合约，以资遵守。

二、乙方利用由汉中运古物至成都回程空车承运甲方盐斤，至汉中交卸，承运盐斤总数就运文物顿量为准，每次视车辆之多寡，尽量装运。

三、每车回程按整车一吨八载市秤，即每车装白巴盐十八包合卅六担，但运费仍以装运文物每整车一吨半计算。

四、由成都至汉中，共计五百六十六公里，每公里每吨半运费四角五分计，全程每整车共合运费二百五十四元七角。

五、合约签字后，每批运费须于起运前一次付清。每次运盐，甲方于前一日通知乙方，乙方立即办理装运手续，同时付清运费，挚取收据后，即行起运。

六、由起运站至交卸站及沿途一切税捐，均由甲方承担，或由甲方交涉减免，乙方概不负责。装盐地点在外东星桥街，卸盐地点汉中盐务收税局，由汽车开往指定地点交卸。

七、由起运站至交卸站，装卸费用由甲方承担。

八、装盐时由甲方会同乙方之人眼同过秤装载，交卸时除人力不能抵御而发生之损失，乙方不能负责外，如有短少数量由乙方赔偿。

就在合约签订之前，川北十场已经得到了桥盐准备入陕的消息，他们是从成都的《新新新闻》报上看到的，原来记者早把这件事情报了出来。当然，这样的消息对他们而言是既震惊又愤怒，因为这不啻是一次严重的侵销行为。

1938年5月31日，川北十场的盐商代表齐聚三台商量对策，他们决定由三台评议长刘云鸿起草给乐场的电文，以示警告。电文的内容是："顷阅《新新新闻》登载乐场一则，不胜骇异。查陕是北厂销区自抗战发生，食盐缺乏北厂奉令增加生产运盐济销，积盐尚未销出。兹以新绥公司运古物来川，复配足大批盐斤挟回车时运陕，现准备就绪，贵场似无运济之必要，特此电达，希赐亮察为荷。"

乐场评议公所接到电文后马上就将它转交给了乐山盐场公署（设在现在的乐山市五通桥牛华溪），6月3日，乐场就得到了盐场公署的回复："本场运盐济陕，系奉上峰命令办理，仍仰转饬本场场运两商迅遵前令办理。"

上级管理机构的指示虽然明确无误，但乐场评议公所为了平息川北盐场的情绪，想到以沟通为上策，迅速发去一份公函解释此事，言明此事并非己愿，如若对方愿意承担，可以相让："敝场与贵场感情素孚，且同在川盐评议联合处下，共取联络，以资互助，何肯相侵？刿陕南为贵场销岸，敝场亦从无侵销情事，往事可稽，足为明证。此次乐盐运济陕南，乃系出自管理局之意旨，纯为故宫博物院搬运古物到蓉，回时无货可载，照顾汽油费免遭重大损失，是以有载运乐盐接济陕南之举。并查

西迁东还

运送故宫文物的汽车

故宫文物从汉中迁往成都的途中

敞场成本甚高，单以由蓉至汉计算，每担运费需要八九元之多，亏折甚巨，良非得已。贵场如愿接济，请即向管理局呈明，敝厂自当乐于让与也。"川北盐场了解情况后，知道这是顶头上司四川盐务局的安排，也是抗战时期一项特殊的政治任务，同时还有亏损的风险，也就默不作声了。

故宫文物是从 5 月 26 日开始由四川公路局的 5 辆车转运的，第一批到达成都已经是 6 月中旬，"这日期距文物全部运到汉中，只有一个半月"（那志良《抚今忆往话国宝——故宫五十年》）。

新绥汽车公司把桥盐起运济陕则是从 6 月 18 日开始的。第一批盐有 540 担，分装 14 辆汽车，走了两天到达广元，还算顺利。当继续在川陕公路上行驶时，就遇到明月峡一段塌方，汽车只好返回广元等候，哪知道这一等就是十多天。其实，这一条路的艰险，故宫博物院的人也是深有体会的。当时院长马衡与李济受故宫理事会的委托，专门去视察过沿路的情况，险象环生的道路让这两个大学者在惊恐中吃尽了苦头，吓得弃车步行。路途上的生活也让他们烦恼，"论到吃，一进饭铺，桌子上落满了苍蝇，黑黑的一片。""论到住，我在成都虽然替他们买了两份铺盖，旅馆里的蚊虫、臭虫是没有办法的。而且大小便都要到猪圈里去，臭气熏人。"（那志良《抚今忆往话国宝——故宫五十年》）

新绥汽车公司是私营企业，既怕损坏汽车，司机也不愿意冒险。他们有前车之鉴，就在故宫文物的运输中，有一次车在经过绵阳附近时出险，车轮滑到了沟里，幸好只是把车摔坏了，而文物箱子却未被震破，那些价值连城的宝贝算是逃过了一劫。但新绥公司不敢再出事故，异常小心谨慎，沿途走走停停，一直到7月6日，首批桥盐才安全运抵汉中。

盐到汉中，真正的问题才出现。

原来，当地的老百姓从来没有见过巴盐是什么样，纷纷涌来看稀奇，他们甚至都不知道块状的巴盐怎样食用，这跟他们日常食用的散盐完全不一样。过去，陕南销售的盐一是青海花马池的湖盐，一是川北南部、绵阳的花盐，这两种盐都是颗粒状，难怪他们一看到雪白的像石头一样的大块盐会感到很好奇。而问题也在这里，由于饮食习惯的不同，巴盐到底能不能在这里销售让曾俊渊和叶文恭顿感忐忑不安。

这一批运到汉中的盐放进了一个叫塔儿巷的堆栈，这个堆栈是个停办的小学，而两个押解办事人员曾俊渊和叶文恭住在当地的一个叫福庆生行的商号里。在过去，盐是贵重物质，实行专卖制度，所以按照汉中盐务收税局的管理，盐由盐局保管，盐价由当地的官商同意后销售。等办完这一切，两人给乐场发了封电报："恭即返厂，面陈一切，俊务毕，希选代表来。"

但问题也来了。盐一上市，却并不怎么受欢迎，因为桥盐明显要比当地的盐贵出不少。成本不一，质量也不相同，花马池盐是湖上的结晶体，成本虽低，但颜色呈黄，杂质很重，不能同五通桥的巴盐比，因为巴盐是用炭火三天三夜熬出来的，盐质相去甚远。为了推广桥盐，人们想了个主意，把块盐研成

西迁东还

粉末分送当地的一些机关团体，让他们品尝桥盐的风味，然后再与当地过去的食盐相比，最有趣的是他们分别用两种盐泡了两坛泡菜摆在街上，请当地人品尝。因为桥盐泡出的脆度与口感大为不同，孰优孰劣一下就能比较出来。但就在这样的情况下，销售还是很难打开，当地人吃惯了便宜的青海盐，并不想多掏钱买外地盐，当时桥盐到汉中每担连税带费的成本是24元左右，而市场售价只有19元，亏损已是必然的事情。

十多天后的1938年7月17日，叶文恭押运任务完成后单独回到了四川，只留下曾俊渊一人留守汉中。曾俊渊一个人也无能力打开销售局面，在苦熬了一段时间后感到市场前景不会有太大起色，便给乐场发去电报，要求暂时停运已经准备好的第二批盐和第三批盐。五通桥盐场很快将曾俊渊的意见汇报给缪秋杰，但缪秋杰去了重庆，并没有看到函文，对停运一事未做批复。

巧的是，一个月后，也就是1938年8月的一天，缪秋杰突然出现了汉中，他是同盐务局官员于去疾一同到此来视察的。曾俊渊正在焦头烂额之际，听到这个消息后马上去见缪秋杰，详述销售的情况。缪秋杰听完后，有些无奈，但在考虑客观情况下同意了曾俊渊停运的建议，同时也让汉中盐务收税局尽快跟乐场结清账款，并对乐山盐场支持故宫博物院的事表示感谢。此后，曾俊渊委托福庆生行的老板把二十多担余盐处理掉，这才离开了汉中回到了四川，他的这趟桥盐济陕之行共用了130多天。

很明显，乐山盐商在经济上吃了一些亏，那么新绥汽车公司的情况如何呢？欧阳道达在《故宫文物避寇记》中写道："嗣以川盐运陕销路不畅，盐商不欲续运，而新绥汽车公司亦感回程运盐不若载运他货有利可图，故运盐未久，即改由新绥汽车公司自揽商货。自始至终，回程并无空车。"

看来新绥汽车公司并没有吃多大亏，后来故宫博物院在成都—峨眉这一段仍然是与这家公司合作，这家公司对故宫文物南迁的支持还是很大。

暂存大慈寺

不管怎么样，存在汉中的故宫文物陆续运到成都，集中放在大慈寺内。盐商助运的事情暂告一个段落，而成都方面又忙碌了起来。实际上早在从汉中撤运成都之始，成都方面就已经行动起来了，开始寻找和落实储藏之地。

1938 年 4 月 24 日，文物还在途中，四川省政府就密令"四川省会警察局"秘密查看文物藏身地点，"本府近因重要器物需地屯储，兹查有大慈寺之大雄殿及藏经楼上下两处房屋宽敞，适宜堪以借用"（四川省档案馆民国档案《四川省政府密令秘字第 4358 号》）。

但当时寺院并不清楚是什么"重要器物"，虽然答应借用，但佛教友会原先占有的几间房屋却不愿腾让出来。为此，省政府饬令警察局不要迁就教会，要求该院立即"腾出房舍，俾便大慈寺军队移驻"。但寺庙方做事拖沓，一直没有积极响应，而故宫文物马上就要运抵成都。4月26日，四川省政府以"待用孔急，未便任其违延，致误要公"为由，要求警察局"立派要员前往交涉，勒令立即腾出"（四川省档案馆民国档案《四川省政府训令二十七年秘字第4050号》）。

欧阳道达在《故宫文物避寇记》中谈到了大慈寺的储藏情况：

> 由陕迁成都文物，在大慈寺分设三库储存：大雄宝殿编第一库，较干燥，以存图书、文献两馆文物箱件及前秘书之皮、丝等字号畏潮箱件；藏经楼下编第二库，较潮湿，以存古物馆及前秘书处之瓷、铜、玉器不畏潮箱件；藏经楼上编第三库，最高爽，不宜载重，以选存较轻箱件。

说起这个大慈寺，那里曾是20世纪八九十年代成都人喝茶的好地方，我曾经写过一篇《大慈寺的茶》的文章，记录那些惬意的岁月。那时，大慈寺没有什么佛教活动，也不见僧人，像上面提到的大雄宝殿、藏经楼等基本是空的，偶尔办办画展，主要是些川剧票友在那里聚会，唱得咿咿呀呀的。而我们就在外面喝茶，一到午后，里面热气腾腾，一幅成都休闲的市井景象。过去大慈寺后面有个轻工幼儿园，我儿子曾经在那里上过一年，所以我经常要从大慈寺穿过去接送他。当然，如今的大慈寺又恢复了寺庙的香火，装修得金碧辉煌，而后面的幼儿园早变成了春熙路商圈之太古里的一部分，是俊男靓女们穿梭其间的奢侈品消费地带。

其实，在我的记忆里，我还常常想起还珠楼主的《蜀山剑侠传》，里面有一章专门写到了大慈寺（在小说中化名为慈云寺），那些武侠豪杰在这个寺庙中与恶僧曾经有过一场恶战，他们在那些深不可测的寺庙隐秘处做过殊死搏斗。当然，这是小说家的虚构，而现实中的大慈寺也并非香火袅袅，就在抗战最为艰难的时候，国宝故宫文物悄然运到了这里。

故宫文物搬进了大慈寺后，又面临新的情况，因为寺庙是烧香拜佛之地，极易引发火灾，这不得不让人时刻警惕。1938年9月21日，故宫博物院专门致函四川省政府（《国立北平故宫博物院公函蓉字——五号》）：

> 案查本院存陕文物，奉令移蓉，业承贵府代觅东门内大慈寺为库房，并经陆续运入保存各在案；兹查该寺存放本院文物之藏经楼，后面与僧人宿舍毗连，诚恐僧人不慎，发生意外，责任甚重。迭经本院派员会同贵府秘书处交际股饬该寺将此项宿舍迁移，以免发生危险。嗣据该寺僧人声称，寺中房屋有限，实属无处可迁，恳求格外体念寺中困难，仍准僧人居住，对于火烛，必当谨慎等情。本院以该僧人所称各节，

尚属实情，未便过于勉强，除会同贵府秘书处交际股实地查勘，将所有木板隔断，一律改砌砖墙外，兹经拟定僧人应遵守事项七条，相应甬送。

这件公函还专门附录了7条遵守事项，并请四川省政府"转饬大慈寺僧人"，全文如下：

一、室内应严禁吸烟；

二、晚间只限用清油灯，不得使用洋油，或装设电灯；

三、室内不得设置火盆；

四、室内不得存放一切易于引火之物；

五、厨房应派人监守，晚间并须将炉火完全熄灭；

六、库房附近不得焚烧任何物品；

七、库房附近不得堆积干草及一切易燃烧之物。

确实，故宫文物入驻大慈寺后让里面的和尚颇感不便，而且被白占了也颇为不爽，于是住持果澈和尚以房屋被借为由，"呈请酌给生活费"。故宫博物院也考虑到实际情况，一次性给了一千元作为补助。

在驻守方面，以前大慈寺的天王殿和山门有一队成都警备司令部163师部的驻兵，故宫文物运进后就让他们转驻文殊院，而是让四川警备司令部"派有排长一名率士兵两班，来院保护"。虽说是保护，故宫博物院并不是完全没有表示，他们也为驻守士兵发一些补助。从1938年11月开始，"由本院按月发给津贴伙食费五十元以资奖励"（国立北平故宫博物院致四川省政府的公函蓉字第121号）。

这时，四川公路局又出来说要征收文物车"载盐通行费"，这就让故宫博物院不能承受了。1939年6月27日，故宫博物院只好请四川省政府出面要求免收。虽然四川省政府发函通知四川公路局免去此项收费，但也可以看出故宫文物南迁过程中遭遇的种种艰难。

转运峨眉

不管怎么样，故宫文物总算从汉中运到了成都，"综计是次文物迁储，始于一九三八年五月廿六日。其运清期，汉中与褒城有先后，汉中为一九三九年二月廿七日，褒城为同年六月廿七日。本院驻陕办事处，即于褒城文物运清之日裁撤。"（欧阳道达《故宫文物避寇记》）也就是说，文物从汉中运到成都花费了9个月时间，而从褒城入川的文物，前后断断续续总共耗时一年多，有一部分没有在成都停留，直接运到了峨眉。这又是怎么回事呢？

原来进入1939年后，战事又发生了很大的变化，抗战形势对中国极为不利。实际上，就在故宫文物从汉中文庙运走一

　　　　　　　　　　　西迁东还

个月，文庙就被日本人炸毁，文物幸免一难，但这次轰炸让南迁四川的故宫文物蒙上了巨大的阴影。

文物运到大慈寺后，大家仍然没有感到安全，日本人的空袭随时都在威胁着成都。1938年11月8日，18架日机首次空袭成都，轰炸外北机场及外南机场，在南门炸死卫兵1人，炸伤3人。这一炸，人心惶惶。故宫博物院就想到如果把所有的文物都集中于大慈寺，一旦目标暴露，就会非常危险，所以就有人提出鸡蛋不要放在一个篮子里，最好是在离成都几十里外的新津再找一个储存的地方，分藏文物。

1939年1月30日，故宫博物院给四川省政府发去了渝二字第11号公函，请求转令新津县政府商借玉清道院（即现在的新津县纯阳观）存储文物并协助办理。2月6日，四川省政府就函复照办，该庙的修缮工作很快就开始进行。

但不到半月，情况又发生了变化。1939年3月10日，故宫博物院召开第三届第二次常务理事会议，决定停止新津玉清道院的修缮，所有文物迁往"嘉定一带觅洞存放。限一个半月办竣"（欧阳道达《故宫文物避寇记》）。

从1939年开始，抗日情况更为严峻，日军开始疯狂轰炸重庆。1939年4月，马衡院长接到行政院命令，要求水路到重庆的文物需三个星期内运离重庆，而存在成都的文物限5月底运往峨眉。当时的情况是陕西运往成都的文物还有一小部分未运完，只有直接运到峨眉，"是时运到成都文物，计已入库者，六五九五箱，又行提出复行峨眉；其余六九一箱，则随运到而随转，不再入库。成都已成为一转运站矣"（欧阳道达《故宫文物避寇记》）。

在转运峨眉的过程中，打前站的工作也在马不停蹄地进行，首先是护卫工作。1939 年 4 月 28 日，故宫博物院给四川省政府发去公函，请求沿路的安全保护防卫；5 月 1 日，四川省政府为了落实故宫文物的安全问题，给成都到峨眉沿途的华阳、双流、新津、彭山、眉山、青神、夹江、峨眉等县发出训令，要求它们执行保护任务。

既然决定再迁，选址就成了最为迫切的事情。欧阳道达在《故宫文物避寇记》一书中谈到了选址的考虑。

> 本院遂循此决议原则，派员赴嘉定一带履勘。除觅定乐山安谷乡祠宇七所为移储原存渝文物外，并以峨眉山为普贤道场，向多业林，足以移储原存成都文物，亦同时前往履勘。迨勘选结果，感迁储山上诸寺，搬运困难；山麓诸寺，房屋稠密，阴湿尤甚，且四川大学已拟占用。其最适宜之地，当属峨眉县东门附郭之大佛寺及西门附郭之武庙。存蓉文物，可全数移存。且邻近寺观尚多，可无不敷应用之虞。

实际上在选址中，有一个人的出现非常重要，而且对故宫文物后来八年的作用也非常大，这个人就是乐山安谷乡乡长刘钊。刘钊略通文墨，也是袍哥人家，更是一方实力人物，他对故宫文物迁到当地非常支持。所以在选址安谷时，刘钊前后张罗，起到了关键的作用，后被聘为故宫博物院乐山办事处顾问，他确实是故宫文物保护中的一位功臣。

　　故宫文物从成都运往峨眉是从 1939 年 5 月 17 日开始的，采用的是分程接运的办法，在彭山设立转运站。使用的汽车"以中国联运社车辆为主，而辅以新绥汽车公司车辆。计运三三批，用车一三四辆，装文物三零二三箱"。（欧阳道达《故宫文物避寇记》）这段运输只用了一个月时间，比较顺畅，看得出成都—峨眉段的路况明显好于汉中—成都段。

　　1939 年 6 月 24 日，成都大慈寺的文物全部运到了峨眉，但陕西方面还在源源不断地转运之中。于是故宫博物院给四川省政府去了一封公函（蓉字第 306 号），告之由陕运到四川的文物不再停留成都，并归还租用的大慈寺库房。

　　　　案查本院存陕文物，速运来蓉，承拨借大慈寺为
　　储存地点，至感公谊。现在此项文物奉令移运峨眉，
　　所有存蓉箱件，已经迁运完毕。嗣后由陕续运箱件，
　　即行经运峨眉，不在成都停留，以策安全。除驻蓉办
　　事处仍设大慈寺办理一切结束事宜外，所有本院借用
　　大慈寺库房，业经交由该寺住持点收。

　　到 1939 年 7 月 11 日，7 000 多箱珍贵文物终于一路颠簸全部到达峨眉，存放在峨眉县城东门外大佛寺（现峨眉二小）

和西门外武庙（现峨眉一中）。国宝刚转走，成都就被轰炸，1939年6月11日，日本海军第二联合航空队出动飞机轰炸成都，在成都投弹111枚，轰炸了盐市口、东大街、东御街等一带，炸死无辜百姓226人，损坏房屋6 075间，被炸的地方离大慈寺最近的不足500米。但奇怪的是，在汉中和成都，故宫文物都在危急之时化险为夷，仿佛在冥冥之中有神相助。

　　关于峨眉大佛寺存放地的情况还值得一说。当时大佛寺是个香火很盛的寺庙，平时香客游人不少，为了减少影响，就专门修了一条路，直接通到寺庙的背后，后来便在那里开了个大门，方便汽车出入。而武庙实际是个空庙，里面住的是些讨口要饭的穷人，故宫博物院便发给他们一些钱，让他们搬出，这才将文物放了进去。而此时，长达一年多的迁徙才宣告结束，并一直到抗战胜利后复员。

　　关于故宫文物南迁北路从宝鸡到峨眉这一段的经历，那志良在《故宫博物院三十年之经过》中写道：

　　　　在二十八年上半年这一时期，川陕段的运输，路线拉得太长了。北起陕西褒城，南达四川峨眉，全线长达七百多公里，有褒城、广元、成都、彭山、峨眉五个站，统由驻蓉办事处管理，而职员仅有六人。除主任外，每人各守一个岗位，办理一切发箱、收箱、装车、卸车及一切事务上的职务，各人工作的紧张，是可以想见的。

　　　　　　　　　　　　　　　　　　　西迁东还

在故宫文物南迁的三条运输线中，北线是路途最漫长的，路途条件也是最为艰险的。从宝鸡到峨眉，实际是穿越了传统意义上的由北向南的入蜀路线，蜀道难在北线迁移中体现得淋漓尽致。

2018 年 2 月，笔者赴台湾参观台北"故宫博物院"，当我看到那些精美的文物静静存放其间的时候，想到了当年它们在峨眉山道上的颠沛流离，而时局流转，中间的故事却大多被风吹雨散。次日，在台湾"'国立'师范大学"举行的两岸人文交流讲坛上，本来我已经准备了充分的讲稿，在临讲时我将题目临时改为了"故宫文物的迁徙保护与传承"，内容大体就是本文所叙述的故事。我这样做的目的是想向一段历史致敬，我也相信本文作为故宫文物南迁珍贵史料的拾遗，自有昭示后人的价值与意义。

征引资料目录

一、中文档案与报刊资料

《国立武汉大学西迁嘉定档案资料》，武汉大学档案馆藏。

《四川省档案馆民国档案资料》，四川省档案馆藏。

《乐山市档案馆档案资料》，乐山市档案馆藏。

《马边彝族自治县档案馆档案资料》，四川省马边彝族自治县档案馆藏。

《犍为县档案馆档案资料》，四川省犍为县档案馆藏。

《乐山市五通桥区档案馆档案资料》，乐山市五通桥区档案馆藏。

《永利川厂档案资料》，东汽集团东方电机有限公司档案室藏。

西迁东还

《故宫文物南迁档案资料》（文物卷、展陈卷、信函卷、运输卷、政务卷等），故宫博物院藏。

《峨眉山市档案馆档案资料》，四川省峨眉山市档案馆藏。

赵津主编：《"永久黄"团体档案汇编——永利化学工业公司专辑》（上、中、下三册），天津：天津人民出版社，2010年。

四川省档案局编：《抗战时期的四川——档案史料汇编》（上、中、下三册），重庆：重庆出版社，2014年。

陈明、朱汉民主编：《曹慕樊先生讲学记录》《原道（第十二辑）》，北京：北京大学出版社，2005年。

马大成：《一代儒宗——马一浮先生的家史补订》，杭州：《古今谈》，2008年第2期。

陈小滢访谈：《回忆我的母亲凌叔华》，北京：《三联生活周刊》，2009年第43期。

二、中文著作

马一浮著，吴光主编：马一浮全集（第六册），杭州：浙江古籍出版社，2013年。

丁敬涵：《马一浮交往录》，杭州：浙江大学出版社，2013年。

马一浮：《马一浮手札》，上海：上海书画出版社，2007年。

钱穆：《八十忆双亲·师友杂忆》，北京：三联书店，

2005 年。

萧萐父主编:《熊十力全集》,武汉:湖北教育出版社,2001 年。

丰子恺:《丰子恺作品精选》,武汉:长江文艺出版社,2014 年。

熊十力:《中国历史讲话·中国哲学与西洋科学》,上海:上海书店出版社,2008 年。

任继愈:《任继愈学术论著自选集》,北京:北京师范学院出版社,1991 年。

周作人:《周作人散文全集》,桂林:广西师范大学出版社,2009 年。

南怀瑾:《金粟轩纪年诗初集》,上海:复旦大学出版社,2017 年。

叶圣陶:《我与四川》,成都:四川人民出版社,1984 年。

叶至善:《父亲长长的一生》,成都:四川文艺出版社,2015 年。

商金林:《叶圣陶抗战时期文集》,北京:人民教育出版社,2005 年。

钱歌川:《钱歌川文集》,沈阳:辽宁大学出版社,1988 年。

杨静远:《让庐日记(1941—1945)》,武汉:武汉大学出版社,2003 年。

齐邦媛:《巨流河》,北京:生活·读书·新知三联书店,2011 年。

西迁东还

凌叔华著，陈学勇编：《中国儿女——凌叔华佚作·年谱》，上海：上海书店出版社，2008年。

凌叔华著，诸孝正上编：《凌叔华散文选集》，天津：百花文艺出版社，2004年。

凌叔华著，傅光明译：《凌叔华的文与画》，济南：山东画报出版社，2005年。

林杉：《凌叔华——中国的曼殊斐儿》，北京：中国言实出版社，2014年。

陈巨来：《安持人物琐忆》，上海：上海书画出版社，2011年。

沈从文：《沈从文全集》，太原：北岳文艺出版社，2009年。

陈小滢：《散落的珍珠——小滢的纪念册》，天津：百花文艺出版社，2008年。

叶君健：《欧陆回望》，北京：九州图书出版社，1997年。

郑天挺：《郑天挺西南联大日记》，北京：中华书局，2018年。

吴鲁芹：《暮云集》，上海：上海书店出版社，2009年。

虹影：《英国情人》，北京：现代出版社，2009年。

竺可桢：《竺可桢日记》，上海：上海科技教育出版社，2010年。

李伏伽：《旧话》，成都：成都出版社，1993年。

龚静染：《昨日的边城——1589—1950的马边》，成都：四川文艺出版社，2017年。

王震:《徐悲鸿年谱长编》,上海:上海画报出版社,2006年。

徐金源:《川边游记》,南京:京城印书局,1932年。

刘文辉:《走到人民阵营的历史道路》,北京:生活·读书·新知三联书店,1979年。

刘世定:《寻常往事——回忆祖父刘文辉》,北京:新星出版社,2009年。

张永久:《消失的西康》,台北:台湾新锐文创公司,2014年。

邢肃芝(洛桑珍珠)口述:《雪域求法记——一个汉人喇嘛的口述史》,北京:生活·读书·新知三联书店,2003年。

李涵等著:《缪秋杰与民国盐务》,北京:中国科学技术出版社,1990年。

全国政协文史和学习委员会编:《回忆范旭东》,北京:中国文史出版社,2015年。

陈歆文、周嘉华:《永利与黄海》,济南:山东教育出版社,2006年。

陈歆文:《中国化学工业的奠基人——范旭东》,大连:大连出版社,2002年。

侯德榜:《跨越元素世界》,天津:百花文艺出版社,2011年。

钱昌照:《钱昌照回忆录》,北京:东方出版社,2011年。

贺昌群:《贺昌群文集》,北京:商务印书馆,2003年。

朱东润:《朱东润自传》,北京:人民文学出版社,2009年。

西 迁 东 还

朱东润:《李方舟传》,上海:上海远东出版社,2004年。

朱东润:《张居正大传》,武汉:长江文艺出版社,2016年。

乐山市政协学习文史资料委员会编:《故宫文物南迁》,成都:天地出版社,2012年。

马衡:《马衡日记》,北京:紫禁城出版社,2006年。

那志良:《故宫博物院三十年之经过》,中国台北:中华书局,1957年。

那志良:《抚今忆往话国宝——故宫五十年》,香港:里仁书局,1984年。

欧阳道达:《故宫文物避寇记》,北京:紫禁城出版社,2010年。

还珠楼主:《蜀山剑侠传》,北京:中国文史出版社,2016年。

三、其他中文资料

《嘉定府志》,清同治三年版。

《乐山县志》,民国二十三年版。

《犍为县志》,嘉庆十九年版。

《犍为县志》,民国二十六年版。

乐山市市中区地方志办公室编:《乐山史志资料》(系列内部交流资料)。

乐山市政协文史资料委员会编:《乐山文史资料》(系列内

部交流资料）。

乐山市五通桥区政协编：《五通桥文史资料》（系列内部交流资料）。

自贡市政协编：《自贡文史资料选辑》第3辑。

五通桥区志编撰委员会：《五通桥区志》，成都：巴蜀书社，1992年。

《乐山市志》（上、下册），成都：巴蜀书社，2000年。

叶伯和主编：《草堂》（共四期），1922年，四川省图书馆藏。

张云波等撰：《雷马屏峨纪略》，四川省政府教育厅印行，1941年。

丁恩：《改革盐务报告书》，盐务署刊行，1918年。

任乃强：《四川史地》（《乡土史讲义》），1928年。

台北"国立"武汉大学校友会：《珞珈》（系列交流资料，未公开发行）。

四川省文物局编：《第七批全国重点文物保护单位申报文本——永利川厂旧址》（内部资料），2009年。

《四川省五通桥盐厂厂志（1955—1990）》（内部资料），四川峨眉山盐化工业（集团）股份有限公司，1992年。

天津渤化永利化工股份有限公司编：《创举——纪念天津渤化永利化工股份有限公司成立一百周年》（内部资料），2014年。

黄海化学工业研究社编：《黄海》杂志（盐专号），1944年。

天津渤化永利化工股份有限公司编：《范旭东文稿》（内部资料），2014年。

图书在版编目（CIP）数据

西迁东还：抗战后方人物的命运与沉浮／龚静染著．
—成都：天地出版社，2019.10
ISBN 978-7-5455-5173-0

Ⅰ.①西…　Ⅱ.①龚…　Ⅲ.①纪实文学—中国—当代
Ⅳ.①I25

中国版本图书馆CIP数据核字（2019）第185206号

XI QIAN DONG HUAN: KANGZHAN HOUFANG RENWU DE MINGYUN YU CHENFU

西迁东还：抗战后方人物的命运与沉浮

出 品 人	陈小雨　杨　政
作　者	龚静染
责任编辑	王继娟
封面设计	今亮后声HOPESOUND pankouyugu@163.com
版式设计	王左左
责任印制	董建臣

出版发行	天地出版社
	（成都市槐树街2号　邮政编码：610014）
	（北京市方庄芳群园3区3号　邮政编码：100078）
网　址	http://www.tiandiph.com
电子邮箱	tianditg@163.com
经　销	新华文轩出版传媒股份有限公司

印　刷	北京文昌阁彩色印刷有限责任公司
版　次	2019年10月第1版
印　次	2019年12月第2次印刷
开　本	880mm×1230mm　1/32
印　张	11
字　数	230千字
定　价	68.00元
书　号	ISBN 978-7-5455-5173-0

咨询电话：(028) 87734639（总编室）
购书热线：(010) 67693207（营销中心）

本版图书凡印刷、装订错误，可及时向我社营销中心调换